UN DUCA IN INCOGNITO

IL CLUB DEL 1797 LIBRO 6

JESS MICHAELS

Traduzione di
ISABELLA NANNI

A Jenn LeBlanc, Kate Smith,
Grace Callaway, Sara Ramsay
e a tutte le meravigliose scrittrici che mi hanno aiutato a capire cosa fare
e mi hanno ricordato che amo farlo.

E a Michael. Ventuno anni e ancora mi ascolti mentre pontifico su Star Wars,
sulle soap opera e su quali siano i formaggi più buoni. Sei un santo.

PROLOGO

Febbraio 1811

Non quadrava. Non quadrava niente. Mentre si aggirava furtivo lungo il perimetro della tenuta di campagna, Lucas Vincent, Duca di Willowby, percepiva che c'era qualcosa che non quadrava ed era una sensazione che gli bucava lo stomaco come un punteruolo da ghiaccio. Prestò attenzione a quella sensazione, perché da tempo aveva imparato a fidarsi dei suoi istinti. Erano quello che manteneva in vita una spia.

Naturalmente, questo non significava che non avrebbe comunque fatto il suo lavoro. Sarebbe andato avanti nonostante quella sensazione. Forse proprio *a causa* di quella sensazione. Dopo tutto, da tempo aveva stabilito anche che il suo destino era quello di morire sul campo, per il suo paese, con onore.

Se quel giorno era arrivato, pazienza. C'era poco per cui vivere oltre a quel senso dell'onore. Non aveva rapporti con la sua famiglia e aveva tagliato i ponti con i suoi amici, i suoi cari amici che una volta erano stati come fratelli, da quando aveva scoperto la verità su se stesso.

«Willowby!»

L'aspro sussurro lo distolse dai pensieri malinconici. Si voltò, con l'arma sguainata, e si trovò davanti il volto saggio e grinzoso di George Oakford che sbucava da dietro un cespuglio. Oakford era un amico e un chirurgo di talento che usava le sue grandi doti per salvare le vite di coloro che servivano la corona.

Anche lui non avrebbe dovuto essere lì.

Lucas gli si avvicinò. «Cosa ci fai qui?» sussurrò.

Oakford guardò verso la casa scuro in volto. «Ho sentito dire che stavi venendo qui per scovare un traditore» disse, con tono basso e fremente di rabbia. «E visto che negli ultimi sei mesi abbiamo perso tre bravi uomini in circostanze terribili e sospette, uomini che ho visto morire perché non ho avuto la capacità di salvarli, sapevo che dovevo venire ad aiutarti. Al diavolo gli ordini.»

Lucas allungò la mano e afferrò il braccio dell'uomo più anziano. C'erano poche persone al mondo di cui si fidava più di George Oakford, e la sua presenza lo riempiva di sollievo. «Ammetto che mi fa piacere trovarti qui. Ho un brutto presentimento e non mi dispiacerebbe il tuo sostegno.»

Oakford inarcò le sopracciglia sorpreso. «Sei solo?»

Lucas annuì. «Sì. Dovevo limitarmi ad osservare, ordini di Stalwood. È molto cauto, come sai.»

Oakford strinse le labbra. «Lo è sempre stato. A volte a suo svantaggio, penso.»

Lucas non poteva non essere d'accordo, anche se rispettava il suo capo, e sapeva che anche Oakford lo rispettava. Continuò: «Quando ho visto gli uomini scaricare le armi sul retro, quando li ho visti portare carri pieni di donnacce come intrattenimento per la loro serata, mi è sembrato evidente che stasera stava per succedere qualcosa di grosso qui. Se riesco a fermarlo prima che accada, potrebbe salvare la vita di migliaia di uomini sul campo di battaglia. E forse impedire anche che un'altra spia muoia per questa operazione per mano di un vile codardo.»

Oakford sostenne il suo sguardo per un lungo istante. «Sei sempre stato il migliore della tua specie, Willowby. Chiunque stia conducendo questa operazione dovrebbe temere le conseguenze che stai per fargli piovere addosso. Sono certo che se le meritano.»

«Che *stiamo* per fargli piovere addosso, Oakford» disse Lucas. «Ma ho bisogno di vedere chi è il nostro traditore. Ho notato del movimento in quella camera lassù, ma non sono riuscito a vedere bene chi c'è dentro.»

Tirò fuori il suo cannocchiale e glielo porse. Oakford lo puntò sulla finestra che Lucas aveva indicato poi lo abbassò. Le sottili rughe sul suo viso erano distorte da un'espressione di disgusto. «Capisco cosa vuoi dire. Qual è il tuo piano?»

«C'è un traliccio lungo la parete nord» spiegò Lucas. «Porta a una sottile sporgenza su quel secondo piano, che posso usare per aggirare la finestra della camera accanto a quella occupata dal nostro traditore. Se riesco a entrare, potrei perfino essere in grado di metterlo fuori combattimento senza fare rumore. Potremmo entrare e uscire senza combattere.»

Oakford inarcò le sopracciglia. «Mi sbalordisci, Willowby. Ma del resto, lo fai sempre.»

Lucas resistette all'impulso di gonfiare il petto a quel complimento. Oakford non li faceva spesso. «Fammi le congratulazioni *se* riesco a portare a termine il piano. Ci sono guardie che girano intorno alla proprietà, ma sono puntuali come un orologio. Tra meno di un minuto passeranno di nuovo, e ammesso che non ci prendano....»

«Hai intenzione di scalare il muro e beccare il nostro uomo con le mani nel sacco» concluse Oakford.

«Shhh» disse Lucas, abbassandosi un po' di più dietro il cespuglio e trascinando Oakford con sé. Rimasero perfettamente immobili mentre due uomini, le guardie che Lucas aveva seguito, passavano tra la fila di cespugli dove si erano nascosti e la casa. Stavano parlando e Lucas si sforzò di sentire cosa dicevano mentre si avviavano verso l'area successiva del loro giro di ispezione.

«Dove... è andato... Cal...»

«Sei riuscito a capirli?» sussurrò Lucas, sperando che Oakford, trovandosi più vicino agli uomini, potesse avere afferrato qualcosa di più di quello che aveva sentito lui.

Oakford scosse la testa. «Non molto. Qualche parola qua e là.»

Lucas strinse le labbra. «Hanno iniziato a dire un nome, credo. Cominciava con 'Cal'. Se si riferivano al nostro traditore, ce ne sono diversi all'interno del dipartimento.»

Oakford annuì. «Ma potrebbero anche essersi riferiti a qualcuno al di fuori del tuo caso.»

«Suppongo che lo scopriremo presto. Resta qui, stai all'erta e tieniti pronto a cavalcare fino al villaggio per portare il magistrato, se le cose dovessero andare molto male.»

Si allontanò dai cespugli senza aspettare la risposta e si diresse verso il traliccio, dove iniziò ad arrampicarsi. Era sempre stato bravo nelle cose fisiche, anche da bambino. Ora quel talento dava i suoi frutti.

Era quasi arrivato in cima, aveva le dita protese verso la sporgenza, quando sentì lo sparo di una pistola sotto di lui. Non ebbe il tempo di girarsi a guardare che la pistola sparò di nuovo e sentì un dolore lancinante alla gamba.

Le dita persero la presa e cadde all'indietro. Continuò a cadere fino a quando si ritrovò il terreno duro e inesorabile sotto la schiena. La testa gli rimbalzò su qualcosa e il mondo cominciò a ondeggiare. Gli fischiavano le orecchie mentre si sforzava di tirarsi su a sedere nonostante il dolore atroce che sentiva in tutto il corpo.

«Oakford» grugnì, mettendosi su un fianco.

Il chirurgo era a terra dietro di lui, steso a braccia aperte e immobile. Morto, si rese conto Lucas pur con la mente annebbiata. Il primo colpo. Aveva colpito Oakford. Si mise a pancia in giù e non riuscì a trattenersi dal gridare di dolore mentre si dirigeva carponi verso il suo amico. Un uomo che conosceva fin dai suoi primi giorni al Dipartimento della Guerra. Un uomo che gli aveva salvato la vita più di una volta.

Non era a più di mezzo metro da Oakford quando alle sue spalle risuonò un terzo colpo. Sentì il proiettile squarciarlo e crollò a terra. Il mondo gli girava intorno e stava diventando nero. Ora c'erano delle voci intorno a lui. Si rese conto che erano le voci degli uomini che li avevano attaccati. Che lo avevano ucciso. Quello poteva sopportarlo.

Ma il fatto che avessero ucciso Oakford rendeva i suoi ultimi istanti una vera agonia.

«Perché...» disse una voce, piano e come se stesse venendo da un oceano profondo.

«Tu... no... bastardo» rispose l'altra voce, altrettanto irriconoscibile. Lucas sollevò la testa in un ultimo tentativo di vedere quale presunto amico li avesse traditi tutti, ma il mondo ricominciò a girare quando lo fece, e poi si fece completamente buio. Le ultime cose che sentì furono dei forti scoppi e poi più niente.

CAPITOLO UNO

Autunno 1811

Diana Oakford era in cucina a legare con lo spago fasci di piante stesi sul tavolo. Canticchiava mentre lo faceva, l'aiutava a mantenere un ritmo costante nel lavoro. Le piaceva, a dire il vero. Fare questa cosa ripetitiva le schiariva la mente.

Le impediva di pensare troppo ad argomenti dolorosi che era meglio non affrontare. Argomenti che probabilmente l'avrebbero messa in ginocchio se avesse dato loro modo di perseguitarla. Ne accantonò anche il minimo accenno mentre lavorava e tornò a concentrarsi sul compito da svolgere.

Era così assorbita da quello che stava facendo che trasalì quando sentì qualcuno bussare leggermente alla porta che aveva lasciato aperta dietro di sé.

Si girò e sussultò quando scoprì che il suo visitatore non era altri che il Conte di Stalwood. Le tremavano le mani quando posò le erbe e lo fissò. Lo conosceva molto bene e molto poco allo stesso tempo. Il conte era stato un vecchio amico di suo padre ed era entrato e uscito dalla loro casa da quando aveva memoria. Ma era anche il capo delle spie del Dipartimento della Guerra, tanto riservato quanto gentile. Un uomo che aveva portato via suo padre in più di un'occasione, fino ad un orribile giorno in cui le era stato detto che non sarebbe più tornato.

Non aveva più visto Stalwood dal funerale privato di suo padre a Londra, più di sei mesi prima. Vederlo ora le riportò un'ondata di emozioni dolorose che si sforzò di tenere a freno prima di parlare.

«Milord» riuscì a squittire andandogli incontro. «Non vi aspettavo.»

Lui inclinò la testa. «Forse avrei dovuto avvisare del mio imminente arrivo» disse. «Ad essere sincero, temevo che non mi avreste ricevuto se aveste saputo le mie intenzioni. Temevo anche molte altre cose.»

Diana corrugò la fronte davanti a quella osservazione criptica e poi gli fece cenno di entrare in cucina. «Non manderei mai via un amico di mio padre. Prego, accomodatevi. Temo di potervi offrire solo un posto al tavolo di cucina, perché non ho il camino acceso in salotto.»

«Sarà più che sufficiente» la rassicurò lui entrando nella stanza e prendendo posto al tavolo dove stava lavorando. Lei si affrettò a spostare i mazzetti di erbe e lui le sorrise. «Siete come lui.»

Diana esitò mentre si voltava dall'altra parte. «Mmh. Non esattamente come lui. Posso offrirvi del tè?»

«Sì» rispose lui, e rimase in silenzio per qualche istante mentre lei riattizzava il fuoco e appendeva la pesante pentola d'acqua sulla fiamma. Però sentiva addosso gli occhi del conte. Sentiva che la stava guardando. Le si strinse lo stomaco nell'attesa di quello che avrebbe detto dopo. «Ho bisogno del vostro aiuto, Diana.»

Lei rimase a lungo ferma immobile a fissare le fiamme danzanti prima di voltarsi a guardarlo. La sua espressione era impassibile e indecifrabile. Proprio come suo padre. Le spie erano così. Aveva sempre detestato non sapere cosa avesse in cuore suo padre. Non poter vedere se condivideva il suo dolore quando subivano una perdita o un danno nella loro vita.

Un atteggiamento che l'aveva sempre fatta sentire molto sola.

«Il mio aiuto» ripeté dolcemente, incapace di trattenere il tremito dalla voce.

Il conte annuì lentamente. «Sì. Abbiamo una spia ferita. Ferita gravemente sul campo qualche tempo fa. Abbiamo fatto del nostro meglio, ma non è guarito completamente come vorremmo. Abbiamo bisogno di un guaritore migliore.»

«Non avete ancora trovato un chirurgo che sostituisca mio padre?» chiese Diana incrociando le braccia davanti a sé, anche se questo non era un ostacolo a ciò che le parole di quell'uomo le ispiravano.

L'espressione di Stalwood si incrinò, e per mezzo secondo Diana scorse tutto il suo dolore. «No» disse lui, le emozioni svanite di nuovo. «Non ci sarà mai nessuno che lo sostituisca, temo. Gli uomini che si sono formati sotto di lui sono bravi, certo, ma sono solo ombre di quello che era. Non posso contattare nessuno al di fuori della nostra cerchia per paura che vengano messi in pericolo dai nostri segreti. O che non capiscano quanto sia delicato lavorare con delle spie.»

Diana sollevò il mento. «E voi pensate che io lo capisca?»

«*So* che lo capite.»

Lei trasalì e tornò al camino. Avvolse un panno intorno al pesante bollitore e versò lentamente l'acqua nella più delicata teiera.

«Ha anche bisogno di un nascondiglio» continuò Stalwood di getto, come se cercasse di impedirle di assimilare completamente le parole che diceva.

Ovviamente le comprendeva benissimo. Erano parole scioccanti e Diana si mise quasi a ridere da quanto era ridicola quella conversazione. «Un *nascondiglio*» ripeté. «Quindi è in pericolo. *È* un pericolo.»

Stalwood fece un cenno con la testa. «Sì.» La sua voce era gentile ma ferma.

«E voi siete venuto da me, nonostante tutto questo. Nonostante quello che mi è costato quel tipo di pericolo.» Il conte trasalì e anche lei. Quest'uomo non aveva idea di quello che aveva passato. «Perché?»

Stalwood fece un lungo respiro mentre gli versava finalmente il tè. Solo quando ebbe posato la teiera disse: «Perché quest'uomo è stato ferito lo stesso giorno in cui è morto vostro padre. Erano insieme.»

A Diana cominciarono a fischiare le orecchie e si sedette di peso sulla sedia di fronte a Stalwood. Strinse le mani a pugno contro il piano del tavolo e lo fissò. Sapeva così poco della morte di suo padre. Solo che era morto sul campo. Solo che non lo avrebbe mai più rivisto, o sentito i suoi passi pesanti sulle scale.

Desiderava saperne di più. Ma ne aveva anche paura. «Mio padre era con qualcun altro?»

Stalwood si agitò. «Sì» disse piano.

«Non vi ho mai chiesto dettagli» disse lei, abbassando il mento per non doverlo guardare. «Ma li pretendo. Mi state chiedendo di mettermi in pericolo, voglio sapere come è morto.»

«Posso darvi alcune informazioni» disse lui dopo una pausa lunga e gravosa. «Vostro padre è andato contro gli ordini per aiutare quest'uomo. Stava... stava indagando su un traditore, una talpa al nostro interno. Andò molto male. La mia spia fu gravemente ferita e molti servitori e vostro padre furono uccisi.»

Le si rivoltò lo stomaco. Suo padre si era guadagnato da vivere salvando le vite degli uomini al servizio del loro re. E ora sentiva che uno di loro aveva tradito suo padre? Che lo aveva ucciso?

Voleva urlare. Voleva rompere tutto ciò che aveva intorno. Voleva trovare l'uomo che aveva ucciso suo padre e voleva distruggerlo come lui aveva distrutto lei.

Invece, fissò Stalwood. «Come fate a sapere che l'uomo che è stato ferito non è il traditore?»

«Non lo è» Stalwood scosse la testa. «Abbiamo fatto ricerche approfondite. E lo conosco. Non è lui.»

«Chi è?» chiese lei.

Stalwood si schiarì la gola. «Quando dico il suo nome, è con l'esplicita intesa che non uscirà mai da questa casa. Non uscirà mai dalle vostre labbra.»

«Mi state indottrinando come una delle vostre spie, milord?»

Lui scrollò le spalle. «In un certo senso, sì. Sono stato chiaro in proposito?»

Lei annuì. «Sì.»

«È il Duca di Willowby.»

Diana schiuse le labbra. «Un duca. Intendete il Duca in Incognito?»

Stalwood si ritrasse sorpreso. «Lo conoscete?»

«Mio padre a volte parlava di lui con quel soprannome» rispose lei. «Mai con il suo titolo formale o il suo vero nome. Non sapevo altro che questo. E che papà teneva a quell'uomo.»

Stalwood rimase in silenzio, e lei capì che la stava lasciando riflettere sull'informazione che le aveva dato prima di domandare: «Questo significa che aiuterete Willowby?»

Diana raddrizzò la schiena e lo fissò. «Come ho già detto, questo vostro affare, questo suo affare, mi ha portato via fin troppo. Più di quanto possiate immaginare.»

«Lo so, Diana» disse Stalwood. «E spero che sappiate che non ve lo chiederei se non ne avessimo un disperato bisogno.»

Diana si alzò in piedi e si allontanò, inspirando il fragrante profumo di erbe che riempiva sempre la sua cucina. La stava manipolando, ovviamente. Per quanto le piacesse Stalwood, era nella sua natura di spia comportarsi così. Per ottenere ciò che voleva.

Peggio ancora, stava funzionando. Pensò a suo padre, morto ormai da sei mesi. Sapeva cosa avrebbe detto se fosse stato qui. Poteva quasi sentirlo sussurrare con quella voce che non sentiva da mesi.

Le avrebbe parlato di onore e coraggio. Di dovere. Sempre il dovere, sopra ogni cosa.

Chinò la testa. «Molto bene» disse con un sospiro. «Portatelo qui, allora.»

Stalwood si alzò dietro di lei e Diana si voltò a guardarlo.

Sembrava diverso ora. Come se avesse abbandonato la gentilezza necessaria per ottenere il suo consenso. Ora lei era uno dei suoi soldati e lui era al comando.

«Londra sarebbe meglio» disse il conte. «Stiamo ancora indagando, e lì posso mettere delle guardie per garantire la vostra sicurezza con più facilità.»

Diana strinse le labbra irritata. Non voleva andare a Londra. Non in quel periodo dell'anno. Ma sembrava che non ci fosse scelta.

«Va bene, ma a casa di mio padre. Devo avere a portata di mano il mio orto di erbe officinali.»

Il conte sembrò considerare la richiesta e poi annuì. «Molto bene. Di sicuro nessuno sospetterà che il duca sia lì. Potrebbe funzionare. Quanto tempo vi ci vorrà per arrivarci?»

Diana si guardò intorno, facendo mentalmente una lista di ciò che avrebbe dovuto fare e portare con sé. «Una settimana al massimo. Potrei essere lì giovedì prossimo.»

«Ottimo. Mi assicurerò che abbiate ciò che vi serve. Avete dei domestici? Avremo bisogno di una spiegazione per l'arrivo di Willowby.»

Lei scosse la testa. «Non ho servitù. So badare a me stessa.»

Stalwood aggrottò la fronte come se non capisse. Certo che no. Uomini come lui avevano una dozzina di servitori. Probabilmente anche questo duca si sarebbe aspettato di essere trattato con i guanti.

Sospirò al pensiero.

«Mi assicurerò che abbiate un cocchiere. Sicuro e controllato dal mio dipartimento. Vi porterà a Londra e lì sarà a vostra disposizione. Se non volete nessun altro, non interferirò. Meno persone sono coinvolte in questa situazione, meglio è.»

«Sono d'accordo.»

«Allora vi lascio ai vostri preparativi. Con i miei ringraziamenti» disse lui, dirigendosi verso la porta da dove era entrato meno di mezz'ora prima.

«Stalwood» lo chiamò lei prima che se ne andasse.

Lui si voltò. «Sì?»

«Trovate il responsabile della morte di mio padre.»

L'espressione del conte si addolcì un po'. «Farò tutto ciò che è in mio potere, mia cara. Tutto ciò che è in mio potere.»

«Buona giornata» lo salutò con un filo di voce a causa dell'improvviso nodo in gola. Il conte alzò il cappello e poi se ne andò, lasciandola sola a pensare a ciò che aveva accettato.

E a riflettere su quale terribile errore si sarebbe probabilmente rivelato.

Quando la carrozza fece una curva, Lucas andò a sbattere contro la parete interna. Ogni muscolo che aveva in corpo protestò per il dolore lancinante, costringendolo a stringere i pugni contro il sedile di pelle della carrozza per non gridare.

Quanto detestava essere ferito. Essere debole. Quanto detestava che tutto questo gli sembrasse all'ordine del giorno. Il dolore era solo parte della vita.

La carrozza si fermò e lui guardò fuori dal finestrino mentre i servi cominciavano a mettersi in azione per aiutarlo. Erano arrivati a un piccolo cottage che assomigliava a tutti gli altri cottage di Garygreen, una parte di Londra in cui non era mai stato prima. Conosceva tutte le parti peggiori della città grazie al suo lavoro, e le migliori grazie alla sua educazione.

Le odiava entrambe allo stesso modo. Ma questo posto era sospeso a metà strada. Non troppo distinto e imponente, ma pulito e ordinato, ben tenuto. Anonimo.

La porta si aprì e apparvero gli uomini che Stalwood aveva incaricato di aiutarlo. I loro volti erano torvi quando uno disse: «Siete pronto, Vostra Grazia?»

Lucas trasalì sia perché cominciava a sentire il dolore incipiente, sia per il titolo che era stato usato per rivolgersi a lui. «Sì» rispose con voce roca, allungando le mani per appoggiarsi sulle braccia tese che lo attendevano. Barcollò in avanti, cercando invano di trattenere i grugniti di dolore mentre veniva aiutato a scendere.

Gli uomini si guardarono intorno mentre lo conducevano su per le scale fino alla porta del cottage. Erano spie, come lui, mandate a svolgere quest'umile compito perché erano gli unici a cui si poteva affidare il segreto del suo nascondiglio. Sapeva cosa vedevano quando lo guardavano: il loro futuro. E non era quello che volevano, così prendevano le distanze.

La porta del cottage era già aperta e gli uomini lo aiutarono ad entrare. Lo portarono su per un'altra breve rampa di scale e lungo un corridoio fino a una porta aperta. Lucas immaginò che tutto questo fosse stato preordinato. Non sapeva ancora chi si sarebbe preso cura di lui durante la sua permanenza in quel posto. Stalwood aveva parlato di un guaritore, ma niente di più.

Un guaritore. Si era trattenuto a malapena dal ridere. Era stato punzecchiato, pungolato e torturato da molti uomini che si autodefinivano guaritori. La guarigione che ne era seguita era ridicola. Era a pezzi, forse non c'era rimedio al suo stato, e questo gli provocò un'ondata di rabbia e di dolore più potente di qualsiasi altra causata dalle ferite fisiche.

«Lasciatemi andare» sbottò, si liberò dalle braccia di quelli che lo aiutavano e andò a finire barcollando contro il bordo del letto.

Gli uomini sembravano indifferenti al suo malumore. Tutti, tranne uno, lo lasciarono lì. L'ultimo si chiamava Simmons. Lucas lo fulminò con lo sguardo. Aveva addestrato questo particolare sbarbatello anni prima, e ora il ragazzo lo fissava come se fosse un inutile vecchio rimbambito.

«Posso fare qualcosa?» chiese Simmons, con un tono mesto e carico di compassione.

«No» rispose Lucas a denti stretti voltandosi dalla sua parte. «Vattene e basta.»

«Bel modo di parlare a qualcuno che vi sta aiutando!»

Lucas si voltò verso la voce femminile e tagliente che aveva pronunciato quelle parole severe. In piedi sulla soglia, a fissarlo come se fosse un mostro, c'era una donna. Non semplicemente una donna, una dea, a quanto pareva. Aveva capelli scuri con riflessi rossi, un viso dai lineamenti fini e labbra carnose. Aveva occhi del verde più spettacolare che avesse mai visto. Come giada rubata da terre lontane che ora poteva solo sognare.

In quel momento, quegli occhi verdi erano socchiusi e pieni di rabbia mentre la donna incrociava le braccia e scuoteva la testa. Il suo biasimo gli fece provare uno strano senso di... vergogna. Una strana sensazione che sperimentava raramente. L'aveva rimossa da molto tempo.

«Signor Simmons, giusto?» chiese la donna, rivolgendosi all'altro uomo nella stanza.

«Sì, signorina» disse Simmons, e il suo sguardo scivolò sul nuovo arrivo. Lucas riconobbe l'interesse che gli si era acceso negli occhi. Lo stesso che sentiva nel suo stesso ventre.

Solo che il giovane aveva probabilmente più possibilità di lui ridotto com'era.

«Grazie per l'aiuto. Credo di poter gestire la situazione da sola da qui in poi. Vi prego di far sapere a Lord Stalwood che siamo sistemati.»

Simmons lanciò uno sguardo a Lucas e poi di nuovo alla donna. «Certo, signorina. Sarò uno di quelli che farà a turno a montare la guardia. Se avete problemi, se avete bisogno di qualcosa, mettete una candela alla finestra di fronte e verrò subito.»

La giovane donna annuì, e sembrò ignara dell'attenzione di Simmons mentre gli faceva cenno di dirigersi verso il corridoio. «Apprezzo la gentilezza. Buona giornata.»

Simmons scrollò leggermente le spalle e se ne andò. Successivamente, la giovane donna si voltò verso Lucas, rivolgendogli quegli occhi penetranti ancora pieni di leggero disgusto e disapprovazione.

«Salve» gli disse entrando. «Confido che la stanza sia confortevole, anche se non soddisfa i vostri standard.»

Lucas si appoggiò al letto con il braccio sano, soprattutto perché non era del tutto sicuro di riuscire a reggersi in piedi da solo.

«Temo di non avere standard. Chiedete a chiunque tra i miei conoscenti.»

La donna strinse le labbra apparentemente infastidita dalla sua battuta e gli andò incontro. «Lasciate che vi aiuti.»

Lui si tirò indietro quando lei allungò la mano. «Posso mettermi a letto da solo.»

La giovane aggrottò la fronte, e quando lo guardò da capo a piedi, Lucas percepì il suo biasimo ancora più forte. Lo guardò in faccia e scrollò le spalle. «Così dite. Allora vi lascerò sistemarvi da solo, se è quello che preferite al momento. Tornerò tra un'ora per portarvi del cibo e per controllarvi le ferite.»

Non disse nient'altro, né aspettò la sua risposta. Si limitò a girare i tacchi e a marciare fuori dalla stanza, chiudendosi la porta dietro di sé mentre usciva.

Quando se ne fu andata, Lucas crollò sul materasso, troppo esausto e dolorante per cercare anche solo di togliersi gli stivali. Non aveva idea di chi fosse la donna, né del suo ruolo nelle prossime settimane della sua vita. Forse era la moglie o la figlia del guaritore. Forse era una serva. Supponeva che lo avrebbe scoperto ben presto.

Qualunque fosse la risposta, la sua presenza, per quanto piacevole, non cambiava la sua situazione. Non voleva essere qui, e avrebbe fatto tutto ciò che era in suo potere per andarsene da quel posto il più presto possibile.

CAPITOLO DUE

Diana si maledisse mentre saliva le scale che portavano alla vecchia camera di suo padre, la stanza dove ora la aspettava il Duca di Willowby, sperando che avesse un umore migliore. Non che fosse il suo umore quello su cui aveva rimuginato da quando lo aveva lasciato poche ore prima.

No, non aveva pensato affatto a quello. Aveva pensato a quanto quell'uomo fosse diverso dall'immagine che si era creata in testa. Grazie a suo padre, le spie erano entrate e uscite dalla sua vita per decenni. Non aveva nozioni romantiche su di loro, nessuna fantasia idillica che fossero tutti giovani o belli. La maggior parte di quelli che aveva conosciuto erano stati dei pensatori, non dei combattenti. Uomini che erano bravi con gli enigmi e che potevano parlare di questioni pedanti per ore, persino per giorni.

Così, quando suo padre le aveva parlato del Duca in Incognito, quando aveva descritto la spia titolata, lei si era immaginata un bellimbusto viziato di mezza età. Un tipo... flaccido.

Ma quest'uomo era tutt'altro che flaccido. Era duro. La sua faccia era dura, la sua mascella era dura, il suo sguardo era duro. Aveva una barba incolta e lunghi capelli che gli formavano ricci selvaggi intorno al viso. Era anche odioso. Gli concedeva un po' di tolleranza per il dolore che evidentemente provava, ma non aveva il diritto di rivolgersi in modo così scortese a coloro che lo aiutavano.

Eppure, nonostante tutto questo, era bello. Sì, *bello*. Aveva cercato di evitare quell'osservazione, di fingere di non averlo notato, ma non c'era modo di girarci intorno. Il Duca di Willowby era innegabilmente bello e giovane.

E lei avrebbe passato molto tempo da sola con lui. Qualsiasi manuale per signore avrebbe censurato la natura assolutamente inopportuna di questa circostanza.

«Per fortuna, non sono una signora» mormorò spostando gli oggetti che portava da un braccio all'altro, fece un bel respiro per calmarsi e aprì ancora una volta la porta della camera.

Rimase senza fiato. Il duca aveva trovato posto sul letto, un po' accovacciato sul materasso in modo che gli stivali che aveva ancora indosso penzolassero dal bordo. Era riuscito a togliersi la camicia però, e quando lei entrò nella stanza, lui emise un gemito di dolore e si alzò, offrendole la possibilità di dare una bella occhiata a un petto virile e ben tornito.

Un petto con una cicatrice molto brutta sulla spalla sinistra. Era rossa e irregolare, non completamente guarita. Infatti, sembrava che fosse stata aperta e riaperta più volte nel corso dei mesi. Poteva solo immaginare il tremendo dolore che quell'uomo aveva sopportato.

«Tutto questo è molto inappropriato, signorina... signorina... *signorina*» disse il duca scuotendo la testa. «Devo insistere che andiate subito a chiamare uno degli uomini.»

Lei riuscì a distogliere gli occhi dal bel petto e dalla brutta cicatrice, e incontrò il suo sguardo. «Gli uomini?» disse con una risata mentre posava il vassoio con le sue provviste e un piatto di cibo sul tavolo vicino alla porta. «A parte la guardia fuori, che non ho intenzione di chiamare, non ci sono uomini qui, Vostra Grazia.»

Un'espressione sofferente gli attraversò il viso. «Non chiamatemi così.»

Lei inclinò la testa. «Non devo chiamarvi "Vostra Grazia"?»

Il duca strinse forte le labbra e scosse lentamente la testa. «Preferisco di no.»

Lei ci pensò un attimo e poi fece un passo verso di lui. «Molto bene. Come volete che vi chiami, allora?»

«Va bene Lucas» grugnì lui, e Diana vide che stava cercando di tenere a freno lo stesso tono sgarbato che aveva usato prima con gli uomini che lo aiutavano.

Lucas. Pensò al nome, se lo ripeté mentalmente. Chiamare un duca con il nome di battesimo era inopportuno quasi quanto stare da sola con lui nel suo cottage. Soprattutto considerando il grande divario di rango tra loro due.

«Siete certo che non potrei chiamarvi Willowby?» lo incalzò.

Quell'espressione sofferente attraversò di nuovo il suo volto. «È come chiamarmi Vostra Grazia.»

Lei non rispose, ma fece un altro passo avanti e allungò la mano con l'intenzione di iniziare a esaminargli la ferita sulla spalla. Sapeva che ne aveva un'altra sulla gamba, ma per ora si sarebbe concentrata su quella più facile da trattare.

Ma prima che potesse toccarlo, lui si allontanò. Diana inclinò la testa irritata. «Vostra Grazia...»

«Lucas» sbottò il duca, ed ecco il tono duro.

Lei storse le labbra sforzandosi di tenere a freno la sua stessa lingua tagliente. «Bene, *Lucas*. Sapevate che stavate venendo da un guaritore, presumo che capiate che devo toccarvi.»

I suoi occhi si spalancarono. «*Voi* siete il guaritore?»

Lei sbatté le palpebre davanti alla totale confusione e incredulità nel tono del duca. «Sì» rispose lei lentamente. «Stalwood non ve lo aveva detto?»

«Maledetto Stalwood» mormorò Lucas. «No, mi ha solo detto che mi spostavano per la mia sicurezza e per farmi assistere da un guaritore. Non ha mai detto che era una donna.»

Diana fece un giro su stessa, tenendo le braccia aperte. «Eppure eccomi qua. E questo è ciò che Stalwood mi ha chiesto di fare. Quello che devo fare per onorare mio padre e la sua memoria.»

Ancora una volta Lucas sembrò tutt'altro che sicuro. Si protese in avanti per esaminarle il viso prima di dire: «Chi è vostro padre?»

Lei deglutì. Sembrava che Stalwood l'avesse lasciata con un sacco di spiegazioni da dare. «Non vi ha detto nemmeno questo? Io... mio padre era... George Oakford, Vostra Grazia. Mi chiamo Diana.»

Il bell'uomo che aveva davanti sbiancò in viso e allungò la mano per appoggiarsi alla colonna più vicina del letto a baldacchino. La fissò con uno sguardo ancora più selvaggio.

«George Oakford» ripeté dopo quella che sembrò un'eternità. «George Oakford, il chirurgo della corona?» Gli tremò la voce. Diana percepì tutta l'emozione che conteneva, un'emozione che corrispondeva alla sua. Dolore e perdita, rabbia e senso di colpa.

Lentamente, annuì. «Sì. Proprio lui.»

Il duca strinse le mani a pugno, e per un momento Diana pensò che gli potessero cedere le ginocchia. Poi lui le girò intorno e si diresse verso la porta.

Lei si voltò e allungò la mano, afferrandolo per il braccio sano. «Cosa state facendo? Dove state andando?»

«Devo... devo andarmene» rispose lui con tono distante, quasi come se lo stesse dicendo a se stesso piuttosto che a lei. «Non posso restare qui.»

«Perché?» disse lei, tenendolo stretto anche quando lui mosse il braccio per cercare di liberarsi dalla sua presa.

Lucas smise di lottare e invece abbassò la testa per guardarla. I suoi occhi marrone scuro incrociarono i suoi con un'intensità che la bloccò e le tolse il respiro.

«Vostro padre è morto per colpa mia, signorina Oakford. È morto per colpa mia.»

Le emozioni che Lucas si era sforzato di tenere sotto controllo per tutta la vita gli si stavano riversando addosso come una violenta tempesta. Aveva fatto la sua confessione, pensando che quella donna sarebbe indietreggiata o che avrebbe pianto o che lo avrebbe coperto d'insulti. Invece si limitava a *fissarlo*. Il perdurante silenzio che regnava tra di loro era peggio di qualsiasi condanna.

Così come lo era lo sguardo sul suo bel viso così sofferente e confuso. Ora che sapeva chi era, vedeva suo padre in lei. Nei suoi occhi, soprattutto. Aveva gli stessi occhi di Oakford.

«Stalwood mi ha detto che siete stato ferito il giorno in cui è morto mio padre» gli disse infine. Il suo tono era molto calmo. «Ma non ha detto che la sua morte è stata colpa vostra. Voglio una spiegazione.»

Lucas annuì. «Ve la meritate» ammise mentre si allontanava da lei zoppicando per la stanza fino ad arrivare a una poltrona davanti al fuoco. Scusandosi con lo sguardo per la maleducazione del suo gesto, sprofondò sui cuscini e trasse un respiro profondo per ricuperare un po' di controllo sul dolore.

Lei rimase in silenzio mentre si accomodava sulla poltrona di fronte alla sua. Quegli occhi di giada guizzarono su di lui, lo osservò come la migliore delle spie. Lui si ritrovò a chiedersi quale fosse il risultato del suo esame.

«Ditemi» ripeté lei. Un ordine, non una richiesta.

Lucas si sentiva la bocca secca come legna da ardere e la lingua gonfia. In qualche modo riuscì a parlare. «Stavo inseguendo un traditore della Corona. Uno dei nostri stessi ranghi.»

«Stalwood ne ha accennato» disse Diana. «E ha detto che le cose andarono male.»

«Mi era stato detto di non inseguirlo, ma di limitarmi ad osservare» disse Lucas, piegando la testa mentre i ricordi lo investivano come uno tsunami. «Non diedi ascolto. Avrei dovuto dare ascolto. Avrei dovuto chiedere rinforzi. Vostro padre non doveva nemmeno essere lì. Ma voi lo conoscete.»

L'ombra di un sorriso le attraversò il viso. «Sì, lo conosco» confermò la giovane. «Non era uno che obbediva agli ordini.»

«No, ma quella volta avremmo dovuto.» Lucas si passò una mano sul viso. «Pensavo che stesse per succedere qualcosa di molto grosso. Qualcosa di pericoloso. Decisi di entrare invece di limitarmi a osservare. Vostro padre mi stava coprendo. Ma fummo colpiti entrambi, io alla gamba mentre mi arrampicavo su un edificio. Caddi e mi feci ancora più male. Quando mi girai, vostro padre era già stato colpito. Stavo cercando di aiutarlo quando mi spararono una seconda volta.»

Il viso di Diana era ancora impassibile, ma lui vide il luccichio delle lacrime illuminarle gli occhi mentre abbassava la testa e fissava le mani giunte in grembo. «Non mi sembra che quello che è successo sia colpa vostra» disse alla fine.

Quella piccola assoluzione colpì Lucas nel profondo per un attimo, ma poi si scrollò di dosso il perdono che non meritava. «Sono io che avrei dovuto decidere di agire con più prudenza. Non avrei dovuto chiedere a vostro padre di aiutarmi a violare i miei ordini. Se non fosse stato per me, sarebbe ancora con voi. È morto cercando di proteggermi.»

Diana rimase di nuovo zitta, e Lucas permise quel silenzio, nonostante quanto desiderasse sfuggirlo. Alla fine lei disse: «Mi sembra un motivo in più per desiderare di aiutarvi, Vostra Grazia.»

Lui corrugò la fronte. «Non potete dire sul serio.»

Lei si alzò e lo guardò dall'alto in basso. «Certo che sì. Ho l'obbligo di non lasciare che il sacrificio di mio padre sia stato vano. E anche voi. Non ve ne andrete, Vostra Grazia. Rimarrete e mi permetterete di aiutarvi. Per mio padre.»

«Signorina...»

Lei si voltò. «Riposatevi ancora. Ho lasciato del cibo vicino alla porta. Domani sarà un momento migliore per discutere cosa fare da qui in avanti. Buona notte.»

Non aspettò la sua risposta questa volta più di quanto non avesse fatto l'ultima volta che si era allontanata. E lui non ne offrì nessuna, ma si limitò a osservarla mentre se ne andava lasciandolo solo con il suo senso di colpa, la sua rabbia e il suo dolore.

CAPITOLO TRE

Diana non dormiva nella sua camera da letto a Londra da quasi un anno esatto. Anche quando era venuta per dare una mano a suo padre, aveva alloggiato in una locanda, con la stanza pagata da Stalwood. L'ultima volta che era stata qui, aveva avuto il cuore infranto e non aveva mai voluto tornare in questo posto con tutti i suoi orribili ricordi. E ora che se ne stava seduta sul suo letto, quello stesso cuore era di nuovo distrutto, non solo dai ricordi, ma dai dettagli sulla morte di suo padre che il Duca di Willowby le aveva appena raccontato.

«È troppo» sussurrò ad alta voce nell'oscurità silenziosa che non offriva alcun conforto o consolazione. «È semplicemente troppo da sopportare.»

A quel punto fu sopraffatta dal dolore e sprofondò contro i cuscini, scossa dai singhiozzi, mentre riviveva ogni momento infelice degli ultimi anni della sua vita. Tutto il dolore, tutte le perdite, tutti i sogni infranti la travolsero come un'onda implacabile.

Restò a piangere contro i cuscini mentre il dolore continuava senza posa. Poi venne sollevata e fatta voltare verso un ampio petto mentre braccia calde e forti la circondavano. Si appoggiò a quel petto, lasciando che la forza di quelle braccia la confortasse prima che tornasse la realtà. Alzò gli occhi verso il bellissimo viso di Lucas.

«Non dovreste...» cominciò, anche se era un debole rifiuto. A dire il vero, era passato molto tempo da quando qualcuno le aveva offerto conforto fisico. In quel momento non desiderava altro che stringersi a lui.

Lui scosse la testa. «Shh, zitta ora» disse lui con quella voce ruvida e dura ora morbida e perfino gentile. Le mise una mano sulla nuca e se la tirò di nuovo contro il petto. Le passò le dita tra i capelli. «Shh.»

Lei si afflosciò, l'ultima resistenza che avrebbe dovuto opporre fu cancellata dalla sicurezza che sentiva tra le braccia di quell'uomo. Forse era un'illusione, anzi, avrebbe potuto metterci la mano sul fuoco che era solo un sogno. Ma in quel momento, non riusciva a staccarsi.

Così gli singhiozzò addosso lasciando tracimare tutto ciò che normalmente era troppo forte da palesare. E lui non disse nulla. Nessuna vuota frase fatta, nessuna richiesta di raccontargli cosa aveva in cuore. Nessuna pretesa di cancellare i propri sentimenti per metterlo più a suo agio.

Si limitò a stringerla finché le lacrime non si fermarono e lei riuscì finalmente a respirare di nuovo.

Diana si mosse leggermente e alzò di nuovo il viso. La stava guardando. Erano seduti insieme sul letto. Lui era senza camicia. Lei si era messa da tempo la sua camicia da notte.

In quel momento si rese conto di quanto fosse intima la loro posizione. Specialmente quando sentì il suo respiro pulito e caldo sulle labbra. Quando i suoi occhi scuri si concentrarono sui suoi e la fecero prigioniera.

Le strinse le dita sulla schiena, i palmi ruvidi le accarezzarono la pelle nuda con squisita intimità. Stava per baciarla. Lo sapeva come sapeva il suo nome.

Più di questo, voleva che la baciasse. In quel momento in cui era così sensibile ed emotiva, in cui sentiva la propria solitudine con un'acutezza che le trafiggeva il cuore, il bacio le sembrava esattamente ciò di cui aveva bisogno più di ogni altra cosa.

Ma proprio quando le labbra di Lucas si abbassarono, la ragione le urlò in testa di allontanarsi. Di ricordare l'ultima volta che aveva affidato a una spia il proprio corpo. Il proprio cuore.

Saltò in piedi e lui la lasciò andare senza fare commenti. Le guance le si infiammarono e girò il viso per non doverlo guardare mentre diceva: «Non dovreste essere in piedi, Vostra Grazia.»

«Lucas» la corresse ancora una volta.

Diana lo guardò. Nella penombra la sua espressione era impossibile da decifrare. Era una pagina bianca, non mostrava emozioni per il suo pianto, per il loro quasi bacio, per qualsiasi cosa. Dio, quanto le ricordava suo padre quando erigeva un muro che li separava.

«Lucas» si arrese, perché sembrava inutile continuare a insistere sulle formalità. «Hai bisogno di riposare.»

Lui inarcò un sopracciglio. «Mi ritieni così poco galantuomo da sentire una donna piangere in una stanza adiacente, piangere per qualcosa che ho fatto *io,* qualcosa che ho detto *io,* e non venire ad assicurarmi che stia bene?»

Lei abbassò ancora una volta la testa. Non aveva il talento che aveva lui a nascondere quello che provava. C'erano momenti in cui avrebbe voluto averlo. Quella sera, per esempio.

«Sto bene» sussurrò. «E sono qui per aiutare *te,* quindi ti assicuro che non ti disturberò più con la mia emotività.»

Lui scrollò la spalla buona. «Non è stato nessun disturbo stasera.»

«In ogni caso, dovremmo riportarti a letto» insistette lei, e fece un passo verso di lui prima di fermarsi. Se voleva aiutarlo, doveva toccarlo. Toccare quel petto sodo, stargli vicino come quando l'aveva quasi baciata. Un pensiero del tutto inappropriato da avere su qualcuno che doveva assistere.

«Posso farcela» rispose lui, ma mentre si girava per andarsene, barcollò leggermente e lei si precipitò in avanti per sorreggerlo.

«Avrei dovuto esaminare più attentamente le tue ferite questo pomeriggio» si rimproverò mentre si passava il braccio di Lucas sulle spalle e cominciava ad aiutarlo a tornare in camera sua. «Domani sarò più scrupolosa.»

Lui fece una sonora risata, e lei guardò con la coda dell'occhio. C'era qualcosa di quasi ferale in quell'uomo. Qualcosa di selvaggio e pericoloso, ma infinitamente attraente. Ed era qualcosa che lei non poteva permettersi di provare. Che non voleva provare. Mai più.

~

Lucas si svegliò di scatto, ansimando e inspirando un'enorme boccata d'aria. Una fitta di dolore gli attraversò la spalla e la gamba. Sempre dolore, il suo compagno costante.

Dove si trovava? Si guardò intorno, la cameretta era inondata di luce dall'esterno, così si risistemò contro i cuscini con un sospiro. Oh sì, ora ricordava. Era nel cottage londinese di George Oakford.

Il cottage di Diana Oakford ora, immaginò. Quando suo padre era morto doveva aver ereditato tutto quello aveva. Compresi i suoi doveri. Qualcosa di cui Lucas avrebbe dovuto discutere con Stalwood quando il conte fosse venuto a vedere come andavano le cose. Diana non meritava di essere gettata in un mondo così pericoloso. Avrebbe dovuto danzare e farsi corteggiare, non singhiozzare nella sua camera per un uomo che era costretta ad aiutare.

Era ovvio che questo l'avesse portato a toccarla. Lucas rabbrividì al ricordo. Non era entrato per abbracciarla, ma solo per assicurarsi che stesse bene. Ma non aveva potuto trattenersi. E una volta che l'aveva abbracciata... oh, avrebbe voluto fare molto più che tenerla stretta.

La porta della camera si aprì lentamente, così si mise a sedere più diritto e raccolse le coperte intorno al corpo nudo mentre Diana entrava. Sobbalzò quando si accorse che la stava guardando.

«Buongiorno» gli disse mentre posava il vassoio sul tavolo. Lucas vide che conteneva del cibo e gli brontolò lo stomaco. «Non pensavo fossi sveglio. Quando sono passata prima, stavi ancora dormendo.»

Lucas strinse la mascella. L'idea che lei venisse a vedere come stava mentre dormiva gli sembrava molto intima. E dimostrava anche quanto si fosse rammollito da quando era stato ferito. Aveva sempre avuto il sonno leggero e si svegliava al minimo rumore, pronto a combattere. Odiava questa nuova realtà.

«Sono sveglio, però, come puoi vedere» disse.

«Lasciami dare un'occhiata alle tue ferite allora» disse lei, muovendosi verso di lui.

Lui si agitò. Al momento, aveva un'erezione titanica e non voleva che lei la vedesse. «No» disse.

Lei si fermò e lo fissò. «No?» ripeté. «Cosa vuol dire no?»

«Quello che ho detto.» ribadì incrociando le braccia sul petto. «Non voglio che mi tormenti come hanno già fatto mezza dozzina di chirurghi. Nessuno di loro è riuscito ad aiutarmi. Devo semplicemente imparare a vivere come sono ora.»

Diana corrugò la fronte. «Ridicolo. Sono certa che potrei farti stare meglio, se solo me lo permettessi.»

Lucas alzò gli occhi al cielo. «Detto come un vero medico. E poi mi spalmerai addosso merda d'asino e mi lascerai immerso nella mia stessa puzza per una settimana.»

Lei si ritrasse. «Non lo farei mai, te lo assicuro. Quella che hai descritto è una pratica medievale, Lucas.»

Sorrise un po' al fatto che si fosse arresa a chiamarlo per nome. Almeno quella battaglia l'aveva vinta. Passò alla prossima. «Quando posso andarmene?»

Diana sbatté le palpebre, come se non avesse capito la domanda. «Andartene? Sei ferito.»

Lui scrollò la spalla non ferita. «E non ho dubbi che troverò un modo per compensare le ferite. Quindi che senso ha restare qui?»

«E cosa faresti se ti dessi il permesso di andare?» chiese Diana incrociando le braccia sul petto anche lei. Naturalmente, questo servì solo ad attirare la sua attenzione sul suo seno, ma cercò di restare concentrato. Questa era una trattativa, dopo tutto, non poteva lasciarsi distrarre.

«*Tu* mi dai il permesso.» Ridacchiò. «Non credo che tu abbia il rango per concedere una cosa del genere.»

I suoi luminosi occhi verdi lo fulminarono e si strinsero. «Stalwood mi ha chiesto di aiutarti. Finché non dirò io che sei pronto per andare via, presumo che non ti concederà nessun desiderio.»

Lucas si accigliò. Forse aveva ragione. Quindi era il momento di provare una tattica diversa. «E se dicessi che voglio dare la caccia a chi ha ucciso tuo padre?» le chiese, ma detestò il modo in cui le balenò in volto il dolore prima che riuscisse a frenare la reazione. Detestò il fatto di averle causato un tale dolore. «Sono molto più qualificato di chiunque altro per quel caso.»

«No» ripeté lei dolcemente ma con fermezza.

Gli si spalancarono gli occhi davanti alla sbrigativa irrevocabilità di quel rifiuto. «Mi sbaglio a pensare che tu voglia che chiunque lo abbia ucciso sia assicurato alla giustizia?»

«Certo che lo voglio» disse lei alzando la voce. «Ma non se lo ottengo a costo della tua vita. Che è probabilmente quello che accadrebbe, visto che riesci a malapena a spostarti da una stanza all'altra senza aiuto.»

Lucas si sedette più diritto e fu ricompensato con una fitta di dolore accecante che gli attraversò il corpo martoriato. Dolore che dimostrava che aveva ragione lei, il che lo fece arrabbiare ancora di più. Così diresse quella rabbia su di lei, perché non c'era altro posto dove metterla. A meno che non volesse affrontare verità che gli avrebbero cambiato il mondo per sempre. «Non hai idea di cosa sono capace, mia cara» ringhiò. «E se ti importasse di tuo padre, mi lasceresti fare il mio dovere.»

Lei trasalì a quelle parole, dette con crudeltà e subito rimpiante. Aspettò che lei piangesse di nuovo o che gli chiedesse di andarsene, come meritava. Ma invece si limitò a trafiggerlo con un lungo sguardo. «Forse siete abituato a vedere tutti fare quello che dite quando lo dite, *Vostra Grazia*, ma io non lo farò. Ho dei doveri nei confronti di Stalwood, della memoria di mio padre e dei miei giuramenti da guaritrice. I vostri desideri, bisogni e capricci non rientrano tra i fattori in gioco.»

Lucas mise i piedi per terra e si alzò dal letto. Quando le coperte gli caddero intorno, si ricordò che sotto era nudo. Eppure Diana non dimostrò virginale timidezza vedendolo così. Al contrario, la osservò, affascinato, quando lo squadrò da capo a piedi, soffermandosi troppo a lungo sul suo pene. Quello che lentamente si mise ancora una volta sull'attenti sotto lo sguardo di Diana.

Tra loro pulsava un desiderio innegabile, proprio come la sera prima. Era improvviso e potente, e in quel momento Lucas si chiese se avrebbe potuto usarlo contro di lei per ottenere ciò che voleva. Per tornare sul campo prima di impazzire per l'attesa e il senso di inutilità.

Diana deglutì con forza, e con suo grande stupore gli si avvicinò. Si concentrò sul suo viso e gli disse: «Vuoi guarire? Vuoi tornare sul campo?»

Lui annuì lentamente. «Più di ogni altra cosa.»

Lei digrignò la mascella prima di dire: «Allora lascia che ti aiuti. Dammi un mese.»

Lucas trattenne il fiato. Un mese? Era impossibile. Era già stato fuori uso per più di sei mesi. Un altro mese era una perdita di tempo, soprattutto perché aveva enormi dubbi che la fine sarebbe stata diversa dall'inizio. Avrebbe continuato a soffrire. Sarebbe stato ancora inutile. Il suo destino sarebbe rimasto lo stesso.

«Per fare cosa?»

Diana sospirò. «Per cercare di disfare ciò che ti hanno fatto chirurghi molto meno abili di mio padre. Non ti mentirò, Lucas: farà un male cane. Maledirai il mio nome cento volte. Ma lasciami provare.»

La sua voce era così calma, confortante e sicura. Credeva davvero di poterlo aiutare. E in quel momento, ci credette anche lui con una fiducia folle. Una fiducia che frenò immediatamente perché era ridicola.

«E se mi rifiuto?» chiese lui.

Lei alzò le mani. «Allora farai un torto a mio padre. Farai un torto a te stesso.»

Si girò di scatto e lasciò la stanza. Lui la fissò mentre se ne andava, preso alla sprovvista non solo dalla sua battuta d'addio e da quanto bruciasse, ma da lei. Era bella, naturalmente. Qualunque uomo l'avrebbe guardata e desiderata all'istante. Ma sotto quell'aspetto esteriore c'era una forza ferrea. Una determinazione così potente che gli faceva credere ciò che non credeva da molto tempo.

E questo la rendeva molto più pericolosa di qualsiasi nemico che avrebbe mai affrontato sul campo. Perché l'arma di Diana era la speranza.

CAPITOLO QUATTRO

Diana gettò il suo cestino a terra e si mise ad armeggiare con le erbe con foga rabbiosa. Staccò le foglie, strappandole con molta più violenza di quanto avrebbe fatto normalmente. Ma non poteva farci niente. Quell'uomo era un asino testardo. Pomposo e sfacciato e... e maleducato.

Nonostante tutto questo, era attratta da lui. Intensamente. La sera prima avrebbe voluto baciarlo. Quella mattina non era riuscita a distogliere lo sguardo quando si era alzato, tutta potenza maschile e nudo desiderio. Era una sua debolezza a cui aveva già ceduto una volta con conseguenze terribili.

Conseguenze che l'avevano ridotta a traferirsi in campagna. Conseguenze che l'avevano fatta restare sola. Aveva respinto tutte le avance degli sciocchi campagnoli maldestri che erano venuti a fiutarle intorno.

Ma il Duca di Willowby non era uno sciocco campagnolo maldestro.

«Idiota» si rimproverò mentre riportava l'attenzione alle piante e ricominciava a strapparne le foglie.

«Io, tu, o quella povera pianta che stai distruggendo?»

Si bloccò a quella domanda fatta con voce strascicata. Accidenti a quell'uomo, non poteva lasciarla in pace? Sembrava di no. Si voltò lentamente e le mancò il fiato. Eccolo lì, appoggiato con tutto il peso allo schienale di una panchina in mezzo al suo giardino. Si era vestito da solo. Male, naturalmente. Forse perché era abituato ad essere aiutato dal suo valletto. Forse perché le sue ferite rendevano il compito difficile.

Alla fine però il suo aspetto un po' trasandato non lo rendeva affatto meno attraente. Aveva un'aria scanzonata, con la camicia mezza sbottonata, i capelli aggrovigliati intorno al viso e le guance punteggiate dalla ricrescita della barba. Sembrava un pirata, non un duca. Un principe pirata in cerca di un tesoro da rubare.

«Cosa stai facendo?» chiese lei con tono più tagliente di quanto volesse. Santiddio, quell'uomo le tirava fuori il peggio di se stessa.

Lucas la guardò negli occhi e fece un mezzo sorriso. «Faccio quello che mi pare. Non è quello di cui mi hai accusato prima?»

Lei lasciò cadere un mazzetto di erbe nel cestino e incrociò le braccia. «No, non è così. Ho detto che sei abituato a vedere gli altri fare come dici tu. Anche se suppongo che di conseguenza anche tu fai quello che ti pare senza pensare agli altri.»

«Uff» fece lui scuotendo la testa. «Sono davvero un bastardo, a quanto pare. E tu vorresti aiutarmi?»

Stava sorridendo. La stava prendendo in giro. E le toglieva il respiro. Quando sorrideva era ancora più bello di quando aveva il broncio, maledizione. E le sue parole, scherzose o meno, l'avevano colpita dritto allo stomaco. Anche se era stato Stalwood a trascinarla in tutto questo, il fatto era che adesso *voleva* aiutare quell'uomo.

Fece un bel respiro per calmare il cuore che le batteva all'impazzata. «Sono stata... brusca con te» disse. «Forse è stato ingiusto.»

Lucas rise ancora una volta. «Al contrario, penso che sia stato assolutamente giusto. Me lo meritavo.»

Diana corrugò la fronte, perché ora era di nuovo incerta su di lui. Stava scherzando per farle abbassare la guardia? Era una spia, dopo tutto, addestrato a manipolare. «E tu sei assolutamente frustrante.»

Il suo sorriso si allargò e l'espressione gli tolse anni dal viso. Lo illuminò tutto e la portò a chiedersi che tipo di uomo fosse stato prima di venire ferito. Prima del Dipartimento della Guerra. Semplicemente... prima.

«Grazie» le disse.

«Non voleva essere un complimento» disse lei, ma si ritrovò a ridere nonostante tutto.

Lucas buttò fuori il fiato e appoggiò ancora di più il peso alla panchina. «A essere onesti, ti devo *davvero* delle scuse» disse lui, facendosi serio. «Non sono stato facile da quando sono arrivato, lo so. È solo che non mi piace essere... debole.»

Diana vedeva quanto fosse difficile per lui quella confessione. Lo capiva. Anche dopo essere stato inattivo per mesi, nessuno poteva negare che l'uomo che aveva davanti avesse una forza enorme. Poteva immaginare come tutte le attività fisiche gli fossero sempre riuscite con facilità. Agli uomini veniva insegnato che quella era la loro più grande risorsa. Perderla doveva essere enormemente frustrante per lui.

Gli andò incontro tendendo le mani. «Ti va di sederti?» gli chiese, facendo cenno alla panchina dove era appoggiato.

Lui annuì e lasciò che lo aiutasse a sedersi. Lei si chinò, prese il suo cestino e glielo mise in grembo con un sorriso. «Tieni questo. Almeno ti renderai utile.»

Lucas rise, ma lei sentì la tensione nella sua voce quando disse: «Rendermi utile non è mai stato qualcosa per cui mi sono dovuto sforzare in passato.»

Diana distolse il volto, sapendo che queste ammissioni non dovevano essere facili. Era meglio ascoltarle in silenzio, senza darci troppa importanza.

«Tu non sei debole, sai» disse mentre si accovacciava ed esaminava alcuni boccioli di fiori sulla pianta davanti a lei. «Sei ferito. Santo cielo, voi uomini.»

«Uomini?» ripeté lui mentre lei metteva alcuni boccioli nel cesto accanto alle altre erbe che aveva selezionato prima che lui uscisse. «È un problema di tutto il mio sesso, allora?»

«In effetti sì» ribatté lei. «Voi tendete, nel complesso, a equiparare il non essere in grado di fare qualcosa all'essere deboli. Non vi fa bene.»

«Ne sei così sicura?»

Lei gli diede un'occhiataccia. «Lasciando perdere la loro abilità, pensa a quegli altri uomini che hanno cercato di aiutarti dopo le tue ferite. Suppongo che tu abbia discusso, preteso e forzato la mano anche prima di finire sotto le mie cure.»

La sua espressione imbarazzata era stata più che significativa anche prima che dicesse: «Be', sì, suppongo di sì.»

Diana si strinse nelle spalle. «E questo è in parte il motivo per cui la tua guarigione non ha fatto progressi. Non puoi accettare aiuto perché l'aiuto è debolezza. Ma resti ferito e 'debole', come dici tu, non permettendo a qualcun altro di venire in tuo aiuto.»

«Credevo che il problema fossero i chirurghi senza talento» obiettò lui.

«Anche i pazienti testardi sono un problema» ribatté lei con un sorriso.

Lucas sostenne il suo sguardo e il cuore di Diana ebbe un leggero sussulto. Questa sintonia che sentiva ogni volta che lui la guardava in quel modo era a dir poco sconcertante. Di conseguenza, si costrinse a distogliere lo sguardo, ma il rossore sulle sue guance doveva essere evidente a lui quanto a lei.

«Sai, ho viaggiato per il mondo» disse Lucas. «Al servizio del mio re, ho imparato nuove lingue, ho visto cose che non potevo nemmeno immaginare. Ho fatto finta di essere ciò che non ero. Era tutta una grande avventura. Un piacere oltre che un dovere.»

«Dev'essere difficile perdere tutto questo» sussurrò lei.

Lucas rimase in silenzio un attimo, poi disse: «Mi hai detto che avrei patito dolore se avessi fatto come dici tu.»

Diana deglutì a fatica e si sforzò di guardarlo negli occhi. «Sì.»

Lui strinse ancora di più le labbra. «Ma guarirò? Tornerò mai a essere l'uomo che ero prima?»

Diana trattenne il fiato, commossa ancora una volta dall'accenno di supplica nella sua voce. La disperazione alla base dei suoi comportamenti peggiori le era più chiara adesso. Tutto ciò che era, era stato legato a ciò che poteva fare, a come poteva proteggere il suo paese, a dove poteva andare senza difficoltà.

Perdere tutto questo lo aveva cambiato.

Diana lo capiva.

«Non ti mentirò mai, Lucas» disse, avvicinandosi per toccargli il mento, girandolo in modo che la guardasse negli occhi e potesse vedere che era sincera. «E non ti prometterò ciò che non posso mantenere. Non so se posso riportare indietro l'uomo che eri una volta. Ma se mi permetterai di esaminarti, di aiutarti, ti prometto che farò tutto ciò che è in mio potere per provarci.»

Lucas strinse gli occhi, come se la stesse leggendo, come se stesse esitando a fidarsi di lei, ma alla fine annuì lentamente. «Molto bene. Ti darò il tuo mese.»

Si sentì più sollevata di quanto pensasse, considerando che non aveva voluto fare nulla di tutto questo all'inizio. Il suo rifiuto le avrebbe reso la vita più facile. Il suo consenso però la rese felice.

«Bene» gli disse.

Lui sollevò il suo cestino. «Ora mi dici a cosa servono queste erbe?»

Diana sorrise mentre la tensione tra loro si allentava un po'. «Be', alcune servono ad alleviare il dolore. Altre aiutano a guarire. Questa rende il pollo più saporito.»

Lucas inclinò la testa all'indietro e rise. «Meglio non confonderle, allora.»

«Mai» disse lei, e prese il cestino, facendolo scivolare sull'avambraccio. «Perché non andiamo di sopra così possiamo cominciare, sul serio questa volta? Voglio esaminare le tue ferite più da vicino. Solo allora potremo davvero sapere cosa fare dopo.»

Se Lucas voleva esitare o discutere o rifiutare, non lo fece. Si limitò a fare un bel respiro, poi si alzò in piedi e le prese il braccio che gli offriva, mentre si dirigevano lentamente verso casa e verso le torture che lei sapeva essere prossime.

~

Lucas fece un respiro profondo e cercò di calmarsi. Quando questa donna lo toccava, era inebriante. Non aveva mai provato niente di simile con nessuna delle amanti che aveva avuto nel corso degli anni. Stare vicino a lei era come la luce del sole che lo svegliava al mattino o il calore di un buon liquore che si diffondeva nel suo corpo e gli annebbiava il cervello.

Eppure, quando Diana aprì la porta di casa, gli crebbe in petto l'ansia per quello che sarebbe successo dopo. Era stato addestrato a gestire il dolore, naturalmente. Una spia doveva essere in grado di sopportare la tortura.

Ma gli ultimi sei mesi lo avevano portato al limite. Non gli piaceva l'idea di rifare tutto daccapo, e soprattutto non di fronte a questa donna che sembrava essere in grado di vedere nell'anima di un uomo, che lui usasse il suo addestramento contro di lei o meno.

Diana strinse il braccio con cui lo teneva per la vita mentre cominciavano a salire le scale insieme. «Ti procurerò un bastone» disse, quasi più a se stessa che a lui. Lui si irrigidì e lei gli rivolse uno sguardo malizioso. «Fammi indovinare: ti dava fastidio l'idea di un bastone perché ti rendeva debole?»

Lucas storse le labbra davanti al biasimo che marcava il suo tono. «Quando lo dici così, sembra una cosa stupida» disse, sperando di allentare la tensione con un po' di autoironia.

Lei si fermò in cima alle scale, il respiro affannoso mentre ansimava: «È stupida. Santiddio, non ti sentiresti meglio se potessi salire le scale o attraversare una stanza senza aver bisogno di qualcuno che sostenga il tuo peso?»

«Suppongo... di sì» ammise lui lentamente. «Non ti disturba?»

Lei gli lanciò un'occhiata di sbieco e cominciò a guidarlo verso la camera da letto. «Cosa mi disturba?»

«Avere sempre ragione» concluse lui. «Non ti tiene sveglia la notte?»

Ci fu un secondo di pausa e poi Diana scoppiò a ridere. Il suono era come musica di cui si dissetò mentre lo aiutava a entrare in camera e a raggiungere il letto. Quando lui crollò di nuovo sul materasso, lei barcollò finendo per cadergli addosso e gli atterrò sul petto. Arrivò puntuale una fitta di dolore lancinante. Ma era mitigato da qualcos'altro.

Qualcosa che non sentiva da molto tempo. Piacere. Era un piacere sentire il corpo di Diana contro il suo, e scoprì che non voleva ancora lasciarla andare. Lei smise di ridere e lo fissò, guardandolo in silenzio mentre lui sollevava le braccia per mettergliele intorno. Per stringerla come aveva fatto la notte in cui l'aveva confortata.

Solo che non aveva pensieri di conforto in quel momento. No, voleva qualcos'altro da lei e non avrebbe accettato un rifiuto. Fece scivolare le dita tra i suoi capelli e la prese per la nuca per farle abbassare la bocca sulla sua. Lei non oppose resistenza, si lasciò solo sfuggire un piccolissimo sospiro, e poi le loro labbra si incontrarono.

Era come se qualcuno avesse riacceso il mondo dopo mesi di oscurità. Una scossa di desiderio gli attraversò il corpo arrugginito facendogli affondare le dita nella sua pelle per attirarla ancora più vicino. Lei lo accontentò, aprendo la bocca e facendo guizzare fuori la lingua per incontrare la sua con un'esitazione che svanì quando lui la succhiò più a fondo.

Per un momento, tutto il resto del mondo scomparve. Dimenticò il dolore fisico, dimenticò la sua frustrazione e il suo senso di colpa, dimenticò la vita che aveva perso e quella che non aveva salvato. Dimenticò tutto e annegò nel suo sapore dolce e nel modo erotico in cui Diana si muoveva contro di lui con i seni appiattiti sul suo petto e si sollevava contro di lui con un profondo gemito gutturale.

E poi, con la stessa rapidità con cui si era arresa, si allontanò. Lui la lasciò andare, guardandola barcollare all'indietro, voltandosi mentre si portava la mano alle labbra come se potesse ancora sentirlo. Lui di sicuro la sentiva.

E voleva sentire molto di più.

«Volete scappare di nuovo, signorina Oakford?» chiese mentre il tempo si allungava tra loro e la sentiva prepararsi a fuggire.

Diana si girò verso di lui, le guance arrossate e le pupille dilatate. Lo fissò e poi scosse la testa. «N...no» balbettò con voce tremante e distratta. «No, certo che no. Sono qui per aiutarti. Ed è ora che lo faccia. Puoi toglierti la camicia?»

Lui annuì sedendosi e cominciò a slacciare lentamente i bottoni sul davanti. Lei lo guardò per un attimo, poi scosse la testa e si inginocchiò per iniziare ad aiutarlo con gli stivali.

Gli si fermò il cuore alla vista di lei in ginocchio davanti a lui. E quando alzò lo sguardo, in apparenza del tutto inconsapevole di quanto fosse maledettamente allettante, gli ci volle tutto il controllo a sua disposizione per non tirarla di nuovo su in piedi, metterla sulla schiena e possederla fino a quando non ne avesse avuto abbastanza. Finché lei non fosse sazia e morbida sotto di lui.

Finché non le fosse venuta la voce roca a furia di gridare suo nome.

Diana finì di togliergli gli stivali e li mise da parte. Quando si alzò, si voltò dall'altra parte e lui la guardò mentre si dirigeva dove aveva lasciato un vassoio a inizio giornata. Prese alcune bottiglie, alcune bende, un ago e un filo, poi tornò indietro.

«Ecco, lascia fare a me» disse dolcemente, posando gli oggetti sul letto accanto a lui prima di cominciare ad aiutarlo a sfilarsi la camicia da sopra la testa. Lui fece una smorfia quando sollevò il braccio ferito abbastanza da permetterle di tirare via l'indumento.

Dopo averlo messo da parte, lei si chinò per esaminare le cicatrici poi schioccò la lingua. «Quante volte l'hanno riaperta?» gli chiese.

Lucas chiuse gli occhi e scacciò i ricordi di quelle orribili esperienze. Cercò di dimenticare il dolore che lo aveva fatto svenire più di una volta. «Dopo l'ottava ho perso il conto.»

Diana distolse il viso, come se il suo dolore la colpisse fisicamente. «Mi dispiace» sussurrò mentre tracciava il profilo della cicatrice con la punta dell'unghia.

«Devi rifarlo, vero?»

Lei alzò di scatto lo sguardo. «Come facevi a saperlo?»

«Te lo sento nella voce» disse lui mentre tornava a sdraiarsi sui cuscini. «E lo fanno tutti i guaritori, no? Dovete lasciarmi addosso il vostro marchio personale.»

Diana schiuse le labbra. «Stalwood dovrebbe assumere uomini migliori. Non ho alcun desiderio di marchiarti, Lucas. Non provo alcun piacere nel dolore che causerò. Ma spero che ti... ti...»

Sentendola esitare la guardò negli occhi. «Cosa?»

«Che ti fidi di me» rispose. «Mi rendo conto che non mi conosci. Non hai motivo di fidarti.»

«Sì invece» disse lui dolcemente. «Ce l'ho un motivo.»

«E qual è?» chiese lei, prendendo in mano un bisturi sottile e immergendolo in un liquido.

«Sei sua figlia» rispose Lucas, afferrando le lenzuola con entrambi i pugni mentre lei abbassava lo strumento sulla sua pelle già in fiamme e faceva un taglio delicato.

Non lo guardò, restò concentrata sulla ferita. «È difficile essere all'altezza di standard così alti» disse piano.

Lui si morse il labbro mentre gli sondava la ferita, esaminando il danno che lo rendeva così dannatamente inutile. Poi Diana schioccò la lingua e mise da parte il bisturi. Prese il mortaio e il pestello e cominciò a gettare erbe secche e un liquido diverso, più denso, nella ciotolina. Mentre mescolava, incrociò i suoi occhi.

«Ho quasi finito e poi non la riaprirò più» gli promise.

Lucas digrignò i denti. «È quello che dicono tutti.»

«Io non sono tutti» ribatté lei, sostenendo il suo sguardo.

Gli venne da ridere, ma non poté farlo perché il dolore gli offuscava la vista e gli strozzava la voce. Cercò di concentrarsi, di trovare il modo di sdrammatizzare il momento così che lei non vedesse quanto lo stesse rendendo disperato e vulnerabile. «Di sicuro sei molto più carina degli altri.»

Il mondo gli cominciò a girare intorno. Si sentiva il polso nel buco che gli aveva aperto nella spalla e quella pulsazione gli faceva tremare le ginocchia.

«Be', lo spero proprio» disse lei con un tono ancora calmo e rassicurante in cui lui avvertì l'accenno di sorriso. «Ho visto alcuni di quegli zoticoni addestrati da mio padre. Non ci vuole molto a essere più carina di così.»

«Cristo» riuscì a dire solo lui, e girò la testa sul cuscino.

Diana si alzò in piedi e si chinò su di lui. Una ciocca di capelli che le aveva fatto scappare dallo chignon quando l'aveva baciata cadde in avanti e gli sfiorò la pelle. Lui si concentrò sulla sua setosità, sul modo in cui gli solleticava il petto.

«Questo ti aiuterà» lo rassicurò, spalmandogli la miscela che aveva preparato sulla ferita.

Lucas sussultò alla sensazione di freddo della medicina. Al modo in cui gli fece formicolare la carne mentre penetrava nello squarcio che gli aveva fatto. Ma dopo pochi secondi, sentì un beato torpore farsi strada nella carne.

«Ecco» sussurrò Diana cominciando a slacciargli la patta dei pantaloni. «Meglio?»

Lui la fissò con il corpo diviso tra piacere e dolore mentre lo toccava. Si sentiva stordito e sussurrò: «Cosa mi stai facendo?»

Gli rispose sorridendo. «Devo toglierti i pantaloni per guardarti la gamba, Lucas. Ti prometto che è solo allo scopo di curarti.»

Lucas chiuse gli occhi mentre lei tirava via il tessuto e lo lasciava nudo. «Puoi fare quello che vuoi, Diana, come puoi vedere.»

Lei disse qualcosa, ma la sua voce sembrava distante. Lucas si concentrò sul modo in cui gli sfiorava la gamba con le dita. Non aveva idea di quanto tempo fosse passato. A un certo punto se la trovò accanto, gli sfiorò la tempia con le labbra e sussurrò: «Riposa adesso.»

Pensò di dover rispondere, ma non gli venne in mente nessuna parola. Nessuna che avesse un senso, in ogni caso. Così lasciò che i suoi occhi pesanti si chiudessero e si arrese all'incoscienza che il suo corpo reclamava.

CAPITOLO CINQUE

Diana era in cucina a disossare il pollo che aveva appena tolto dallo spiedo sul fuoco. Le era sempre piaciuto cucinare e lo aveva fatto per suo padre per anni. Le regole di base erano molto simili a quelle delle poltiglie e delle tinture usate in medicina, quindi le sembrava un esercizio familiare e rilassante.

Non che stesse funzionando in quel momento. Nonostante si tenesse occupata, con la mente continuava a pensare a Lucas. Erano passate ventiquattro ore da quando gli aveva riaperto e pulito le ferite. Da allora lo aveva lasciato dormire, un sonno profondo di dolore potente e, come sperava, finalmente curativo. Se lo meritava, dopo l'incubo che aveva vissuto negli ultimi sei mesi.

Era andata a vedere come stava quasi ogni ora. Diceva a se stessa che era il suo dovere di guaritrice, ma era solo parte dei motivi. L'altra parte era quella che la teneva sveglia a fissare il soffitto. L'aveva baciata. A fondo e come si doveva e con tutta l'esperienza che un uomo di quel tipo poteva avere. Avrebbe dovuto andarsene, ma non lo aveva fatto. Non ci era riuscita.

Era profondamente sconcertante ammetterlo, anche solo a se stessa. Ma aveva sentito una strana e potente attrazione per Lucas fin dal momento in cui lo aveva visto. Qualcosa che non aveva mai provato prima.

Aveva *voluto* quel bacio. Lo aveva voluto sempre di più man mano che passavano le ore che trascorreva con lui. Peggio ancora, ne voleva un altro. Per questo andava a vedere come stava. Per studiare quelle labbra sorprendentemente carnose. Per immaginare cosa avrebbe provato se avessero toccato di nuovo le sue. Se le avessero sfiorato la pelle fino a quando non si fosse sciolta del tutto.

«Una strada molto pericolosa» mormorò mentre infilzava la carcassa e strappava altro pollo fumante dall'osso. «Una strada che hai già percorso in passato, a tuo discapito.»

Il Duca di Willowby era pericoloso, punto e basta. Non c'era altro da dire in proposito.

Solo che la sua mente continuava a dire molto di più. Pericoloso, ma molto bello. Pericoloso, ma innegabilmente carismatico. Pericoloso, ma quando la guardava le veniva voglia di cose che sapeva essere sbagliate. Cose che potevano distruggere tutto il suo mondo.

Scosse la testa, cercando, per quella che doveva essere la centesima volta, di rimuovere quei pensieri scabrosi dalla testa. Distratta com'era, fece un movimento con la mano e sfiorò il lato della pinza di metallo arroventata che spuntava dal pollo. «Ahi!» guaì, sollevando la mano alle labbra per succhiare la carne arrossata.

«Lascia che ti aiuti.»

Si voltò e trasalì alla vista di Lucas in piedi sulla soglia della cucina, appoggiato allo stipite della porta, il viso pallido. Aveva i vestiti stropicciati, i capelli scomposti dopo aver dormito, ma le cominciò comunque a formicolare il corpo a vederlo.

«Cosa stai facendo?» chiese lei, precipitandosi ad aiutarlo e costringendosi a concentrarsi sul suo ruolo di guaritrice, non di donna. «Santiddio, dovresti dormire un altro giorno dopo quello che hai sopportato.»

«*Un altro* giorno?» ripeté lui, spalancando gli occhi. «Quanto ho già dormito?»

«Ventiquattro ore, un po' di più, in realtà» rispose lei.

Lucas si fece teso e strinse le labbra. «Cosa mi hai dato? Laudano?»

Diana lo aiutò a sedersi. «Qualcosa del genere, mischiato nell'impacco per lenire il dolore.»

«Non mi piace il laudano. Mi fa perdere il controllo» disse lui a bassa voce.

Diana aggrottò la fronte e si portò di nuovo la mano alla bocca. Lui la prese prima che lei potesse raggiungere le labbra e la girò per dare un'occhiata alla piccola bruciatura che le aveva ustionato la pelle del palmo.

«Devi avere qualche magia per questo» disse lui, alzando gli occhi per guardarla in viso.

Ancora una volta fu catturata dalla sua espressione. Ancora una volta perse la capacità di pensare in modo lucido e razionale. Cosa aveva quest'uomo? Cosa aveva lei da aprirsi a tali pensieri e desideri?

«Posso fare una pomata veloce» ammise. «Servirà a farlo guarire.»

«Lascia fare a me» suggerì Lucas, indicandole il posto accanto al suo. «Dimmi solo cosa fare.»

Lei arricciò le labbra ma decise di non discutere. Dopo tutto, era chiaro che non le avrebbe permesso di farlo. Quell'uomo era abituato a fare a modo suo, proprio come aveva suggerito lei prima. Così fece un lungo respiro, poi cominciò a dargli ordini su quali erbe usare e come miscelarle. Con sua grande sorpresa, lui seguì le sue istruzioni alla lettera, senza nemmeno una discussione.

Rimase a fissarlo mentre lui pestava i diversi articoli con il mortaio e il pestello, i muscoli del braccio buono guizzavano mentre macinava insieme gli ingredienti. Era molto concentrato sul lavoro, con la bocca atteggiata a un profondo cipiglio e lo sguardo sulla ciotola. In quel momento riconobbe la spia in lui, motivato, convinto, irrefutabile.

Completamente irrefutabile.

«E adesso?» chiese lui.

Lei sobbalzò, distratta da quei pensieri inaspettati e indesiderati. «Ehm, la… la mettiamo sulla bruciatura» balbettò lei.

Lucas si voltò verso di lei e sorrise. «Allora?»

Lei sbatté le palpebre. «Allora, cosa?»

«Allunga la mano, Diana» le disse, avvicinandosi abbastanza da farle sentire il suo calore.

«Sì, sì, certo» rispose lei con un filo di voce, e allungò la mano per mostrargli la ferita.

Lui spalmò la poltiglia verdastra che aveva preparato sulla bruciatura. «Hai una benda per coprirla?» chiese lui.

«Sì, lì nell'armadio.»

Lucas si allontanò e lei ne approfittò per fare qualche bel respiro. La tensione, la scintilla tra loro... Dio, era potente. Si sentiva come se stesse perdendo tutto il controllo e questo la terrorizzava ed eccitava allo stesso tempo.

Lui tornò, con un morbido panno di flanella in mano. La guardò negli occhi mentre le bendava delicatamente il palmo della mano. Distolse lo sguardo solo per legare la fasciatura. Lei seguì il suo sguardo e si accigliò quando vide il nodo che aveva usato. Le sembrava di conoscerlo in qualche modo.

«Alcuni la chiamerebbero stregoneria, sai» disse Lucas, sedendosi accanto a lei e rubando un pezzo di pollo dal piatto dove lo stava disossando.

Diana sorrise, anche se le sue parole le fecero venire un nodo allo stomaco. «In effetti, hai ragione, anche se mi prendi in giro. Non molto tempo fa avrei potuto essere accusata di essere una strega. Ci sono posti dove mi avrebbero messa al rogo. Anche adesso non è che la gente si fidi di una donna con una vocazione come questa.»

Lui le esaminò il viso con attenzione, con troppa attenzione, e lei deglutì a fatica sotto il suo sguardo. Cosa stava pensando?

«Le spie donna che ho conosciuto nel corso degli anni dicevano più o meno la stessa cosa» disse alla fine. «Il loro talento passa inosservato. Suppongo che sarebbe altrettanto difficile ottenere il rispetto che *meriti*.»

Diana chinò la testa. «È così. Ma quelli che contano me lo hanno mostrato.»

Sentì che la stava ancora guardando, e aveva la voce tesa quando disse: «Tuo padre, vuoi dire.»

Lei riprese fiato e si alzò, facendo cenno al pollo. «È un bene che tu sia venuto giù. Hai bisogno di nutrirti. Aiuterà il tuo corpo a guarire.»

«Sono molto contento che ti occupi di proteggere il mio corpo» disse lui con voce improvvisamente roca.

Quel tono la fece fremere, sapendo bene cosa significava. Sentendo che il suo corpo rispondeva, per quanto fosse sbagliato. Per mantenere una certa distanza tra di loro, si girò e trovò due piatti. Si affrettò a impiattare il pollo che aveva preparato, insieme alle carote dell'orto che aveva arrostito in una salsa di vino.

«È semplice, ma sazia» disse mentre gli metteva un piatto davanti e uno al posto dove si sedette lei.

Lucas inarcò un sopracciglio e prese una forchetta. Infilzò subito una fetta di pollo e una carota insieme, e gli si illuminarono gli occhi mentre masticava. «Eccellente» disse.

Lei rise mentre mangiava un boccone. «Sembri molto sorpreso.»

«Lo sono» ammise lui con una risata mentre si ingozzava di cibo. «Non conosco nessuna gentildonna che sappia cucinare.»

Diana si irrigidì. «Be', io non sono una gentildonna.»

«Eri la figlia di un gentiluomo» disse lui dolcemente. «E sei una gentildonna tu stessa. Si vede lontano un miglio che sei una gentildonna.»

«Mmmh.»

Lei sperava che la risposta evasiva lo avrebbe spinto verso altri argomenti, ma naturalmente non fu così. Adesso era concentrato, motivato, come tendono ad essere le spie quando qualcosa gli sembra strano.

«Dove hai imparato a cucinare?»

«La nostra domestica non ebbe problemi a insegnarmi quando mi dissi interessata. Suppongo che sperasse che mi avrebbe tenuto lontano dalla strada di mio padre. Si sbagliava, naturalmente» disse con un sospiro. «In verità, a mio padre piaceva che cucinassi, perché è un'attività molto simile alla preparazione di medicinali. C'è una ricetta, una scienza, e bisogna essere precisi.»

Lucas sembrò pensieroso. «Capisco che possa esserci del vero.»

«Quando la signora Smith morì, presi il suo posto come domestica e cuoca per mio padre» spiegò lei. «E come assistente, quando ne aveva bisogno.»

Il duca la fissò palesemente confuso. «Non voleva... di più per te?»

«Di più?» chiese lei, fingendo di non capire quando sapeva benissimo a cosa si riferiva.

«Una vita fuori dal suo mondo» chiarì lui. «Un marito. Dei figli.»

Diana trasalì e mise da parte il piatto distogliendo lo sguardo. «Dubito che mio padre pensasse a me in quel modo. Per lui ero uno strumento. Da addestrare e usare a seconda delle necessità.»

«E *tu* non volevi di più, Diana?» le chiese. «Non vuoi di più adesso?»

Lei strinse le labbra. Lucas si stava avvicinando pericolosamente a un limite su cui lei non poteva rischiare di scivolare. Così invece fece per prendere il suo piatto vuoto. «Posso portarti qualcos'altro?»

Lui scosse la testa e le afferrò il polso, impedendole di indietreggiare. Aveva mani straordinariamente forti e lei capì che non avrebbe avuto senso opporsi. Peggio ancora, non voleva opporsi. Le piaceva la pressione delle sue dita contro la pelle. Le piaceva l'intensità del suo sguardo mentre la guardava.

Le piaceva la danza tra loro, anche se sapeva che il risultato non poteva essere niente di buono.

«No. Non ho fame.»

Lei deglutì a fatica. «Non posso credere che sia vero, Lucas. Hai mangiato così in fretta e...»

Lui la attirò un po' più vicino. «Non ho fame di cibo.»

«Lucas» sussurrò lei, anche se non oppose resistenza quando, lento come una lumaca, se la tirò giù in grembo.

Lei vi si sistemò con attenzione e si trovarono faccia a faccia. Il suo respiro le solleticava le labbra, e lui non interruppe mai il contatto visivo.

«Tu vuoi quello che voglio io» le sussurrò. «O lo neghi?»

«Tu cosa vuoi?» chiese lei, e le si incrinò la voce.

Lui inclinò la testa con un'espressione di sfida, facendole capire che sapeva benissimo cosa voleva. Che anche lei sapeva cosa voleva lui.

Era vero ovviamente. Non si poteva negare ciò che voleva lui. Era evidente dall'erezione che le premeva contro la coscia, dalle sue pupille dilatate e dal modo in cui le stringeva le mani addosso.

Ma non lo disse. Non disse assolutamente nulla. Si limitò a prenderla per la nuca e ad attirarla più vicino. E proprio come poco prima in camera sua, lei non fece nulla per resistergli. Al contrario, inclinò la testa, concedendogli un migliore accesso quando la sua bocca incontrò la sua.

Per un brevissimo momento, il bacio fu tenero. Ma poi cambiò e improvvisamente si ritrovò ad abbracciarlo e a sollevarsi contro di lui che la divorava con una passione che ribolliva sotto la superficie ormai da giorni. Finalmente era traboccata e lei non sentì alcun desiderio di resisterle o di resistere a lui.

Lo voleva anche lei. Dopo anni di solitudine e dolore, voleva qualcosa... di buono. E lo voleva ora.

Come se lui lo avesse percepito, si staccò. Ansimava quando le disse: «Vieni di sopra con me, Diana.»

Lei deglutì a fatica. Questa era la sua occasione di riguadagnare il controllo su se stessa. Di dirgli di no, di rinnegare se stessa, e fare ciò che qualsiasi altra persona di buona società avrebbe considerato la cosa giusta.

Eppure non lo fece. Si alzò, tendendogli la mano e lui la prese. Lentamente si fecero strada su per le scale di servizio, lungo il breve corridoio. Alla porta della camera da letto, Lucas si fermò e si voltò verso di lei.

«Devo essere molto chiaro, Diana: io ti voglio. Voglio fare l'amore con te. E in circostanze normali, prenderei l'iniziativa fino a che tu non implori sotto di me. Ma nel mio stato...»

Diana si sollevò sulla punta dei piedi e gli premette due dita sulle labbra per farlo tacere. «So cosa fare» sussurrò mentre allungava la mano per aprire la porta.

Lucas spalancò gli occhi, ma non fece domande quando lei lo spinse dentro la stanza, facendolo arretrare fino al letto dove si fermò e fece una smorfia di dolore quando provò a togliersi la camicia. Lei fece un passo avanti per allontanargli le mani e lo fece lei stessa, gli slacciò i bottoni e gli fece scivolare il tessuto delicatamente dalle spalle fino a che non cadde dietro di lui sul pavimento. Proseguì a togliergli i pantaloni, grata che fosse a piedi nudi così che non sarebbero stati ostacolati dagli stivali.

E poi fu nudo, in piedi davanti a lei, e le mancò il respiro.

Lo fissò, proprio come aveva fatto ogni volta che lo aveva visto in quel modo. La prima volta aveva cercato, e forse fallito, di guardarlo con gli occhi di un medico. Aveva cercato di vederlo come un corpo da riparare.

Stasera lo fissava come un uomo che sarebbe stato suo. Lo assorbì lentamente, godendosi ogni centimetro di carne tonica, anche quelli danneggiati nascosti dietro la benda che gli aveva messo prima. Il suo sguardo passò al ventre piatto, ai fianchi stretti, e alla fine si fermò sul membro inturgidito e infiammato di desiderio.

«Non sono stato toccato da nessuno se non da chi doveva curarmi da molto tempo, Diana» sussurrò lui con voce ruvida per l'emozione oltre che per il desiderio. «Ti prego.»

Lei deglutì, perché le sue parole la colpirono troppo nell'intimo. Anche a lei era mancato il tocco di un'altra persona. Un tocco d'amore o di desiderio o di piacere. Non si era resa conto di quanto le fosse mancato fino alla notte in cui Lucas l'aveva abbracciata mentre piangeva e aveva risvegliato tutti i desideri che aveva cercato di accantonare.

C'era più di un modo per guarire, no?

Diana gli si avvicinò sostenendo il suo sguardo mentre gli appoggiava le mani sul petto. Lui emise un sibilo di piacere e seguì i suoi movimenti mentre lei gli faceva scivolare le dita lungo la carne, lasciando che i pollici gli sfiorassero i capezzoli piatti prima di passarglieli sullo stomaco.

«Cristo» grugnì lui, buttando la testa all'indietro mentre usava la mano buona per bilanciarsi sul letto.

Davanti a quella reazione Diana si compiacque del suo potere femminile. Le piaceva far tremare quell'uomo potente come tremava lui mentre gli passava solo un polpastrello lungo l'asta eretta.

Lucas aprì gli occhi e la trafisse ancora una volta con il suo sguardo. Mentre lei lo stuzzicava, lui sollevò le mani e le sbottonò l'abito con pochi abili movimenti che le diedero un assaggio, ancora una volta, di com'era stato prima di essere ferito. Rabbrividì quando le aprì l'abito e glielo sfilò lungo le braccia fino a farlo cadere sul pavimento intorno ai piedi.

La sua biancheria intima era semplice, una camiciola corta sopra un paio di mutandoni. Per una volta nella vita, avrebbe voluto avere un bel corredo di biancheria intima, ma il semplice cotone che li separava sembrava non disturbarlo. Lucas si limitava a fissarla, con le pupille dilatate al punto che non si vedeva più il marrone, e le mani che gli tremavano mentre le infilava sotto le spalline della camiciola e la spingeva giù, sempre più in basso, fino a mettere a nudo i seni.

«Diana era una dea» sussurrò mentre chinava la testa e le soffiava aria calda sui capezzoli che si inturgidirono. Fu travolta dalla sensazione e gli mise le dita tra i capelli, intrecciandole tra i riccioli indisciplinati.

«S... sì» rispose lei, con voce rotta.

«Hai un nome appropriato» mormorò lui prima di tirare fuori la lingua per tracciarle il capezzolo inturgidito. Fece roteare la lingua intorno più volte, e a lei quasi cedettero le ginocchia per il piacere. Diana si ritrovò a tirarlo più vicino, a tenerselo contro in una richiesta silenziosa di darle di più. Di darle tutto.

Lucas ridacchiò contro il seno e alzò gli occhi per guardarla. «Vogliamo continuare a letto?»

Lei annuì e lo guardò prendere posto contro i cuscini e sdraiarsi sul braccio buono puntellandosi sul gomito mentre le lasciava un posto per raggiungerlo.

Diana fece un lungo respiro. Ecco un'altra di quelle occasioni per scappare da tutto. Da lui. Ma non lo fece. Invece, finì di sfilarsi di dosso la camiciola. Lui si mise a sedere un po' più diritto, seguendola con lo sguardo mentre slacciava il fiocco in vita dei mutandoni e faceva scivolare lentamente anche quelli intorno alle caviglie.

Era nuda. *Erano* nudi. Una volta salita su quel letto con lui, non si sarebbe più tornati indietro. Si sarebbero toccati e tutto sarebbe diventato chiaro di luna e piacere confuso. Avrebbe cambiato tutto rispetto a quello che aveva accettato di fare per aiutarlo.

E lei voleva farlo nonostante tutto questo.

Voleva farlo *per* questo. E perché era stata sola a soffrire per tanto, tanto tempo. Non si meritava il piacere che quell'uomo prometteva ogni volta che girava la testa e sbatteva le ciglia?

«Hai cambiato idea?» le chiese Lucas con voce strascicata.

Diana sbatté le palpebre e si rese conto che era rimasta ferma nuda davanti a lui, a riflettere su quello che sarebbe successo dopo. Lui non sembrava turbato, però.

«Non che non mi goda la vista» continuò Lucas. «Ma non prendo ciò che non viene dato appieno e volentieri, Diana. Se lo facciamo, non si può tornare indietro. E non posso fare promesse. Non con la mia professione.»

Lei fece un lungo respiro. «Apprezzo questa onestà, Lucas. Ma non esito perché voglio delle promesse. Non le chiederei, né le accetterei se fossero fatte.»

Lui la esaminò per un momento, poi le tese la mano. «Allora siamo d'accordo.»

Diana annuì, e le tremò la mano quando prese la sua e finalmente lo raggiunse a letto. Si sdraiò di schiena sui cuscini accanto a lui. Per un momento lui non fece altro che guardarla.

«Non sono stato del tutto onesto» ammise infine Lucas.

Lei si irrigidì. La disonestà c'era da aspettarsela, ma la terrorizzava comunque. «Su cosa?» si sforzò di chiedere con un tono calmo che smentiva il suo turbamento interiore.

«Faccio *una* promessa.»

«E quale sarebbe?» sussurrò lei.

«Piacere» mormorò lui, e poi le mise la sua mano calda sul ventre, stendendo le dita spesse sulla sua carne mentre lei si inarcava leggermente contro di lui per puro istinto e desiderio.

«È tutto ciò che ti chiedo, tutto ciò che voglio» gli rispose lei con voce soffocata.

Gli afferrò la nuca e lo attirò verso il basso, annegando ancora una volta nel suo bacio mentre lui la accarezzava più in basso, sempre più giù, fino ai fianchi, alle cosce, e infine le fece aprire leggermente le gambe e appoggiò il palmo della mano contro il suo sesso.

Diana interruppe il bacio ansimando. Aveva dimenticato com'era essere toccata in modo così intimo. Sentire l'impeto del desiderio scorrerle dentro e desiderare molto di più che il semplice tocco delle dita. In quel momento folle voleva quelle dita dentro di sé, voleva la sua lingua, lo voleva dentro. Voleva tutto, e rabbrividì davanti alla potenza di quel desiderio smodato.

E anche del suo terrore sfrenato.

«Non ti fa male, usare il braccio ferito per...» cominciò, cercando di tirarsi su a sedere e di riportare la realtà in questa folle fantasia.

Lui fece una risatina. «Smetti di fare la guaritrice per la prossima... mezz'ora» le disse. Poi sorrise. «O per la prossima ora. Se c'è dolore, ne vale la pena.»

Mentre parlava, le aprì le pliche e le passò un dito sull'apertura.

Era delicato mentre lo faceva, come se la stesse provocando. Lei crollò all'indietro a quel tocco e si inarcò, quasi contro la sua volontà, a quella sensazione. Quando alzò il viso, lo trovò a guardarla in faccia. A osservare la sua resa.

«Ancora» gemette, perché non poteva più resistere.

Lucas spalancò gli occhi. «Non voglio farti del male.»

Diana trattenne il fiato. Lucas dava per scontato che fosse intatta. Che gli stesse offrendo la sua verginità, e lui stava facendo del suo meglio per mantenere il controllo al momento giusto.

Pur tremando, Diana allungò una mano e la mise sulla sua. Lo spinse con forza contro di lei, sentendo il suo dito far leggermente breccia in lei.

«Non c'è niente da rubare o che mi possa far male, Lucas» lo rassicurò con le guance in fiamme mentre sussurrava quella confessione. «*Toccami* e basta.»

Lui la fissò per un attimo con gli occhi spalancati e pieni di domande. Diana pregò che la spia che era in lui, quella parte di lui che indagava e pungolava ed esaminava, se ne stesse in silenzio. Che le lasciasse i suoi segreti e le desse solo quello che voleva in cambio.

E le diede la sua risposta quando le infilò due dita in profondità. Lei gli si sfregò contro con un rantolo di piacere. Lui emise un grugnito e continuò con carezze profonde. Incurvò le dita dentro di lei e le premette il pollice contro il clitoride. Diana ormai si contorceva, portata istantaneamente al limite della follia. Al limite del piacere.

Lui la prese con le sue abili dita, portandola sull'orlo del precipizio e poi trascinandola oltre. Lei inarcò la schiena, puntando con forza i talloni sul letto quando un'onda dopo l'altra di piacere la invase. La cambiò. Le ricordò tutto ciò che voleva e tutto ciò che aveva perso. Gridò e lo chiamò per nome in preda agli spasmi, aggrappandosi a lui e chiedendo di più, e di meno.

Alla fine la sensazione di vertigine si attenuò e si lasciò ricadere contro i cuscini con un sospiro di sollievo. Lui estrasse le dita e se le portò alle labbra guardandola negli occhi, poi succhiò la sua essenza dai polpastrelli.

Diana rabbrividì mentre il desiderio scorreva di nuovo in lei. Voleva di più. E anche lui, era ovvio.

Si mise a sedere e gli prese le guance con le mani, lo baciò a fondo, assaporando se stessa sulla sua lingua per un breve istante. Poi lo spinse indietro, togliendo la pressione dal suo corpo malconcio e facendolo rotolare sulla schiena.

«La dea prende il controllo?» la stuzzicò Lucas, anche se la sua voce era densa di desiderio, non di voglia di scherzare.

«Se vuoi avere tu il controllo, consideralo un incentivo a fare quello che ti viene detto e a guarire» gli disse Diana mentre si metteva a cavalcioni su di lui, tremando quando sentì il suo pene scivolare contro l'apice del suo corpo, ma senza posizionarsi ancora per prenderlo dentro.

«Bell'incentivo» ringhiò lui tirandosi leggermente su per baciarla ancora una volta. Le strinse la nuca con forza, guidandola nel movimento nonostante la sua posizione precaria.

Diana si spostò e fece scivolare una mano tra di loro. Gli accarezzò il sesso dalla base alla punta una, due volte, sentendolo contorcersi di piacere contro di lei. Poi lo guidò verso la propria apertura bagnata e scivolò giù con un unico movimento languido.

Lucas interruppe il bacio con un grido selvaggio quando lei lo prese completamente dentro di sé. I suoi fianchi si impennarono, costringendola a spingere e ad afferrare i cuscini ai lati della sua testa mentre cominciava a cavalcarlo incrementando forza, peso e velocità. Lui la tirò di nuovo giù per baciarla e lei si perse in una passione che non avrebbe mai pensato di provare di nuovo. Spinse più forte, sfregandosi contro di lui, cercando di nuovo l'estasi che aveva già avuto. La voleva con avido desiderio.

Lui si sollevò sotto di lei, e quello scontro dei loro bacini le diede ciò che desiderava. Gridò e gli infilò la lingua in bocca mentre veniva per quella che le sembrò una beata eternità. Lui le afferrò i fianchi e la fece continuare a muovere, prolungandole il piacere.

Quando finalmente Diana riuscì a rimettere a fuoco, vide che il collo di Lucas era teso, che aveva il respiro affannato. Si scostò con un gridolino, gli afferrò l'asta e lo accarezzò, mantenendo il ritmo che si era creato finché lui non emise un urlo e la sua essenza non schizzò fuori in densi spruzzi.

Diana gli crollò accanto, appoggiando la testa sulla sua spalla buona mentre lui le avvolgeva le braccia intorno. Lucas non parlò e non le fece domande, lei non offrì spiegazioni o spunti di conversazione. Fu pace e quiete e dolce piacere. E fu così che Diana si addormentò, tra le braccia di Lucas e nel suo letto.

CAPITOLO SEI

Lucas si svegliò di soprassalto con la stessa frastornante repentinità degli ultimi sei mesi. Quel giorno, però, c'era qualcosa di diverso. E si rese conto con un sussulto che era il dolore. C'era, sì, ancora forte e fastidioso, ma era diminuito. Quantomeno non voleva strapparsi la spalla dal resto del corpo.

E questa era una cosa positiva.

C'era anche qualcos'altro di diverso. Poteva sentire il profumo di Diana sul suo cuscino, quel dolce profumo di vaniglia che aveva nei capelli che faceva impazzire un uomo. Una prova che la loro notte di passione non era stata un sogno confuso causato dal laudano e dal dolore.

Era stata reale.

Eppure si era svegliato da solo. Quel profumo era l'unico indizio che era stata nel suo letto.

Piano piano si mise a sedere, preparandosi a una fitta di dolore. Arrivò, ma era meno del solito. «È davvero una strega» pensò ad alta voce, poi gettò via le coperte e si alzò dal letto con cautela. Voleva trovarla. Parlarle. Assicurarsi che non fosse turbata o addolorata per quello che avevano fatto.

E questo richiedeva che si rivestisse. Sempre una sfida.

Andò all'armadio nell'angolo della stanza e lo aprì. A un certo punto Diana aveva messo le sue poche camicie e i suoi pantaloni nell'armadio, piegati ordinatamente. Quando trovava il tempo di fare il bucato con tutte le altre cose che faceva?

Sollevò la camicia e la fissò. La sua vecchia nemesi. Richiedeva movimenti che non piacevano alla sua spalla, ma strinse i denti e infilò lentamente il braccio nel foro. Portare il braccio all'indietro fece raddoppiare il dolore al punto che espirò dal naso gemendo per il male.

«Vuoi una mano?»

Si girò di scatto e vide Diana sulla soglia, con un vassoio di cibo in braccio. Indossava un abito semplice e i capelli le scendevano in parte intorno alle spalle, incorniciandole il viso e rendendola ancora più bella del normale. Si trovò a chiedersi come sarebbe stata in un abito da ballo, agghindata come la regina che era.

Naturalmente, non sarebbe mai successo. Non sarebbero mai andati a un ballo insieme, non era possibile. Scacciò il pensiero errante.

Intanto Diana lo stava guardando. Lo aveva già osservato in precedenza, ma ora il suo sguardo spaziava sul suo corpo quasi nudo e i suoi occhi si illuminarono di un piacere consapevole. All'improvviso vestirsi non sembrò più così importante.

Eppure, farsi aiutare da Diana sembrava una perdita. Una resa.

«Detesto essere così inutile» ammise Lucas guardando la camicia che gli pendeva dal braccio.

Lei posò il vassoio vicino alla porta e gli si avvicinò. Gli prese la camicia dalle braccia e tirò fuori un paio di pantaloni. Lui si tenne in equilibrio appoggiandosi a lei per infilarseli e trattenne il respiro quando lei cominciò ad allacciargli la patta.

«Ti senti di nuovo inutile?» disse lei dolcemente. «Reimparerai a fare queste cose. Anche se mi viene da pensare che, come duca, dovresti essere abituato ad avere un aiuto. Hai un valletto, no? In un'altra vita?»

«Un'altra vita.» Lucas arricciò le labbra. «È il modo giusto di definirla. Sì, avevo un valletto all'epoca. Molto tempo fa. Non mi ha aiutato nessuno a vestirmi da quando avevo... Dio... diciannove anni? Venti?»

Diana alzò il viso per guardarlo. «Fu allora che entrasti a far parte del Dipartimento della Guerra?»

«Sì. Ero stato anche ufficiale, nell'esercito. Per poco tempo. Ma lì avevo un valletto.»

«Un duca nell'esercito» disse lei. «La maggior parte dei nobili non si interessa di queste cose.»

Lucas distolse lo sguardo. «Avevo le mie ragioni.»

Diana tornò a concentrarsi su quello che stava facendo. Lui ne fu contento. Non voleva parlare del passato.

«Voglio dare un'occhiata alla ferita» disse lei, cominciando a sbendargli la spalla. Lui si sostenne sullo schienale di una sedia vicina mentre lo faceva.

«Mi sento... meglio» ammise lui. «Anche se forse è una pia illusione.»

Diana guardò la ferita ormai scoperta, pulendo ciò che era rimasto della pomata che gli aveva messo sopra. Anche se non era addestrato, Lucas vide che la ferita appariva meno irritata.

«Ha un aspetto migliore» disse lei con un cenno del capo. «C'è ancora molta strada da fare, ma credo che ci siano dei progressi. Lascia che prenda le mie bende per fasciarla di nuovo. Siediti su quella sedia per favore.»

Lucas fece come gli aveva chiesto, osservandola mentre raccoglieva i materiali. Diana tornò con le sue cose e con una bevanda torbida che gli porse. «Bevi questo.»

Lui la guardò e la annusò. Sembrava innocua. Profumava un po' di fiori, ma niente di terribile. Bevve un sorso. «Buon Dio, è orribile» sbottò guardandola male.

Diana rise, un suono musicale che riempì la stanza e gli riscaldò il cuore in un modo che non gli piacque particolarmente. «Lo so» ammise lei. «Ma è una vecchia ricetta che ti aiuterà a recuperare le forze. Bevila tutta, per favore.»

Lui fece una smorfia, ma la mandò giù in pochi lunghi sorsi. Fece qualche verso di disappunto e mise via il bicchiere. «Come faccio a sapere che non stai cercando di uccidermi?»

Diana rise ancora più forte mentre cominciava a ribendargli la spalla. «Se stessi cercando di ucciderti, ti assicuro che saresti già morto.»

Lucas si meravigliò del suo tono allegro, di quanto fosse facile scherzare con lei e di quanto lo facesse sentire più leggero. Aveva passato sei mesi a crogiolarsi nel dolore fisico ed emotivo e adesso... adesso era diverso.

Ed era altrettanto preso alla sprovvista dal fatto che lei non si stesse comportando in modo affettato dopo quello che era successo tra loro. Eppure era un argomento che dovevano affrontare. La osservò prendere la camicia e scuoterla per poi mettersi dietro di lui per aiutarlo a infilare le braccia nei fori. Con il suo aiuto, il dolore fu molto meno forte, anche se gli fece comunque digrignare i denti.

«Diana» riuscì a gracchiare per distrarsi dal male. «Vogliamo parlare di quello che è successo ieri sera?»

Diana si bloccò sentendosi barcollare all'improvviso. Stare vicino a quell'uomo era già abbastanza difficile, pensare ad ogni momento in cui le sue mani erano state sulla sua pelle e i loro corpi erano stati uniti, la distraeva fin troppo.

E ora Lucas voleva analizzare quei momenti ad alta voce. Da brava spia.

Lei fece un lungo sospiro. «Suppongo che dovremmo farlo.»

Lo sentì guardarla mentre si allontanava per aprire le tende e far entrare un po' di luce nella stanza semibuia. La vista del giardino sottostante le fu un po' di aiuto, così si concentrò sul verde e cercò di tenere a bada le proprie emozioni. Non si era pentita di quello che avevano fatto. Si rifiutava di essere giudicata per qualcosa a cui entrambi avevano partecipato allo stesso modo.

«Ne ho approfittato?» le chiese piano.

Diana si girò di scatto sconvolta a quella domanda. Non era quello che si aspettava, specialmente considerando che la sua mancanza di virtù era risultata evidente sotto più aspetti.

«Sei *tu* quello inabile» gli rispose.

Un sorrisetto sollevò un angolo delle sue labbra tentatrici. «Sono inabile?» la provocò lui, e la tensione generale si affievolì un po'.

Eppure, si sentì avvampare le guance. Non era una che arrossiva spesso, il suo mestiere in qualche modo l'aveva indurita. Tuttavia si sentiva avvampare le guance come una verginella appena uscita di collegio. «Mi stai prendendo in giro.»

Il sorriso di Lucas si allargò. «Sì in effetti. Ma la mia domanda è sincera.»

Diana deglutì prima di sussurrare: «Non te ne sei approfittato, Lucas. Avrei potuto fermare quello che è successo tra noi una mezza dozzina di volte ieri sera, ma non l'ho fatto, perché lo volevo tanto quanto te. A costo di sembrare una sgualdrina.»

Lucas mantenne lo sguardo su di lei con un'espressione ancora una volta indecifrabile. Una cosa che Diana detestava. Detestava la sua capacità di estinguere le emozioni, di celarle con tanta facilità. Le richiamava alla mente molti ricordi con il relativo dolore.

»E adesso?« chiese infine lui. »Alla fredda luce del mattino, la pensi diversamente?»

Lei gli voltò di nuovo le spalle, stringendo il pugno contro la superficie fredda della finestra. Era più difficile di quanto dovesse essere. «Conosco i pericoli di una cosa del genere. Le *conseguenze*.»

«Anch'io» disse Lucas, e Diana trasalì perché la sua voce era proprio dietro di lei ora, anche se non lo aveva sentito alzarsi dalla sedia o zoppicare verso di lei. Quando le toccò il braccio, si voltò verso di lui, fissandolo negli occhi. «Ma non è quello che ti ho chiesto. Tu cosa *vuoi*, Diana?»

Non riusciva a dire quelle parole, a esprimere a voce alta ciò che voleva. Il desiderio l'aveva messa in un mare di guai nel recente passato. Questo sembrava diverso, però. Era più matura, più saggia.

E Lucas non era come l'altro uomo. Non era come nessuno di quelli che aveva conosciuto.

Lui allungò il braccio e le prese la mano. Diana sentì sul palmo le sue dita ruvide, le diedero un brivido che probabilmente rese molto chiaro che continuava a desiderarlo. Lucas le passò il pollice sulla carne delicatamente, ritmicamente. «Se non puoi o non vuoi dirlo, allora lo dirò io. Ti volevo come non ho mai voluto un'altra persona, Diana. È sconcertante, in realtà, sentire così tanta attrazione fisica verso una donna che per me è poco più di un'estranea. Ma quel desiderio è lungi dall'essere appagato. Ti voglio ancora.»

Diana sobbalzò a quella confessione, formulata in modo così chiaro e gentile, senza false promesse o manipolazioni che si sarebbe aspettata da un uomo che cercava di ottenere quello che voleva. Specialmente da una spia.

«E questo cosa significa?» chiese lei, con la voce che tremava.

Lui sollevò una mano per accarezzarle la guancia, e Diana fece uno sforzo tremendo per non appoggiarvisi con un sospiro di piacere. Lucas aveva troppo potere. Potere in generale. Potere su di lei. Avrebbe dovuto scappare, ma non lo fece.

«Non lo so» rifletté lui. «Ma... tu mi hai chiesto un mese, Diana. Non potrei chiederti altrettanto?» chiese lui. «C'è più di un modo per guarire una ferita, e credo che potremmo entrambi trarne beneficio.»

Diana rimase interdetta, perché quella frase, *più di un modo per guarire una ferita*, era esattamente quello che aveva pensato tra sé e sé, quando stava cercando di giustificare una notte di piacere. Ora lui stava usando la stessa logica per offrirle un mese di passione. Un mese tra le braccia di quest'uomo e nel suo letto. Senza promesse o vincoli. Senza nient'altro che piacere.

Naturalmente era scioccante ricevere un'offerta del genere. Scandaloso, anche se lei non si sentiva scandalizzata mentre Lucas la guardava, aspettando con molta pazienza la sua risposta.

«A meno che tu non senta la stessa attrazione che sento io» continuò lui con tono indecifrabile.

Diana deglutì a fatica. «Penso che sia evidente che la sento. La... la sento. Solo che non sono... sicura.»

«Capisco» disse lui, e le toccò di nuovo la guancia, questa volta tracciandola con la punta delle dita. «Non è una cosa che un gentiluomo dovrebbe chiedere a una signora. Non è qualcosa che avrei mai immaginato di chiederti, ma eccoci qui.»

Lei annuì. Oh, sì. Eccoli lì. «Se dobbiamo fare questa... questa cosa» sussurrò alla fine. «Devi farmi una e una sola promessa.»

Lucas annuì lentamente senza cambiare espressione così che lei non poté capire come si sentiva riguardo alla sua richiesta.

Fece un respiro profondo che sembrò scuoterle i polmoni. «Devi fare tutto ciò che è in tuo potere per assicurarti che io non rimanga *mai* incinta.»

A quel punto Lucas non poté controllare la propria espressione. Lo stupore gli stravolse i lineamenti prima che riuscisse a dire: «Ti assicuro che non sarei mai così imprudente da fare una cosa del genere. Anche se devi sapere che mi assumerei le mie responsabilità se succedesse...»

«No!» lo interruppe bruscamente, per nulla interessata ad ascoltare le sue bugie su un argomento che la straziava nel profondo. «Nessun bambino, Lucas.»

Lui esaminò il suo viso per un istante e poi annuì lentamente. «Starò attento.»

Diana si irrigidì, perché la curiosità di Lucas in merito alla sua richiesta e la forza con cui l'aveva espressa erano evidenti sul suo volto. Lui aveva delle domande, a cui lei non aveva intenzione di rispondere né ora né mai.

«Diana» cominciò lui.

Lei lo zittì sollevandosi in punta di piedi per prendergli il viso tra le mani e baciarlo. Funzionò, perché era ovvio che funzionasse. Lui era un uomo prima di essere una spia, e il desiderio avrebbe distrutto la curiosità ogni volta. Lucas inclinò la bocca sulla sua, aprendola e reclamandola mentre le metteva le braccia intorno e la teneva stretta.

La tensione di Diana svanì man mano che veniva travolta dal bacio. Pensieri e ricordi si squagliarono, lasciando solo sensazioni e desiderio. Gli fece scivolare le mani sul petto, ancora nudo, perché nessuno dei due aveva allacciato la camicia dopo che lo aveva aiutato ad indossarla. Gli strinse le dita contro i muscoli, tracciandogli leggeri disegni sulla pelle con le unghie. Lui emise un grugnito gutturale e portò le mani sul suo sedere per strusciarsela contro.

Diana fece per slacciare i pantaloni con cui lo aveva appena aiutato, quando si sentì un suono dal piano di sotto. Qualcuno bussava alla porta. Si separarono e i loro occhi si incrociarono. Quelli di Lucas riflettevano la preoccupazione che lo fece indietreggiare.

«Andresti a prendere la pistola che ho sotto il cuscino, per favore?» le chiese, calmo nonostante la domanda terrificante.

Diana spalancò gli occhi, ma fece come le aveva chiesto e andò al letto. «Tieni una pistola sotto il cuscino?» gli domandò.

Lui si avvicinò alla finestra. «Sì, devo da quando...» Si interruppe e si voltò verso di lei con una mano sollevata. «Puoi rimetterla a posto. È Stalwood.»

Diana ne fu stupita e si portò una mano ai capelli sciolti. Le sembrava che la notte precedente l'avesse in qualche modo marchiata a fuoco. Che l'accordo che avevano appena concluso per continuare la passione nata tra di loro la marchiasse ancora di più. Stalwood se ne sarebbe accorto, no? Era troppo intelligente per non notarlo.

«Hai intenzione di rispondere o dobbiamo nasconderci finché non se ne va?» la prese in giro Lucas, ma Diana notò la fermezza del suo sguardo. La dolcezza che non si aspettava ma che la attirava ogni volta che lui rivelava quel lato di sé.

«Nascondersi sembra una buona idea» disse lei. «Ma dovrei farlo entrare. Ho paura che butti giù la porta se non lo faccio. Puoi finire di vestirti da solo?»

Lui annuì e le fece cenno di andare alla porta. «Vai, vai.»

Diana fece alcuni lunghi respiri e si affrettò a scendere le scale.

Stalwood stava bussando di nuovo, questa volta con più insistenza. Si precipitò nell'atrio e aprì, con il fiato corto.

Stalwood era lì, naturalmente. Il suo volto era segnato dall'angustia che lasciò spazio al sollievo quando la vide. «Buongiorno, Diana. Stavo cominciando a preoccuparmi quando non avete risposto.»

Il suo sguardo si posò su di lei e Diana non poté fare a meno di arrossire mentre si faceva da parte e lo accompagnava in salotto. «Chiedo scusa. Quando non si hanno domestici, a volte si impiega un po' più tempo a rispondere.»

Stalwood annuì. «Capisco. Volete dire che vorreste un servitore? Potrei trovare qualcuno degno di fiducia per...»

«No!» lo interruppe Diana, forse un po' più energicamente di quanto avrebbe dovuto, a giudicare dalle sopracciglia inarcate di Starwood. Ma l'idea di lasciar entrare qualcun altro nella piccola bolla che aveva creato con Lucas non era un pensiero piacevole. «Voglio solo dire che me la cavo abbastanza bene. Mi piace cucinare, il bucato lo mando fuori. Non ci sono problemi.»

Lui inclinò la testa. «Come desiderate.»

Diana sembrò agitarsi. «Perdonatemi per le mie maniere. Volete venire con me in salotto?»

Stalwood la seguì nel salottino. Lei riattizzò le braci del fuoco e aggiunse un ceppo per riscaldare ulteriormente la stanza. Fece un bel respiro per calmarsi poi aprì le tende per far entrare più luce nella stanza.

«Come sta il vostro paziente?» chiese il conte mentre si sistemava su una sedia. La stava osservando. Lo percepiva ad ogni movimento.

Diana si sforzò di fare un sorriso luminoso e si voltò di nuovo verso di lui. «Bene. Migliora ogni giorno che passa.»

«Si è sistemato, allora. Non vi sta dando troppi problemi?»

Diana per poco non rise quando le balenò in mente un'immagine di Lucas chino su di lei, mentre le sue dita premevano dentro di lei in profondità, provocandole un piacere intenso che le faceva gridare il suo nome più volte.

«Nessuno» gracchiò.

«Sono scioccato» disse Stalwood scuotendo la testa. «Gli altri che lo hanno avuto in cura si lamentavano in continuazione dei suoi capricci.»

«Non avevano il talento di Diana.»

Sia Stalwood che Diana si voltarono verso la porta mentre Lucas entrava. Stalwood si alzò in piedi in un istante ed esaminò il suo collaboratore con occhi preoccupati. Diana sorrise. Nonostante tutto, Stalwood le era sempre piaciuto. Si preoccupava davvero di coloro che rischiavano la vita per la sicurezza del re e della nazione.

«È bello vederti, Willowby» disse Stalwood, e gli tese la mano.

Lucas la strinse con il braccio buono e poi si diresse verso il divano dove si lasciò sprofondare. Diana capì che finire di vestirsi e venire giù era stato faticoso per lui. Ma lui ignorò la stanchezza e sorrise a Stalwood.

«Sei venuto a controllarmi e a mettere in guardia Diana dal mio brutto carattere?» chiese.

Stalwood alzò lo sguardo verso di lei e le fece cenno di sedersi accanto a Lucas. Lei esitò prima di acconsentire. Sedersi accanto a lui sembrava pericoloso. Anche Stalwood era una spia, dopo tutto. Riusciva a riconoscere certi segnali come chiunque altro.

Ma non poteva andare contro la sua richiesta senza fare una scenata, così si sedette, cercando di mantenere la giusta distanza tra sé e il suo amante.

«Diana avrà più di un'occasione di vedere il tuo carattere, anche se è troppo educata per lamentarsene con me» disse Stalwood con un tono fintamente severo. «Ma è bello vederti con un po' di colore sulle guance.»

Lucas annuì e rivolse a Diana un'occhiata complice che la fece arrossire. «È bello sentirsi di nuovo un po' più vivi.»

«Be', spero di vedere continui miglioramenti. Mi piacerebbe molto averti di nuovo sul campo quando sarai in grado.»

Diana osservò come l'intero comportamento di Lucas cambiò. Si sporse in avanti, il suo viso si indurì, il suo corpo si mise in posizione di attesa. L'amante gentile o l'uomo distrutto che cercava di guarire era sparito. Ecco la spia. Diana rabbrividì davanti a quel cambiamento. Tremò rendendosi conto di quanto l'aveva colpita quella trasformazione quando sapeva che non avrebbe dovuto.

Dopo tutto, Lucas non era suo. Avevano entrambi messo in chiaro i loro paletti. Anche se avessero condiviso momenti di piacere nelle prossime settimane, il destino di Lucas non sarebbe stato legato al suo.

E doveva ricordarselo per non essere troppo coinvolta e rischiare il cuore. Quella era l'unica cosa che non poteva perdere. Non un'altra volta. Mai più.

CAPITOLO SETTE

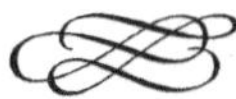

Lucas fissò Stalwood. Aveva capito che il suo capo era preoccupato quando aveva detto che lo voleva di nuovo sul campo. L'idea gli faceva prudere i palmi delle mani e gli accelerava i battiti del cuore.

«Se mi rivuoi dopo avermi detto di no per tutti questi mesi, devi avere qualcosa per cui hai bisogno delle mie particolari capacità.»

Stalwood gettò un'occhiata alle sue spalle, verso Diana, e Lucas sobbalzò. Era stato così eccitato dalla prospettiva di tornare sul campo che aveva quasi dimenticato la sua presenza. Ora si guardò dietro e la trovò pallida, con un'espressione di profonda apprensione.

Lucas trasalì a quello sguardo. Lo conosceva. Era il senso di perdita, quello che anche lui aveva provato tante volte nella propria vita. Diana stava pensando a suo padre. A quello che questa professione le aveva portato via. A quello che lui aveva permesso che accadesse anche prima di irrompere nella sua vita e in casa sua.

«Forse preferite restare soli» disse Diana, alzandosi. «Io... andrò a preparare del tè per tutti. Vedo se ho qualcosa che assomigli a dei biscotti, anche se è presto.»

Lasciò la stanza senza aspettare la loro risposta. Quando se ne fu andata, Stalwood scosse la testa. «Forse non avrei dovuto coinvolgerla in tutto questo.»

Lucas inarcò un sopracciglio. «Tendo a essere d'accordo, in effetti.»

«Metti in discussione i superiori? Sembra che il vecchio Willowby sia tornato, finalmente. Diana ha fatto magie su di te» disse Stalwood, con un tono secco come legna da ardere.

«Ha perso molto.»

Stalwood corrugò la fronte. «Sì, è vero. Amava profondamente suo padre.»

«E io sono la ragione per cui è morto» disse Lucas, alzandosi in piedi per andare alla finestra zoppicando. «Il fatto che quella donna non mi disprezzi testimonia la dolcezza del suo carattere. Non merito il suo aiuto o... o qualsiasi altra cosa.»

Stalwood lo stava guardando. Lucas sentiva il suo sguardo trapassargli la schiena. Lo sentiva mettere insieme i pezzi dei brevi momenti che li aveva visti insieme.

«Oakford ha preso delle decisioni sbagliate quel giorno. Non si può dare la colpa solo alla tua avventatezza. Non ti ho mandato qui in castigo a prostrarti per qualsiasi sbaglio tu abbia o non abbia commesso» disse piano Stalwood. «Né ti ho mandato qui per corromperla.»

Lucas si voltò lentamente e incrociò gli occhi del suo superiore. Stalwood sapeva. Ma certo che sapeva. La tensione tra lui e Diana era palpabile. Il sesso non l'aveva smorzata, l'aveva solo rafforzata. Gli aveva solo dato la consapevolezza di quello che le avrebbe fatto più tardi per farli sentire meglio entrambi.

La disapprovazione di Stalwood non avrebbe cambiato le cose, anche se avrebbe dovuto.

«Non voglio corromperla» rispose.

«Bene, si merita di meglio.» Stalwood incrociò le braccia. «Ma non è di questo che dobbiamo discutere.»

Lucas raddrizzò le spalle. «Hai delle novità.»

Stalwood annuì. «Carter Mackany è stato ucciso ieri notte. Assassinato.»

A Lucas si rivoltò lo stomaco. Tornò a sedersi barcollando sul divano e fissò il suo superiore. L'espressione di Stalwood era carica di dolore e di rabbia, emozioni che di sicuro erano riflesse nei suoi stessi lineamenti. Conosceva Mackany da anni. Aveva istruito Lucas sulla complessità dei diversi accenti, in modo che potesse assumere qualsiasi ruolo gli venisse assegnato in un caso. Avevano persino lavorato insieme in Scozia, quando erano stati rubati i gioielli della regina, il suo primo caso di successo.

«Assassinato» ripeté quando riuscì a parlare.

«Stava seguendo un caso in Francia. Riguardava il trasporto di armi oltre il blocco.»

«Sotto copertura?»

Stalwood aggrottò la fronte. «Massima copertura. Nessuno avrebbe dovuto sapere dove si trovava, a meno che non facesse parte della nostra organizzazione.»

Lucas lo fissò mentre quella notizia gli affondava nelle viscere e rimaneva lì, fredda e indigesta. «Il nostro traditore.»

«È rimasto in silenzio per mesi dopo l'attacco. Credo che aver ucciso Oakford e averti ferito debba averlo scoraggiato per un po'. Sapeva che gli davamo la caccia. Ma sembra essere ancora attivo all'interno della nostra organizzazione.»

Lucas si concentrò sul fuoco scoppiettante. «Lo voglio. Voglio prenderlo e punirlo per quello che ha fatto a me. A Oakford. A Mackany. A quanti altri?»

«Capisco.» Stalwood mise la mano nella tasca della giacca e ne estrasse una mazzetta di pagine piegate. «Questo è il rapporto completo sul giorno in cui siete stati attaccati. Contiene non solo il tuo resoconto, ma anche quelli degli altri che sono venuti dopo, i restanti testimoni e i dettagli delle indagini che abbiamo fatto da quel giorno. Voglio che tu ci dia un'occhiata, se te la senti. Vedi se riesci a mettere insieme qualche pezzo o a notare qualcosa che ci è sfuggito.»

Lucas prese i fogli tremando. Erano mesi che non riusciva a fare qualcosa di utile. E anche se questo non era esattamente come andare sul campo a condurre le ricerche, era già qualcosa.

Piuttosto che niente, meglio qualcosa, non c'era dubbio.

«Stai attento a Diana con quelle cose» disse Stalwood, distogliendo Lucas dai suoi pensieri.

Guardò di nuovo i documenti. «Sì, certo. Non c'è bisogno che conosca tutti i dettagli degli ultimi momenti di suo padre. Ed è troppo intelligente per non farsi coinvolgere, se sapesse che li ho.» Si alzò. «Aiutami a tornare in camera mia. Dille che sono stanco. Così avrò il tempo di nascondere le carte. Le esaminerò più tardi, quando sarà impegnata in altre faccende.»

Stalwood annuì e uscì dalla stanza insieme a Lucas. Ma mentre salivano le scale, Lucas non poté fare a meno di sentirsi in colpa per quel sotterfugio. Diana stava facendo tutto ciò che era in suo potere per aiutarlo e ora lui stava per mentirle.

Non era un bel gesto né come suo amico, né come suo paziente né come suo amante. Poteva solo sperare che quelle bugie portassero a scoprire chi era il responsabile della morte di suo padre. Almeno avrebbe potuto metterla in pace da quel punto di vista. Ma solo se adesso le nascondeva la verità.

Diana accompagnò Stalwood alla porta per salutarlo dopo che avevano preso il tè insieme. Quando era tornata dopo che Lucas era andato a letto, si era aspettata che il conte se ne andasse subito. Invece era rimasto per più di un'ora e avevano chiacchierato di piccolezze.

A dire il vero era stato piacevole non avere la nube oscura della perdita di suo padre che incombeva tra loro.

Ma ora Stalwood le stringeva una mano e le stava esaminando il viso con troppa attenzione. La nube era tornata. «Non state dormendo bene.»

Diana arrossì. Era vero, anche se la causa del suo attuale stato di agitazione non era quella spiacevole che il conte immaginava. Aveva passato la notte con Lucas. E aveva intenzione di rifarlo. Non vedeva l'ora, se non altro per dimenticare tutte le altre preoccupazioni.

«Sto bene» lo rassicurò.

Stalwood scosse la testa «Non posso sostituire vostro padre, Diana, lo so, ma sento una certa responsabilità nei vostri confronti. Come suo amico oltre che come suo superiore.»

«Siete sempre stato suo amico» disse lei dolcemente «E lo apprezzo. Come lo apprezzava mio padre. Ma non dovete preoccuparvi.»

Il conte rimase in silenzio a lungo prima di chiedere: «Ho sbagliato a chiedervi di aiutare Willowby?»

Diana si irrigidì. «No. Vedo già dei miglioramenti nelle sue condizioni. Non ho idea di quanto possano progredire, ma considerando che mio padre teneva così tanto a quell'uomo, è mio dovere fare tutto ciò che posso per aiutarlo. Non mi pento di avere accettato questo incarico, milord.»

Stalwood sostenne il suo sguardo. «È un brav'uomo, Diana. Non vi avrei mai esposto al duca se avessi avuto qualche dubbio al riguardo. Ma è una spia. Sapete cosa significa. Quindi siate... prudente.»

Diana arrossì di nuovo. Sembrava che Stalwood avesse percepito un certo livello di sintonia che si era formato tra loro, anche se dubitava che avesse intuito tutta la verità. Se avesse saputo che Lucas l'aveva portata a letto, aveva la sensazione che la situazione sarebbe esplosa.

«Sono sempre prudente, ve lo assicuro» disse, poi gli strinse la mano e si allontanò. «Vi manderò un aggiornamento sulle sue condizioni tra una settimana. Buona giornata.»

«Buona giornata» rispose il conte, alzando il cappello prima di tornare alla bella carrozza che lo aspettava nel vialetto d'ingresso.

Diana chiuse la porta e si voltò verso le scale alle sue spalle.

Aveva promesso a Stalwood di essere sempre prudente, e non era del tutto falso. Lucas... sapeva bene che non poteva affidargli il proprio cuore. La propria anima.

Ma il corpo era un'altra cosa. Desiderava il suo tocco. Desiderava finire ciò che avevano interrotto all'arrivo di Stalwood.

Lo desiderava, era innegabile. Scosse la testa salendo le scale. La porta della camera di Lucas era chiusa e lei esitò un attimo prima di bussare piano.

Sentì un breve movimento prima che lui dicesse: «Avanti.»

Diana entrò. Lucas era seduto sul letto, ancora completamente vestito, anche se a quanto pare Stalwood lo aveva aiutato con gli stivali.

«Se n'è andato?» le chiese, accarezzandola con gli occhi dalla testa ai piedi. Lei rabbrividì davanti all'intimità di quello sguardo. Alla sua intensità.

«Sì. Vorrei che mi avessi chiamato quando ti eri stancato. Avrei potuto aiutarti.»

Un breve lampo di emozione attraversò il volto di Lucas, ma poi sparì. «Non volevo interrompere qualsiasi cosa tu stessi facendo. Stalwood era all'altezza del compito di assistermi.»

Diana si avvicinò di più. «Faccio fatica a immaginare che l'onoratissimo Conte di Stalwood sia all'altezza di un compito così umile.»

Lucas corrugò la fronte. «Non fraintenderlo. Il suo titolo non lo ha mai rammollito. Un tempo lavorava molto sul campo prima di assumere il ruolo di capo delle spie.»

Diana annuì lentamente. «Suppongo che dovrei sapere meglio di chiunque altro che non si deve giudicare una spia dalle apparenze. Raramente sono quello che sembrano o dicono di essere.»

Trasalì appena le parole le uscirono di bocca. Aveva detto fin troppo, rivelandolo a un uomo che trovava sempre un significato più profondo in ciò che veniva detto. Era nella sua natura. E glielo vide fare ora, la stava esaminando come se stesse raccogliendo delle prove.

«Vieni qui.» Lucas le tese una mano.

Lei deglutì a fatica prima di fare come le aveva ordinato. Gli si avvicinò e fece scivolare la mano nella sua. Sentì una reazione istantanea in corpo. Calore e il formicolio del desiderio e... conforto.

Fu quest'ultima sensazione che le fece venir voglia di allontanare la mano. Non voleva cercare, né trovare, conforto in quell'uomo. Era la trappola più pericolosa in cui potesse cadere.

«Siamo stati interrotti prima» le disse dolcemente, sollevando la mano che non teneva la sua per passargliela tra i capelli. Quando le massaggiò delicatamente il cuoio capelluto, Diana si lasciò sfuggire una lunga esalazione di piacere.

«Sì, è vero» mormorò lei, permettendogli di attirarla a sé.

«Mi piacerebbe finire quello che abbiamo iniziato» disse lui mentre se la stringeva addosso e premeva le labbra sulle sue.

Diana si sciolse nel suo calore, felice che avesse scelto di non perseguire nient'altro che il desiderio che scorreva tra loro. Era tutto ciò che voleva, niente di più. Ricordarlo era fondamentale per la sua sicurezza.

Ma tutti quei pensieri svanirono quando le infilò la lingua tra le labbra, facendogliela roteare in bocca, assaggiandola, sfruttando il desiderio che aveva per lui per indebolirla. Lei si spostò per mettersi accanto a lui sul letto e si sollevò strofinandosi contro di lui come un gatto mentre il bacio diventava più profondo e andava avanti all'infinito.

Era persa in lui e le andava bene così. Non voleva essere più trovata se poteva avere per sempre il piacere e la pace che provava tra le sue braccia.

Il pensiero del "per sempre" la fece sobbalzare, e si tirò indietro, fissandolo in viso. Non per sempre. Non c'era nessun "per sempre" per lei. Non lo voleva e non le veniva offerto. Farsi prendere da qualsiasi altro pensiero era un esercizio di dolore e follia.

«Non mi piace quello sguardo» biascicò lui, spingendola gentilmente perché si sdraiasse sulla schiena. «Tu stai pensando... pensi troppo.»

Diana sorrise nonostante i suoi pensieri. «È così evidente?»

«Solo a un acuto osservatore dell'esperienza umana» disse lui, facendo scivolare una mano lungo il suo corpo e afferrando il bordo della gonna. Cominciò a tirarla su un centimetro alla volta. «Proprio come me.»

Diana arricciò le labbra. «Hai dimenticato di dire modesto.»

«Non mentirei mai dicendo una cosa simile» disse lui. La gonna era alle ginocchia ora, e le fece scorrere le dita sulla pelle fino a quando lei si inarcò con un brivido di piacere. «Conosco i miei... talenti. Perché non dovrei esserne orgoglioso?»

Lei riusciva a malapena a pensare ora. La gonna era intorno alle cosce e le dita di Lucas erano calde contro la sua pelle quando le aprì la fessura dei mutandoni e la toccò.

«Quali talenti esattamente?» ansimò lei mentre Lucas lasciava che la gonna le si ammucchiasse in vita e metteva la mano sul suo sesso.

Lui alzò lo sguardo sul suo viso e sorrise. «Sono felice che tu me l'abbia chiesto.»

Scese lungo il suo corpo, facendo i movimenti con attenzione per non risvegliare il dolore più del necessario. Si sistemò tra le sue gambe sdraiandosi a pancia in giù in modo da non dover sostenere gran parte del peso sul braccio malato.

«Lucas» sussurrò lei, ma aveva a malapena pronunciato il suo nome quando lui si chinò e le soffiò una folata d'aria calda sul sesso. Il suo corpo era così sensibile che sussultò alla sensazione.

Lucas inarcò le sopracciglia. «Oh, molto bene» mormorò, poi abbassò la testa e la leccò.

Diana strinse il copriletto tra le mani con un gemito alla sensazione improvvisa e inaspettata della sua bocca sulla sua intimità. Alla scossa di piacere che le aveva provocato. Esperienza o no, non aveva mai provato niente di simile. Non aveva mai immaginato che un uomo facesse una cosa simile o che causasse una reazione così improvvisa, immediata e vulcanica in tutto il corpo al punto da tremare.

Era magia, pura e semplice.

Ed era inesorabile. Perché, naturalmente, era Lucas a condurre. La accarezzò con la lingua con passate lunghe e regolari, facendo roteare la punta intorno al clitoride ogni volta.

«Ti prego» ansimò lei, infilandogli le dita tra i capelli, tirandolo vicino, spingendolo via, incerta su come ottenere di più e allo stesso tempo diminuire l'intensità di ciò che stava provando.

Lui alzò lo sguardo. «Tutto a suo tempo, mia cara» sussurrò, poi tornò al lavoro.

Diana crollò all'indietro, con gli occhi che si chiudevano e il suo mondo che diventava nient'altro che sensazioni acute. Si ritrovò a sollevare i fianchi verso di lui, seguendo il ritmo della sua lingua a più riprese mentre il piacere cresceva.

E a quel punto, Lucas cambiò obiettivo. Non le accarezzò più tutto il sesso. Si concentrò interamente sul clitoride. Da quel grumo sensibile di nervi partì una serie di onde d'urto che la scossero da capo a piedi. Diana era al limite e voleva cadere e volare.

Quando la succhiò poté fare entrambe le cose. Fu attraversata da ripetute ondate di intenso piacere. Si inarcò contro di lui scuotendo i fianchi fuori controllo mentre lui prolungava la sensazione, oltre il punto in cui lei sentiva di poterlo sopportare, oltre il limite della lucidità e di ciò che si poteva considerare sicuro. Era tutto, ed espandeva i confini del suo piccolo mondo finché non le sembrò di poter fare qualsiasi cosa.

Lentamente, il piacere svanì. Alla fine, Lucas sollevò la testa, sorridendole con ferale orgoglio maschile.

Lei non poteva nemmeno muoversi, ma non importava. Lui risalì il suo corpo, sbottonandole il vestito e spingendoglielo giù lungo le braccia. Diana sollevò i fianchi perché glielo sfilasse. Lucas le lasciò la camiciola, ma le tolse i mutandoni.

«Girati su un fianco» le disse.

Lei obbedì, e si girò voltandogli le spalle. Lui le si sdraiò accanto mettendosi sul fianco buono, appoggiandole la bocca contro la nuca. Diana sentì il suo respiro caldo e sensuale contro la pelle, e il suo membro inturgidito premerle sul didietro fino a quando la aprì, strofinandosi contro la sua apertura bagnata prima di penetrarla con una spinta lunga e forte.

Diana spinse all'indietro andandogli incontro, accoccolandosi contro il suo corpo quando la circondò con le braccia. Lucas roteò i fianchi mentre spingeva, sondandole il sesso in profondità, stimolandole il corpo in modi che lei non aveva mai provato prima. Diana gli andò incontro affondo dopo affondo, quel piacere che aveva appena abbandonato tornò in rapida e ancora più potente successione. Venne una seconda volta, gemendo il suo nome mentre lui aumentava la potenza e la pressione delle spinte e infine, mentre grugniva il suo nome, si sfilò e lei sentì il suo calore fluire tra i loro corpi.

Diana rabbrividì e Lucas la attirò più vicino, la sua bocca le sfiorò la pelle, tatuandola con parole di desiderio sussurrate e vuote. E lei si addormentò con tutto questo in testa. E nessuno dei pensieri che normalmente la turbavano.

CAPITOLO OTTO

Lucas scorse il documento che aveva nascosto tra le pagine di un libro che Diana gli aveva prestato, cercando di trovare tra quelle parole un significato nascosto o un indizio. Erano passati quattro giorni dalla visita di Stalwood, e trovare il tempo per esaminare i documenti che gli erano stati dati non era facile.

Non che si lamentasse di come aveva passato il tempo. Diana era un'amante esperta, reattiva, non giocava mai con il suo desiderio.

Naturalmente, era anche una tiranna che insisteva a lavorare anche sulla sua guarigione. Ora la loro relazione era questa. Dolore e piacere. A volte l'uno seguiva immediatamente l'altro.

Ma si sentiva meglio. Più forte di quanto si sentisse da molto tempo.

La porta della camera si aprì ed entrò Diana. Lui chiuse immediatamente il libro, nascondendo il documento che non voleva che lei vedesse, e le sorrise. Indossava un abito semplice con una gonna a righe e aveva i capelli raccolti a metà, come al solito.

«Te ne sei andata troppo presto» disse Lucas. «Perché diavolo insisti a vestirti?»

Lei rise alla sua domanda, ma non si fermò vicino al letto.

Invece, andò verso un pannello che si trovava in un angolo della stanza. Lo tirò da parte con attenzione e rivelò una vasca da bagno.

Lui sbatté le palpebre. «Bella spia che sono, non l'avevo nemmeno notato.»

Diana sorrise voltandosi di nuovo verso di lui. «Mio padre nutriva l'idea controversa che lavarsi aiutasse la guarigione. E anche se ho apprezzato molto le nostre spugnature, penso che tu ti stia riprendendo abbastanza bene da permetterti di usare la vasca da bagno, se te la senti.»

«Sono pronto per qualsiasi cosa che abbia a che fare con te» rispose lui, accennando con la testa all'erezione che tendeva le lenzuola. Uno stato permanente quando lei era nei paraggi.

Diana alzò gli occhi al cielo. «Siete un mascalzone, Vostra Grazia. Vado a cominciare a portare su l'acqua.»

«Lascia che ti aiuti» suggerì lui, cominciando a gettare indietro le coperte.

Lei scosse la testa e alzò una mano. «Ti farai male portando i secchi.»

Lucas strinse le labbra. Aveva ragione, naturalmente, ma gli bruciava ancora ammetterlo. Lei però non gli permise di ribattere, scomparve dalla stanza, lasciandolo solo con la sua sensazione di inettitudine.

Diana tornò qualche istante dopo, portando un pesante secchio carico di acqua fumante. Mentre la versava nella vasca, lui scosse la testa. «Non mi piace essere inutile.»

Diana lo guardò in faccia. «Tu non sei inutile, Lucas. Ma se ti strappi la ferita sulla spalla o ti fai male alla gamba, potresti benissimo diventarlo.»

Lui incrociò le braccia. «Non puoi almeno chiedere ai lacchè di Stalwood di aiutarti?»

Diana ci pensò su. «D'accordo.»

Gli fece cenno di rimettersi comodo e scomparve di nuovo dalla stanza. Lui la sentì aprire la porta, la sentì parlare con la spia che al momento sorvegliava la casa. Pochi istanti dopo, un uomo alto e robusto che Lucas non riconobbe entrò nella stanza portando non uno ma due secchi d'acqua.

L'uomo inclinò la testa prima di gettarli nella vasca. «Vostra Grazia.»

Lucas trasalì. Anche se si era abituato alle volte in cui Diana lo prendeva gentilmente in giro con il suo titolo, sentirlo da questo sconosciuto gli procurava ancora una stretta allo stomaco.

«Grazie» bofonchiò mentre l'uomo se ne andava. Passarono alcuni minuti prima che tornasse. Lucas immaginò che Diana dovesse scaldare altra acqua prima di poter riempire di nuovo i secchi, e che quell'uomo robusto doveva essere contento di avere l'occasione di fare conversazione con lei. Perché non avrebbe dovuto? Era bella e brillante, sensuale e gentile.

A Lucas *piaceva*. Aveva cercato di non farsela piacere, tentando di non provare più di quanto avesse mai provato per qualsiasi amante temporanea. Ma era impossibile vederla in quel ruolo. Quella sensazione lo mise alle strette e si sforzò di farsela passare quando il giovane tornò e versò l'acqua nella vasca ancora una volta. Era piena per più di metà ora, mancavano ancora un paio di secchi.

«Come vi chiamate?» chiese Lucas, nel disperato tentativo di trattenerlo lì piuttosto che permettergli di stare con Diana mentre lei preparava l'acqua per la vasca.

«Logan, Vostra Grazia» rispose il giovane voltandosi. Il giovane lo guardò di sfuggita e Lucas sentì il suo disagio, la sua *pietà*, e gli si contrasse lo stomaco. «Geoffrey Logan.»

«Da quanto tempo lavorate per Stalwood?» gli chiese.

«Meno di un anno.» Il giovane si sistemò d'istinto in una posizione di riposo militare.

Lucas annuì. «Questo deve essere uno dei vostri primi incarichi.»

«Sì» ammise Logan.

«Non esattamente eccitante, temo.» Lucas lo guardò attentamente per vedere se c'era qualche reazione. Ce ne fu una, il ragazzo non si era ancora allenato a trattenerle. Un lampo di frustrazione. Un accenno di inquietudine.

«Sono felice di farlo, ve lo assicuro, Vostra Grazia. Siete stimato al dipartimento. Molti di coloro che ci hanno addestrato hanno parlato delle vostre capacità, hanno fatto riferimento alle vostre imprese. Avete fatto molto per il paese durante il vostro periodo sul campo.»

Lucas si agitò. Si parlava delle sue imprese al passato. Qualcosa di un'epoca passata che era finita, una reminiscenza degli amici con cui aveva lavorato sui casi. Le sue stesse paure, dette con parole semplici da un uomo che non lo era affatto. Gli salì in petto la rabbia e per prudenza la placò come meglio poteva.

«Almeno c'è una bella compagnia» disse. Logan inarcò un sopracciglio e scosse la testa come se non avesse capito. Lucas lo fulminò con lo sguardo. «La signorina Oakford.»

Logan arrossì. «Be', sì, signore. È molto bella.»

«Lo pensano tutti?» lo incalzò Lucas.

«Siamo solo tre, Vostra Grazia» spiegò. «Facciamo a turno. Ma sì, ogni tanto... ne parliamo.»

«Signor Logan, sono di nuovo pronta!» La voce di Diana arrivò dal piano di sotto, e il giovane salutò prima di affrettarsi ad aiutarla.

Ogni fibra del corpo di Lucas prudeva per l'attesa. Per il fastidio. Una frustrazione mai provata prima. Odiava tutto quello che gli stava succedendo, e poi se si aggiungeva Diana alla somma di cose era intollerabile. Non aveva bisogno di essere geloso, per l'amor di Dio. Lei non era sua, era solo una distrazione temporanea. Se voleva permettere a qualsiasi giovane di farle la corte, era un suo diritto. Poteva portarsi a letto l'intero Dipartimento della Guerra e lui non aveva il diritto di giudicarla. Le era dovuto il piacere e la felicità e un futuro.

Lui poteva darle solo una di queste tre cose. Una lacuna sua, non di Diana.

Logan tornò con Diana alle calcagna. Lui aveva due secchi e lei uno. Il ragazzo svuotò i suoi due, poi le sorrise mentre prendeva l'ultimo e lo aggiunse alla vasca fumante.

«C'è qualcos'altro che posso fare, signorina Oakford?» chiese il giovane.

Lei allungò la mano per toccargli il braccio. «No, siete stato di grande aiuto, grazie.»

Logan fece un cenno di saluto a lei, poi a Lucas, e li lasciò soli. Lucas fece per alzarsi e lei alzò una mano. «Non ancora» disse. «Un'altra cosa.»

Uscì di nuovo dalla stanza e lui si lasciò ricadere sui cuscini con crescente frustrazione. Essere fuori controllo non era qualcosa che gli piaceva. Gli ricordava...

Be', non importava. Non aveva intenzione di pensare a quel periodo, a quella vita che aveva abbandonato e al perché.

Diana tornò con una piccola ciotola piena di erbe. La sollevò per mostrargliela prima di andare alla vasca. Gli venne da sorridere mentre lei le spargeva nell'acqua fumante.

«Hai intenzione di bollirmi come un pollo ben condito, allora?» chiese lui, e la sua frustrazione svanì sostituita dal tono scherzoso che aveva cominciato a sembrare così immediato e confortevole tra loro.

Diana mise da parte la ciotola vuota e si voltò verso di lui ridendo. «Più che altro un tè, e tu sarai il biscotto inzuppato dentro. Ma in questo momento l'acqua è troppo calda e le erbe devono restare in ammollo.»

«A cosa servono?»

«Siete sempre così curioso, Vostra Grazia.»

«È vero» ammise lui. «Soprattutto quando una gentildonna cerca di usarmi per cena.»

Lei rise di nuovo, la musica di quel suono toccò tutte le sue corde. «Ti aiuteranno a rilassarti. Allevieranno un po' il dolore. Niente che possa nuocerti.»

Lucas la guardò attentamente. «Non credo che mi potresti mai nuocere, Diana. Non di proposito.»

Lei si ritrasse davanti all'intimità creata da quelle parole. Lui stesso era piuttosto scioccato di averle dette. Non ne aveva l'intenzione. Ma c'era qualcosa in quella donna.

Diana si schiarì la gola. «Potresti pensarla diversamente tra un momento. Mentre il bagno si raffredda, vorrei provare a massaggiarti i muscoli.»

Lui sbatté le palpebre sorpreso all'idea. «Mi vuoi strofinare, vuoi dire. Come un cavallo da corsa?»

Lei scosse la testa e gli lanciò uno sguardo scherzoso con cui gli fece capire che lo stava tollerando a malapena. «Suppongo che sia un passo avanti rispetto all'essere un pollo o un biscotto.»

«Se pensi che possa essere utile» disse lui. «Non sono contrario all'idea che tu mi strofini le mani addosso.»

«Cercherò con tutte le mie forze di non distrarmi. Per fortuna non hai fatto lo stesso errore di cui hai accusato *me* prima e non ti sei vestito, quindi se ti girassi a pancia in giù e smantellassi la fortezza di cuscini che ti sei costruito dietro la testa, sarebbe utile.»

Lucas obbedì e si sdraiò a pancia in giù, girando la testa dall'altra parte. La sentì muoversi, poi le sue mani lo toccarono. Erano ricoperte di un olio fragrante che sapeva di cannella e di qualcosa di esotico che non riusciva a collocare. Sibilò di piacere alla sensazione erotica della carne che scivolava sulla carne.

«Mmh, dovrei richiedere questo trattamento ogni giorno» gemette.

«Potrebbe non piacerti tanto quando andrò più in profondità» disse lei. «Il piacere non è sempre la prima reazione, ma il dolore.»

Lucas aprì gli occhi e fissò l'altro lato del letto. Le parole di Diana gli ricordarono una cosa di cui si era accorto che lo tormentava da qualche giorno. Una cosa di cui non aveva discusso con lei, ma che ora gli frullava in testa, una gelosia tra le altre gelosie indesiderate.

«Sei stata sposata?» le chiese alla fine.

Le sue mani sulla schiena esitarono, e poi ricominciarono a

massaggiarlo. «Vuoi dire perché non ero... non ero intatta la prima volta che hai fatto l'amore con me?»

Lui girò la testa per guardarla mentre diceva: «Sì.»

Diana arrossì e si voltò per un momento. Lucas strinse la mascella. Forse aveva esagerato, era stato troppo schietto. I suoi amici, molto tempo prima, dicevano che poteva esserlo.

Lei tornò a guardarlo e lui vide che era spossata. Si sollevò, ignorando la fitta di dolore che gli attraversò la spalla, e le prese la mano. «Non mi devi nessuna spiegazione, Diana. Questo lo so. Voglio che tu sappia che lo so. Nonostante questo, te lo chiedo perché sono curioso. E perché voglio sapere di più su di te.»

Diana fissò le loro dita intrecciate. Poi si staccò e gli fece cenno di tornare alla sua posizione originale. Gli rimise le mani sulla pelle e sospirò.

«Quando mia madre morì, mio padre conosceva solo la medicina. Non aveva idea di come crescere un figlio, di sicuro non una figlia.»

Lucas pensò ai suoi genitori. Suo padre che lo aveva sempre disprezzato. Sua madre che riusciva a malapena a guardarlo. Dubitava che Oakford fosse mai stato così duro, ma questo non significava che fosse stato un buon genitore o che avesse dato a Diana ciò di cui aveva bisogno.

E *questo* lo capiva perfettamente.

«Deve averti fatto soffrire» le disse dolcemente.

Per un attimo l'esitazione fu l'unica risposta che Diana diede a quella domanda. Poi sussurrò: «A volte. Alla fine cominciò a insegnarmi la sua professione. Naturalmente, imparai presto che mi insegnava ciò che sapeva perché era tutto ciò che capiva. E questo significava che facevamo lunghe conversazioni sul corpo umano e su tutti i suoi processi.» Fece un lungo respiro. «Io non sono come le donne con cui sei cresciuto, Lucas. Non sono *mai* stata un'innocente dalla risatina facile.»

«Non di testa, forse. Ma il corpo è un'altra cosa» disse lui.

«Sì.» Le si incrinò la voce, e Lucas dovette fare uno sforzo enorme per non alzare la testa e guardarla. Per non rotolarsi su un fianco e prenderla tra le braccia. Combatté quegli impulsi, non solo per il suo bene, ma perché dubitava che Diana avrebbe continuato se lo avesse fatto. Percepiva la sua reticenza.

«Non sei costretta a dirmelo» le disse di nuovo.

«Lo so. Ma suppongo che meriti di sapere la verità, data la... natura del nostro rapporto.» Sospirò di nuovo. «Ero innocente finché non ho incontrato *lui*.»

«Lui» ripeté Lucas.

Diana gli affondò le dita nei muscoli con più forza e lui si tese per resistere a una fitta di dolore. Per un momento, lei si limitò a massaggiarlo e lentamente i muscoli si rilassarono e il dolore diminuì.

«Mi dispiace, so che fa male.»

Lucas sapeva che sotto sotto Diana stava cercando di distrarlo. Che era riluttante perché la sua storia era ovviamente dolorosa. Lui non voleva ferirla, ma la pulsione che aveva dentro, la tenacia della spia, non si attenuava.

«Chi era?» insistette e alla fine si girò per poterla guardare mentre glielo chiedeva.

Solo che non vide dolore nella sua espressione. Almeno non vide solo quello. C'erano emozioni molto più profonde nel suo sguardo. Rabbia. Risentimento. Perdita. E dolore. Qualcosa di più profondo e potente del semplice dolore passeggero.

Vide tutto questo e gli venne voglia di rimangiarsi la domanda. Non perché non volesse sapere la risposta, ma perché improvvisamente la risposta gli sembrò troppo importante. Troppo intima. La risposta li avrebbe legati, e lui temeva quel legame come non aveva mai temuto nulla in vita sua.

Ma stava per saperlo. Non si poteva tornare indietro.

CAPITOLO NOVE

Diana non riusciva quasi a respirare, ma riuscì a mantenere la voce calma mentre diceva: «Sei tenace.»

Lucas le fece un sorriso, ma lei ne riconobbe la falsità, la sentì nella sua voce mentre diceva: «È una prerogativa di chi fa indagini.»

Lei strinse le labbra. Il più delle volte le piacevano le sue battute. La mettevano a suo agio. In quel momento, le sembrò falso. Un modo per allentare la tensione, per ottenere quello che voleva.

«Sono sotto indagine?» chiese lei a bassa voce.

Lucas socchiuse gli occhi e la guardò con occhi ardenti mentre allungava una mano per toccarle la gamba attraverso la gonna. «Un'indagine molto intima.»

Diana si accigliò ancora di più. Se stava usando ciò che avevano condiviso contro di lei, la feriva nel profondo. Eppure si sentiva ancora spinta a dirgli la verità che cercava. Se l'avesse fatto, avrebbe potuto fargli capire in parte chi era. E forse sarebbe anche riuscita ad allontanarlo un po'.

Dopo tutto, una persona come lui non avrebbe voluto una donna che si era data così facilmente. Era una cosa che avrebbe eretto un muro tra di loro, e forse le avrebbe impedito di provare un tale bisogno di lui.

«Era un amico di mio padre» disse, e detestò sentire come le tremava la voce. «Venne nella nostra casa di campagna come ospite. Quanto meno così mi fu detto.»

Lucas si sedette un po' più su, appoggiandosi sui gomiti. Diana vide il dolore sul suo volto, ma non così intenso come nei giorni precedenti. Stavano facendo progressi.

«Cosa intendi per "così ti fu detto"? Non si era mai sentita a suo agio con questa parte della storia. «Credo che facesse parte di un caso a cui stava lavorando mio padre.»

Lucas la fissò con un'espressione dura e improvvisamente fredda. «Oakford ti ha detto che lavorava a dei casi?»

«Di tanto in tanto, sì» rispose lei. «So che per lo più faceva il chirurgo per gli uomini del Dipartimento, ma aveva una mente brillante, e a volte lavorava ad altre cose.»

«Capisco.» Lucas rimase in silenzio un momento. «Quindi quest'altro uomo venne come parte di qualcosa su cui tuo padre stava lavorando. Per il Dipartimento della Guerra.»

«Lavoravano spesso gomito a gomito e smettevano subito di parlare ogni volta che entravo in stanza senza preavviso. All'epoca aiutavo mio padre nelle faccende domestiche, ma mi bandì dal suo studio e mi disse di non mettere a posto le sue carte mentre c'era il suo ospite.» Scrollò le spalle. «Non sono una stupida. Capivo cosa stava succedendo. Ti sorprende?»

«Che tu non sia una stupida?» chiese lui. «Niente affatto. Mi sorprende sapere che tuo padre lavorava a dei casi. Non sapevo che ne prendesse in carico. Ma capisco che con la sua intelligenza sarebbe stato adatto al lavoro. Come dici tu, era brillante. Mi sono spesso rivolto a lui per aiutarmi a risolvere dei problemi.»

Diana fece un lungo respiro per trattenersi dalle lacrime che inevitabilmente sentiva arrivare quando pensava troppo a lungo a suo padre. «Sono sicura che quest'uomo facesse lo stesso lavoro.»

«Chi era?» chiese Lucas.

Lei si girò dall'altra parte, con i pugni stretti ai fianchi. «No, non te lo dirò. Non voglio che tu parli di me con i tuoi compari per confrontare le esperienze.»

«Diana!» sbottò lui con tono tagliente costringendola a guardarlo. Si era tirato su a sedere del tutto e la fissava. «Non puoi pensare che mancherei mai di rispetto a te o a quello che c'è stato tra noi.»

Diana sollevò il mento. «Non voglio pensarlo, ma che ne so io di come parli quando sei solo con gli altri?»

«Non così, te l'assicuro» disse lui, disgustato al solo pensiero. Era così serio che le diede sollievo.

«Il suo nome non ha importanza» disse lei, e si avvicinò alla vasca per testare l'acqua. Era quasi perfetta ora e le dava una scusa per stare lontana da lui, per distogliere lo sguardo in modo che non la vedesse in faccia mentre continuava la sua storia. «In fin dei conti, non posso nemmeno addossargli tutta la colpa per quello che è successo.»

«Come puoi dire una cosa del genere? Tu eri un'innocente, lui era un ospite in casa di tuo padre.»

Lei scrollò le spalle, come se non avesse importanza. La più grande bugia che avesse mai detto. «Ero sola e sciocca. Ho scambiato un tentativo di seduzione per qualcosa di più. E quando mi baciò...» Si interruppe mentre ricordava quel momento nei minimi dettagli. Allora ne era stata elettrizzata. Ora si sentiva vuota. «Be', mi sentii come se mi si fosse accesa una luce dentro. Una luce che c'era sempre stata, ma che non avevo mai saputo di avere.»

«Quanto tempo fa è successo?» chiese lui, con voce roca.

Diana si sforzò di guardarlo. Lui era indecifrabile come sempre. «Due anni» sussurrò lei. «Non avevo ancora compiuto ventuno anni. Probabilmente ti sembrerà molto sciocco, visto che la maggior parte delle donne ha più buon senso a quell'età.»

«Non eri così vecchia» disse lui dolcemente.

«Per me no di certo. Non ero andata a nessun ballo né avevo avuto dei corteggiatori. In un certo senso ero ingenua in fatto di relazioni tra uomini e donne, in fatto di amore, in fatto di... sesso.

Lui mi offrì... un'illusione. E gli concessi ciò che voleva perché pensavo che significasse amore e futuro.»

La guancia di Lucas si contrasse. «E dopo?»

Lei piegò la testa. «Cambiò tutto. Scoprii che era sposato, per esempio, e mi spezzò il cuore. E poi mio padre scoprì la nostra tresca. Era più arrabbiato di quanto lo avessi mai visto in tutta la mia vita. Pensai che avrebbe ucciso il suo amico. Ma non lo fece. Il tipo se ne andò e...»

Si fermò. C'era molto di più, ma era impossibile dire quelle cose ad alta voce. Non ne aveva mai parlato, e certamente non aveva intenzione di iniziare con un uomo che le aveva già detto che non le avrebbe offerto altro che piacere.

«E?» fece Lucas.

«E ora eccomi qui» disse lei con un tono fintamente allegro. «Il resto lo conosci. Ora, perché non entri in vasca? È alla temperatura perfetta per aiutare quei muscoli a sciogliersi. Ti allevierà il dolore.»

Lucas sostenne il suo sguardo a lungo e Diana capì che la stava esaminando, che la stava analizzando come era stato addestrato a fare. Si rese conto in quel momento che lui capiva che non aveva detto tutto e trattenne il respiro aspettando che la accusasse o pretendesse che gli raccontasse tutta la storia.

Invece, si alzò, lentamente e in silenzio. Quando le lenzuola caddero a terra, lei si ritrovò a guardargli il corpo. Non poté trattenersi. Lui le si avvicinò e quando la raggiunse le prese la nuca e la attirò a sé per baciarla.

Diana sospirò, gli appoggiò i palmi sul petto nudo e si godette il suo sapore in quel bacio con cui Lucas spegneva tutto il dolore che le era bruciato dentro durante la sua confessione.

Quando finalmente si staccò, la guardò negli occhi. «Io non ti sto usando, Diana.»

Lei riprese fiato. «Lo so. Lo so. Questa volta affronto questo accordo a occhi ben aperti. Nessuno si farà male se nessuno dice bugie.»

«Diana» cominciò Lucas, ma lei scosse la testa.

«Entra in vasca adesso» disse lei, offrendogli una mano per bilanciarsi. «Adesso basta cose serie.»

Lui storse le labbra, ma non si oppose. Si limitò a sprofondare nell'acqua calda con un sospiro e chiuse gli occhi appoggiando la testa al bordo della vasca. Anche lei fece un sospiro. L'argomento era stato accantonato. Almeno per ora.

E se stava attenta, non avrebbero mai più dovuto affrontarlo.

Lucas non aveva idea da quanto fosse nella vasca. Abbastanza a lungo che l'acqua aveva cominciato a diventare tiepida. Era stato sedotto dal bagno. Dal calore che gli era penetrato nel corpo, dalla dolce e morbida fragranza delle erbe che Diana aveva aggiunto all'acqua, dal modo in cui i muscoli avevano cominciato a rilassarsi e il dolore, che era suo costante compagno, si era attenuato.

Eppure non era del tutto a suo agio. Rimuginava ancora, ripensando a quello che Diana gli aveva confessato sull'uomo che le aveva preso l'innocenza. Era stata molto onesta su un argomento straordinariamente doloroso. Essere sedotta e abbandonata da un amico di suo padre, un'altra spia... gli faceva salire in petto una rabbia molto più forte del dovuto.

E domande. Gli faceva sorgere delle domande. Aveva conosciuto George Oakford quando era diventato una spia. Non aveva mai saputo che il chirurgo lavorasse a dei casi, né che vi prestasse assistenza. Il giorno in cui Lucas era stato ferito era stato un'aberrazione, un'occasione in cui aveva avuto bisogno di rinforzi e il padre di Diana si era trovato lì.

Oh, aveva parlato con lui di problemi spinosi, naturalmente. La mente di Oakford scattava come una trappola d'acciaio ed era veloce ad offrire consigli o soluzioni. Ma non riusciva a immaginare una situazione in cui sarebbe andato a casa di Oakford, in cui avrebbe collaborato con lui su un caso. Pensandoci sembrava... sospetto.

«Tieni» disse Diana, e la sua voce dolce irruppe nei suoi pensieri.

Lucas aprì gli occhi e prese il sapone che gli stava porgendo. «Non vedi l'ora che finisca, vero?»

Lei sorrise. «L'acqua si sta raffreddando e dovresti lavarti prima che ti tiriamo fuori. Stare seduto nell'acqua fredda non ti farà bene alle ferite.»

Lui annuì e cominciò a lavarsi. Era acutamente consapevole del fatto che lei lo guardava dalla sedia a qualche metro di distanza su cui andò a riprendere posto. Lo guardava con un interesse erotico che lo metteva in tensione in un modo assai piacevole.

Volerla era facile. Conoscerla? Era un'altra storia. La confessione lo aveva avvicinato un po' di più, certo, ma sentiva ancora il suo riserbo. C'era di più nel suo passato. C'era di più sull'uomo che l'aveva fatta soffrire.

Ma ora non era il momento di insistere. Forse non lo sarebbe mai stato. Dopo tutto, non era qui per conoscere questa donna affascinante. Non sarebbe rimasto con lei a lungo. Lei lo ripeteva in continuazione: entrambi sapevano di cosa si trattava. Una relazione, destinata a scambiarsi piacere.

Niente di più.

«Tuo padre era un brav'uomo» disse.

Diana si agitò sulla sedia e distolse lo sguardo di scatto, sentendosi a disagio per l'intimità di quell'affermazione. «Sì» confermò infine. «Lo era.»

«A volte parlava di te» continuò lui, e poi si chiese perché. Non andava contro la decisione che aveva appena preso? Che si trattava di una relazione temporanea che non richiedeva alcuna conoscenza o legame più profondo?

Diana piegò di più la testa. «Davvero?»

Lucas non riusciva a decifrare il suo tono, non sapeva se l'informazione che le aveva fornito la ferisse o la aiutasse, se fosse una sorpresa o qualcosa che ispirasse rabbia.

«Sì» proseguì, nonostante tutto ciò che gli suggeriva di fermarsi.

«Diceva sempre quanto fossi intelligente. Quanto fosse orgoglioso di te.»

Con sua grande sorpresa, l'espressione di Diana divenne improvvisamente più dura. La giovane si alzò lentamente e si allontanò, con le mani strette ai fianchi. «Sì» disse a denti stretti. «So quanto apprezzasse la mia *utilità*.»

Lui scosse la testa, si tirò su a sedere nella vasca e posò il sapone sul bordo. «Era più di questo, Diana» disse con un filo di voce.

Lei si girò di scatto, e lo fulminò con lo sguardo. «Parlava anche di te» disse, cercando chiaramente di cambiare argomento. «Il Duca in Incognito, ti chiamava, anche se non ho mai saputo il tuo vero nome. Mi prendeva in giro e mi diceva che eri membro di un club di duchi molto prestigioso, ma che in qualche modo eri comunque bravo nel tuo lavoro.»

Lucas si girò dall'altra parte. Il suo club. Si sforzava tanto di non pensarci. Di non pensare a loro. Ai suoi amici. Quelli con cui non parlava da quando... be', da *allora*... ecco tutto. «Sono uomini eccezionali» disse piano.

Diana inclinò la testa, e ci fu un momento di silenzio prima che dicesse: «Be', mio padre ti considerava un... un...»

Lui la guardò, chiedendosi perché si sforzasse di trovare una parola così semplice. «Un amico?» suggerì.

«Sì, naturalmente. Ma era più di questo. Diceva molto chiaramente che ti vedeva come un... un figlio, credo. A volte ero piuttosto gelosa del tuo legame con lui.»

«Un figlio» ripeté Lucas sotto shock. «Questo significa molto per me.»

Non disse altro, non poteva. Ma questo non fermò Diana. Fece un passo avanti, i suoi occhi verde brillante si concentrarono su di lui. Gli leggeva dentro come solo lei sembrava capace di fare. Come sempre, lo metteva a disagio perché lo faceva sentire maledettamente vulnerabile.

«Cosa c'è?» gli chiese.

Lui strinse i denti e scosse la testa. «Non è niente.»

«È più di niente» sussurrò lei. «Dopo tutto, io ti ho parlato del mio passato… non puoi dirmi qualcosa in cambio?»

Lucas sospirò. Era giusto. E quello che avrebbe detto non avrebbe rivelato nulla di importante. Almeno non qualcosa di cui *lei* avrebbe capito l'importanza.

«Mio padre non mi considerava un figlio» disse, ogni parola bruciava mentre gli usciva di bocca. «In effetti, riusciva a malapena a sopportare la mia vista. Quindi l'accettazione di tuo padre da quel punto di vista significa più di quanto tu possa capire. Mi… mi dispiace di averlo deluso. Mi dispiace tanto.»

Diana si avvicinò ancora di più, e ora quei suoi occhi luminosi dardeggiavano. «Non dirlo più. Mio padre ha avuto a che fare con le spie e i loro compiti per decenni, Lucas. Conosceva i rischi.»

«Come tutti noi» disse lui. «Alcuni di noi sono destinati a morire per il nostro paese. Solo che non pensavo fosse il destino di tuo padre.»

Diana fece una smorfia inorridita. «Stai dicendo che è il tuo?» Deglutì a fatica. «È per *questo* che eviti di assumere i doveri del tuo titolo?»

«In parte» ammise lui, e quella sola parola gli sembrò cadere addosso come un peso di una tonnellata.

«Qual è l'altra parte?» lo incalzò Diana.

Lucas scosse la testa e poi si alzò lentamente in piedi. L'acqua gli scorreva lungo il corpo e lui vide l'attenzione di Diana spostarsi dal suo viso al suo petto, al suo stomaco e infine al suo inguine.

«Non voglio più parlare, Diana» disse a bassa voce.

Lei sostenne il suo sguardo per un lungo momento, e poi azzerò la distanza che rimaneva tra loro. Allungò la mano e gli premette il palmo sullo stomaco, passando le dita sugli addominali sodi.

«Capisco» sussurrò mentre con l'altra mano prendeva un soffice asciugamano dal tavolo dietro di lei.

Lo scosse e glielo porse, ma lui non lo aprì. Non si coprì. Si limitò ad appoggiarsi alla spalla di Diana e uscì dalla vasca. La afferrò per il sedere e la attirò contro di sé. Diana fece un gridolino quando si ritrovò spalmata contro il suo corpo bagnato, ma ogni protesta scherzosa fu messa a tacere quando le coprì la bocca con la sua.

Lei rispose, come sempre. Adorava questo di lei. Il suo corpo era fatto per lui. Fatto per essere toccato. Fatto per essere adorato, e lui era all'altezza di quel compito, anche se a volte toccarla gli faceva desiderare più di ogni altra cosa di essere di nuovo sano. Sano per potere prenderla e stringerla e soddisfarla in una dozzina di modi nuovi. Modi a cui Diana non aveva nemmeno mai pensato prima.

Ma per ora, si sarebbe dovuto accontentare. La spinse verso il letto e ci caddero sopra insieme. Si compiacque di come i loro corpi sembravano fatti l'uno per l'altro, anche se dovette sforzarsi di tenersi appollaiato sul braccio buono mentre la baciava e baciava finché tutto il resto non svanì.

Diana si inarcò sotto di lui, lasciandosi sfuggire piccoli gemiti di piacere mentre andava incontro alla sua lingua in preda a un desiderio e a un bisogno potenti. Gli doleva l'inguine, gli doleva il corpo, aveva bisogno di essere dentro di lei. Adesso.

«Girati» grugnì sollevando la bocca.

Lei obbedì, e si mise a pancia in giù sul letto. Lui le afferrò i fianchi e la tirò finché non fu piegata su un lato e il suo delizioso didietro gli offrì una visione perfetta dei piaceri a venire.

Le prese la gonna in mano, tirandola su piano piano lungo il corpo, sopra i polpacci, le cosce, i fianchi, fin sulla schiena. Le mise un braccio intorno, dondolandosi dolcemente contro di lei, mentre le slacciava i mutandoni che le caddero intorno alle caviglie, lasciandola solo con le giarrettiere, le calze e la splendida pelle nuda.

Le afferrò il sedere e la sentì rabbrividire sotto di lui. Il suo nome le sfuggì dalle labbra in un soffio leggero e si sollevò, offrendogli tutto.

E lui voleva prenderlo. Massaggiò la carne soda, tirandola indietro in modo da poter far scivolare il pene nel solco tra i glutei. Lei sussultò scioccata quando lo sentì contro quel luogo proibito, ma non protestò. Si limitò a guardarlo da sopra la spalla, incerta.

«Potrei» disse Lucas strascicando le parole, guardandola negli occhi mentre le carezzava l'orifizio a bocciolo di rosa del suo sedere seducente con la punta inturgidita. «E ti piacerebbe.»

Diana si morse il labbro. «Davvero?»

Lui annuì. «Te lo garantisco. Ma non ho niente qui per facilitare l'ingresso. Quindi non oggi. Non questa volta. Questa volta prenderò...» Si fermò mentre faceva scivolare il membro verso il basso, fino all'entrata del suo sesso. Quando la toccò con la punta, la trovò bagnata, calda, pronta. «...qui» ansimò lui.

Lei spinse indietro e lui le scivolò dentro un centimetro. Un centimetro di paradiso mentre lei lo stringeva come un guanto ben aderente. Era stato con molte donne ai suoi tempi. Gli era sempre piaciuto fare sesso e non aveva fatto nulla per negarselo.

Ma questo era diverso. Quando spingeva dentro di lei, riempiendola dalla base alla punta, era diverso. Era unico. Era tutto. Quando entrava nel suo corpo, a una parte di lui sembrava di tornare a casa. In un posto che non aveva mai avuto veramente. Gli sembrava che il suo posto fosse con lei, unito a lei fisicamente, e forse più di così.

Il pensiero lo fece sobbalzare, così spinse di nuovo per scacciarlo. Dal glande risalì una scossa di piacere che fece svanire le sue riflessioni. Le afferrò i fianchi, imprimendole le dita nella pelle, lasciandole i segni nella carne, e probabilmente dei piccoli lividi. Ma lei gemette di desiderio e lui non si fermò. Cominciò a martellarle contro.

Lei gli andò incontro affondo dopo affondo, cingendolo stretto, costringendolo ad aumentare la forza delle spinte per arrivare all'estasi. E arrivò, forte e veloce e potente. Lucas si concentrò per tenerla a bada, perché voleva che lei lo mungesse con il proprio orgasmo.

«Toccati» grugnì.

Lei lo guardò una seconda volta da sopra la spalla, e lui quasi si sciolse di fronte alla sua espressione sensuale, allo sguardo luccicante e appassionato e al nudo desiderio sul suo volto.

Diana non disse nulla. Si limitò a continuare a guardarlo negli occhi mentre si infilava una mano tra le gambe e cominciava a strofinarsi il clitoride. La sentì aumentare la pressione delle dita, la pressione contro la sua erezione e chiuse gli occhi. Lo avrebbe distrutto e non vedeva l'ora.

La sentì sobbalzare sotto di lui e lasciarsi sfuggire un rantolo, un gemito, e poi sentì la sua vagina stringerlo in un'ondata dopo l'altra di piacere. Lui continuò a spingere, eccitato dalla trazione che lo stimolava a venire.

Quando arrivò l'orgasmo, per poco non le venne dentro. Si sfilò all'ultimo secondo, lasciandosi sfuggire un grido mentre eiaculava contro la sua pelle e la sentiva tremare sotto di lui.

Poi le si accasciò addosso, se la strinse al fianco, e lasciò che la sintonia tra loro lo scaldasse, che l'estasi lo guarisse e che la presenza di Diana lo calmasse, anche se sapeva bene che non sarebbe durata.

CAPITOLO DIECI

Diana si svegliò a rilento in una nuvola di benessere e piacere. Era calda e al sicuro, e mentre si rannicchiava tra le coperte sentiva due braccia forti stringerla ancora di più. Questo era il paradiso, non c'era nient'altro, e lei non voleva svegliarsi da quello stato.

Solo che dovette. Alla fine la realtà ebbe la meglio, e quando aprì gli occhi vide la luce del sole filtrare nella stanza da dietro le tende. Era sdraiata su un fianco, di fronte a Lucas. La teneva abbracciata, ma stava ancora dormendo.

In quel raro momento, ne approfittò per guardarlo. Era veramente bello, e lo era ancora di più ora che era così rilassato. Lo faceva sembrare più giovane, meno stanco del mondo, meno colpito dal dolore.

Ma non si lasciava ingannare dalle apparenze. Ieri Lucas aveva usato la passione contro di lei. Avevano parlato, gli aveva chiesto di raccontarle un po' della vita che aveva condotto un tempo, e lui l'aveva interrotta portandola a letto.

Lo aveva lasciato fare perché il suo tocco era troppo perfetto per non abbandonarsi. Lo voleva, voleva *lui*. Così lo aveva preso, più e più volte, finché non si era fatta notte, finché non si erano addormentati.

Ma non poteva ignorare che non aveva alcun problema a ritorcerle contro i desideri del suo corpo voglioso.

Era meglio così? Be', quella era tutta un'altra storia. Confidargli dei segreti era pericoloso. Portava ad un senso di vicinanza, che era ingannevole, una trappola. Se i muri che aveva eretto fossero caduti, avrebbe potuto essere devastante, specialmente considerando l'imminente anniversario. Ancora una settimana e avrebbe dovuto sforzarsi di tenersi lontana da lui per non lasciargli vedere la propria debolezza e il proprio dolore.

Forse doveva già iniziare a praticare quella distanza.

Si allontanò lentamente e rimosse le coperte, provando a liberarsi dal suo abbraccio, ma lui le strinse le braccia intorno ancora di più. Improvvisamente si trovò con la schiena appiattita contro il suo ampio petto e avvertì la sua erezione premerle contro mentre le posava un bacio nel punto d'incontro tra il collo e la spalla.

Lucas aveva una voce profonda e assonnata quando mormorò: «Mi hai detto di riposare, Diana. Resta a letto con me oggi.»

Lei non poté fare a meno di sorridere, anche se la tentazione insita in quelle parole era pericolosa oltre ogni immaginazione. Restare con lui tutto il giorno? Era troppo facile iniziare a immaginare di stare con lui per sempre. Nel suo letto, tra le sue braccia, nella sua vita.

«Moriremo di fame» protestò lei, cercando di non sospirare mentre lui continuava a baciarle la pelle.

«Ne vale la pena» commentò lui in un soffio.

Diana rabbrividì, cercando una risposta che la liberasse dalla prigione che adorava. «Arriverà Stalwood più tardi» disse alla fine.

«Non è ancora più tardi» ribatté lui, e cominciò a sfiorarle il capezzolo con il pollice finché le mancò il fiato.

Ma riuscì a non cedere e lo spinse via. «Lucas, dai, non abbiamo tempo.»

Lui la liberò immediatamente, e lei scese dal letto barcollando e iniziò a cercare per terra la vestaglia che si era tolta la notte precedente quando era andata a prendere da mangiare dopo la terza volta che avevano fatto l'amore.

Quando si fu vestita e un po' calmata, si voltò verso di lui. La stava fissando con occhi socchiusi, analizzandola e giudicandola. Come se le potesse leggere dentro se si fosse concentrato abbastanza. A dire il vero, Diana aveva paura che ci riuscisse.

«Forza, ti aiuto a prepararti per la giornata» gli disse, passando alle cose pratiche per nascondere le sue emozioni più profonde. «Lasciami dare un'occhiata a quella ferita e poi ti aiuterò a vestirti.»

Per un momento pensò che avrebbe potuto rifiutare. Ribattere. Che l'avrebbe convinta a tornare di nuovo tra le sue braccia seducendola, e a quel punto gli avrebbe detto tutto quello che aveva tenuto segreto per tutta la vita. Lucas avrebbe avuto tutto di lei e quando se ne sarebbe andato avrebbe portato tutto con sé.

Ma non lo fece. Il suo volto era ancora indecifrabile quando si alzò dal letto e inclinò la testa. «Come desideri, Diana. Farò come vuoi.»

Lei gli fece cenno di sedersi sulla sedia vicino al fuoco per controllargli la ferita, ma quell'acquiescenza non le sembrò affatto una vittoria. Sembrava piuttosto una mossa in una partita a scacchi.

Ed era una partita che non pensava di stare vincendo.

Per tutta la mattina Lucas aveva percepito la distanza che Diana aveva messo tra loro. Era evidente dal modo freddo in cui lo assisteva. Dal modo in cui evitava di fare conversazione al di là di poche domande e risposte educate. Dal modo in cui lo aveva fatto accomodare in salotto per la colazione, piuttosto che nella loro... nella *sua* camera da letto o in cucina, dove a volte mangiavano insieme.

Diana aveva persino rifiutato la sua offerta di aiutarla quando era stato il suo turno di prepararsi. Non c'era stata nessuna allegria, né gioco di seduzione. Lo aveva semplicemente lasciato solo e non era tornata per quasi un'ora.

Non aveva idea di cosa avesse provocato quel cambiamento in lei. Avevano fatto l'amore per ore la sera prima ed era stato magico. Eppure oggi...

Be', oggi aveva eretto dei muri. Muri che erano per il meglio, ovviamente. Lucas sapeva benissimo che si stavano avvicinando troppo, eppure sentiva un disperato desiderio di abbattere quei muri, di stringerla al petto ed esigere che gli desse di più. Che gli desse tutto.

Assolutamente ingiusto.

Diana entrò nel salotto dove lo aveva fatto accomodare qualche minuto prima. Teneva un servizio da tè in equilibrio tra le braccia. Mentre la guardava, lei lo posò sulla credenza e cominciò a sistemarlo con calma.

«Stalwood sarà qui a momenti» disse senza guardarlo. «So che voi due avete molto da discutere, quindi vi lascerò soli dopo avervi servito il tè.»

Lui inarcò un sopracciglio e fece un passo verso di lei. Quando la vide irrigidirsi, come se avesse percepito le sue intenzioni, si fermò e la fissò. «Cos'è questo gioco, Diana?» chiese a bassa voce.

Lei si voltò di scatto. «Gioco?»

«Tu non sei una serva né per me né per lui, eppure ne stai recitando la parte. Cosa sta succedendo? Ho fatto qualcosa di male?»

Si ritrovò a trattenere il respiro in attesa della risposta, aspettando che lei gli rivelasse un modo per scalare quel muro tra loro. Ma Diana si limitò a sorridergli, un'espressione assolutamente falsa, e scosse la testa. «Certo che no. Va tutto bene.»

«Non prenderti gioco della mia intelligenza, Diana» disse lui con un tono un po' più aspro di quanto volesse. «Non lo apprezzo.»

Lei schiuse le labbra e poi deglutì con forza. Lucas vide il suo conflitto interiore, il suo sforzo di trovare le parole per rivelare qualsiasi cosa l'avesse spaventata. Si sporse in avanti, desideroso di sentirle, ma poi qualcuno bussò alla porta d'ingresso.

Diana sembrò sollevata. L'espressione durò solo un attimo, ma la vide. La riconobbe. Per Lucas fu come un pugno nello stomaco.

«Scusa» disse lei, senza incrociare il suo sguardo mentre usciva di corsa dalla stanza. Lui scosse la testa mentre la sentiva aprire la porta, salutare il conte e poi accompagnarlo in soggiorno.

«Lord Stalwood» annunciò, ancora una volta come se fosse la cameriera di Lucas piuttosto che la sua amante. La sua *amica*, perché era così che aveva cominciato a pensare a lei nel tempo in cui erano stati insieme.

Non voleva perdere quel rapporto.

«Buon Dio, hai davvero un aspetto migliore» disse Stalwood entrando nella stanza, con la mano tesa.

Lucas scelse ancora di stringergliela con il braccio buono, ma sentiva più forza anche in quello. «Diana ha fatto miracoli» disse, guardando verso di lei da sopra la spalla di Stalwood. Lei continuò a non incrociare il suo sguardo.

«Dovrei mandarvi tutti i miei feriti, mia cara» disse Stalwood con un breve sorriso per Diana.

Lei si irrigidì a quel suggerimento e sbiancò leggermente. «Non oserei mai prendere il posto di mio padre, milord. Ora vi lascio alla vostra discussione.»

Non disse altro, ma girò sui tacchi e praticamente fuggì dalla stanza. Stalwood la seguì con lo sguardo e poi si voltò verso Lucas. «Non volevo offenderla» disse. «Non credevo che avrebbe pensato che stavo cercando di sostituire suo padre.»

Lucas gli fece cenno di sedersi sul divano e cominciò a versare lui stesso il tè. «Non sei tu ad averla offesa. Sembra che io abbia fatto tutto da solo.»

Stalwood inarcò un sopracciglio. «Davvero? Come?»

Lucas scosse la testa. «Non ne sono del tutto sicuro. Stavamo andando d'accordo e poi...» Si interruppe e scrollò le spalle, trasalendo per il dolore alla ferita. «Quella donna è un enigma.»

Stalwood lo fissò con ancora più attenzione. «La conosco da

quando era una ragazza, sai. Oakford ha lavorato con me e per me per anni.»

Lucas si raddrizzò con vero interesse. «E che tipo di bambina era?»

Stalwood esitò e poi disse: «Brillante. Rideva facilmente. Ma con una vena di tristezza. Le mancava sua madre, credo.»

«E ora suo padre.» Il senso di colpa lo assalì mentre lo diceva.

«Sì. Lei è... è più fragile di quanto forse sembri.»

Lucas considerò quell'affermazione. Non sembrava vera. Fragile non era la parola adatta per Diana, perché aveva un'anima d'acciaio. Fragile significava debole in qualche modo, e non lo era.

«Vulnerabile» suggerì. «È vulnerabile sotto quella facciata di sicurezza e forza. Forse io... non me ne sono avveduto.»

«Devo intervenire?» chiese piano Stalwood. «Toglierti dalle sue cure?»

Gli venne un nodo allo stomaco alla sola idea di venire separato da Diana nelle attuali circostanze. Cercò di scacciare quella sensazione. Era una sciocchezza. Era confuso dal suo comportamento e non pensava con lucidità. Voleva solo stare meglio e lei lo stava aiutando a guarire. Non c'era altro motivo per non voler andare via.

«Penso che potrebbe ancora aiutarmi» disse. «Dieci giorni con lei e mi sento già più vicino a essere di nuovo a posto.»

Stalwood si appoggiò allo schienale della sedia. «Cerca solo di fare attenzione.»

Lucas ignorò l'avvertimento e porse il tè al suo superiore prima di prendere posto su una sedia di fronte a lui. «Ho dato un'occhiata al fascicolo del caso.»

Non quanto avrebbe voluto, naturalmente. Diana lo aveva distratto, ma si era preso il tempo per guardarci quando aveva potuto. Il brivido della caccia era tornato subito.

Stalwood si chinò in avanti, gli occhi accesi d'interesse. «E?»

«Ho alcune domande e alcune osservazioni» disse. «Per prima cosa, a George Oakford sono mai stati assegnati dei casi?»

Stalwood sbatté le palpebre e l'espressione confusa sul suo volto rispose alla domanda ancor prima che balbettasse: «Oakford? Era un chirurgo, perché mai avrei dovuto assegnargli un caso?»

Lucas trasse un brusco respiro. «Era quello che pensavo.»

«Perché me lo chiedi?»

«Diana ha detto qualcosa su uno che venne a far visita a suo padre. Credeva che fosse una spia e pensava che stessero lavorando insieme a un caso.» Non disse altro sulla sua confessione. Quello era un limite che non avrebbe superato.

«No» disse Stalwood. «Non gli ho mai assegnato un caso. Certo, si è messo in mezzo nella tua missione sei mesi fa, quindi non posso dire con certezza che non abbia fatto lo stesso in passato. Ma non me l'ha mai confessato. Non è che si è sbagliata?»

«Suppongo di sì. Dopo tutto, era un'impressione che aveva avuto, non qualcosa che suo padre le aveva effettivamente detto. Eppure, mi è rimasto impresso. Mi ha fatto pensare...» Si interruppe. Aveva una sensazione fastidiosa in petto. Come qualcosa di incompleto.

«Posso indagare più a fondo» suggerì Stalwood. «Controllare i miei registri. Quando ha detto che è successo?»

«Due anni fa. Non conosco altri dettagli e la storia non mi è stata riferita in modo da permettermi di farle pressione.»

Stalwood strinse gli occhi. «Molto bene. Mi fido del tuo istinto. Indagherò ulteriormente. Che altro?»

«Più guardo il fascicolo del caso, più penso che non solo l'uomo nella tenuta quel giorno era il nostro traditore, ma che potrebbe non aver lavorato da solo.»

Stalwood sussultò. «Pensi che potrei avere più di un bastardo tra le mie fila?»

Lucas annuì. «Può darsi. Anche se il complice di quest'uomo potrebbe essere stato di grado inferiore. Quando ha ucciso Oakford e mi ha ferito, probabilmente credendo che sarei morto anch'io, si è spaventato. Ecco perché ci è voluto così tanto tempo perché tornasse a commettere i suoi crimini. Ma ora che è...»

Si fermò. Aveva riflettuto su una cosa negli ultimi giorni. Ora il cambiamento di atteggiamento di Diana lo riportò a pensarci ancora di più.

«Cosa?»

«Sono stato nascosto per mesi, protetto per non essere trovato da questa persona, giusto?»

Stalwood annuì. «Pensavo che potevi essere in pericolo. Probabilmente lo saresti ancora.»

«Sono d'accordo. Ma potrebbe essere proprio il modo per far uscire quest'uomo allo scoperto.» Lucas si alzò e cominciò lentamente a fare avanti e indietro per la stanza. «Pensaci, Stalwood. Tornare sul campo nella forma in cui sono sarebbe fuori questione, lo so, anche se detesto ammetterlo. Ma non c'è nulla che dica che non potrei tornare a una qualche forma di vita pubblica.»

«Facendo da esca?» chiese Stalwood.

Lucas si girò verso di lui, incapace di trattenere l'eccitazione nella voce. «Puoi dire esca. O tormento. Pensa a quest'uomo, che sente di essere al sicuro, che non sa cosa sia capace di fare l'unico potenziale testimone dei suoi crimini. Poi mi vede tornare. Potrebbe non essere in grado di resistermi.»

Stalwood strinse le labbra. «Non è davvero una cattiva idea.»

«Sembri sorpreso» disse Lucas con una risatina. «Sono proprio le mie buone idee il motivo per cui mi hai portato i fascicoli del caso.»

«Modesto, come sempre» disse Stalwood, con un tono secco come la polvere. Ma il suo sorriso smentiva qualsiasi disappunto che la sua inflessione avrebbe potuto trasmettere. «Dovremmo procedere con cautela, però. Se si sapesse che sei qui con Diana...»

Lucas scosse la testa. «No, ho pensato anche a questo. Questo posto è troppo isolato, troppo piccolo per essere sicuro se la mia posizione venisse resa pubblica. Sarebbe meglio se... se tornassi alla mia casa ducale qui a Londra. Se riassumessi i miei doveri come Willowby.»

Stalwood alzò entrambe le sopracciglia per la sorpresa, e Lucas non poté biasimarlo. Non aveva mai avuto, né espresso, alcun interesse per il titolo. Al contrario, anche se nessuno sapeva perché avesse preso così tanto le distanze dal suo ducato e da tutto ciò che ne derivava. Né i suoi amici, né i suoi colleghi, nessuno.

«Sei davvero determinato se sei disposto a essere Vostra Grazia per un caso» commentò Stalwood.

Lucas sollevò il mento. «George Oakford è morto per colpa mia e Diana merita giustizia. Risposte. E anch'io. Sono disposto a fare qualsiasi cosa per questo.»

«Tua madre risiede nella casa di Londra, sai» disse Stalwood, sostenendo il suo sguardo. «Sarà un problema?»

Lucas si fece teso. «Mia madre. Sono certo che sarà un problema per me, ma per te, per il caso... no.»

«Se pensi che sia meglio così, allora approvo» disse Stalwood. «Troverò delle guardie per la tua tenuta, persone di cui mi fido implicitamente. Ti serve altro?»

Lucas scosse la testa. «Al momento no, anche se ti informerò se la situazione dovesse cambiare. Dovrò solo dirlo a Diana e fare in modo che venga a stare da me.»

Stalwood spalancò gli occhi. «Hai intenzione di portare Diana con te» ripeté.

«Certo. Mi sta aiutando molto nel mio percorso di guarigione. Ma è più di questo.»

«Di più.»

Lucas schiuse le labbra davanti al tono malizioso della voce di Stalwood. «Sì» grugnì. «Di più. Diana dovrà andare e venire se non starà con me. Sarà vista e questo potrebbe metterla in pericolo se l'uomo che ha fatto questo a me e a suo padre ci osserva. E noi vogliamo che ci osservi. Se Diana è con me, allora sarà protetta dalle tue guardie, oltre che da me.»

Naturalmente, c'era molto di più di questo. Non aveva intenzione di dirlo a Stalwood. Forse non ce n'era bisogno a giudicare dall'espressione tesa del suo superiore.

«E come spiegherai la sua presenza? chiese Stalwood. «Questa donna giovane e bella che viene a stare da te senza chaperon?»

Lucas si bloccò. In realtà non era arrivato a pensare a quei dettagli. Qui il loro accordo non era stato pubblico. A casa sua... be', sapeva di essere considerato uno scapolo ambito, un buon partito, grazie alla sua fortuna e al suo titolo. Il traditore della loro causa non sarebbe stato l'unico a sorvegliare la sua casa e ogni sua mossa.

«Le parlerò» disse. «E lascerò che sia lei a decidere come vuole che siano presentate le cose.»

Stalwood si alzò. «Sono d'accordo, è la cosa migliore. Fatemi sapere cosa vi viene in mente e se ci sono altre cose di cui avete bisogno. Ci sentiamo dopo che vi sarete sistemati.»

«Molto bene» disse Lucas, e fece cenno al suo superiore di accomodarsi nell'atrio. Si strinsero la mano e Lucas restò a guardare Stalwood dirigersi fuori dalla porta e salire sulla sua carrozza che lo aspettava nel vialetto.

Ora che avevano un piano, la mente di Lucas riprendeva a correre. Non si trattava proprio di tornare sul campo, ma si trattava di lavorare a un caso, di lavorarci davvero.

E non vedeva l'ora di tornare nel vivo delle cose e ricordare come fosse veramente la sua vita.

Diana stava mettendo in ordine la camera di Lucas. Era l'unica cosa che le era venuto in mente di fare mentre Stalwood e Lucas parlavano al piano di sotto. Il suo posto non era con loro. E nemmeno con Lucas. Eppure ricordarselo era comunque difficile.

«Ti stai comportando da vera sciocca» disse tra i denti, lasciando che le parole rimanessero sospese nell'aria intorno a lei. Le aveva sentite, sapeva che erano la verità. Bruciavano ancora.

Imprecando mentalmente, sfilò una federa dal cuscino, gettandola nel cestino per terra accanto a lei. Dalle pieghe del tessuto uscì un libro, rimbalzò sul bordo del letto e cadde rumorosamente sul pavimento. Sulla superficie di legno scivolarono fuori alcuni fogli di carta ripiegati.

Sospirò e si chinò per raccoglierli. «Le spie e i loro segreti» mormorò, pensando alla pistola che aveva già messo accuratamente da parte quando aveva tolto la fodera dell'altro cuscino.

Lucas di sicuro aveva segreti in abbondanza. Cose che nascondeva sul suo passato, sulla sua vita, sul suo lavoro. Sapeva cosa significava vivere con un uomo del genere. Suo padre era stato molto simile. Prudente e sempre con la bocca cucita, la teneva lontana da tutto ciò che gli interessava. L'ultima volta che lo aveva visto, si era arrabbiato con lei per essere entrata nel suo studio nella loro tenuta di campagna e aver riordinato alcuni oggetti sulla sua scrivania.

Era stata la loro ultima conversazione, perché lui se ne era andato subito dopo e non era più tornato.

Rabbrividì e girò un altro foglio. Era pronta a rimetterli tutti dentro al libro e a metterlo sul comodino di Lucas, quando intravide il suo nome, scritto con mano tremolante su uno dei fogli.

Si acciglià e si tenne il foglio al petto. Queste erano le cose private di Lucas. Non c'era sesso o confidenza sul passato che le desse il diritto di andare a frugare tra queste cose.

Ma c'era il suo nome, su questo foglio che lui aveva messo in un libro e poi nascosto in un cuscino. Come faceva a non essere curiosa?

Guardò la porta. Sebbene non potesse sentire gli uomini che parlavano nel salotto di sotto, non aveva ancora sentito Stalwood uscire. Finché non l'avesse fatto, poteva... poteva...

«Ficcanasare» disse ad alta voce, completando la frase che aveva in testa.

Ma per quanto detestasse quella definizione, e il fatto che fosse assolutamente adeguata, abbassò comunque il foglio e lo fissò. Questa era la grafia di Lucas, ci avrebbe messo la mano sul fuoco. La sua ferita la rendeva tremolante, ma aveva comunque uno stile elegante che gli si addiceva.

Quello che c'era scritto sul foglio era molto più interessante. Sembrava una lunga serie di annotazioni, un elenco puntato e ben organizzato. Stava scrivendo sull'omicidio di suo padre, elencando una lunga serie di fatti sul caso.

Barcollò fino alla poltrona davanti al fuoco e sprofondò sul sedile imbottito. Il cuore le batteva forte, le mani le tremavano. Sapeva poco di quel giorno. Una mera ossatura di fatti, raccontati da Stalwood e Lucas. Ma questo rapporto era dettagliato. Era terribilmente dettagliato. Lucas aveva scritto ogni momento di quel giorno, comprese le parole esatte che erano state dette, e tutte insieme le danzavano davanti agli occhi che si riempirono di lacrime.

«Diana.»

Lei sobbalzò, alzò di scatto lo sguardo e vide Lucas in piedi sulla soglia. Il suo viso era duro, segnato da rabbia e tradimento. Le si avvicinò zoppicando e le strappò il foglio di mano.

«Cosa pensi di fare?»

CAPITOLO UNDICI

Lucas fece una smorfia quando Diana lo fissò con quei suoi occhi verdi carichi di dolore e sofferenza. Le tremavano le mani quando se le mise in grembo, ed emise un sospiro che sembrò scuoterla fino al midollo.

Ma quando si alzò, il dolore era sparito, sostituito da una rabbia che Lucas non si aspettava. «Cosa penso di fare? Cosa stai facendo tu?» scattò.

Lui si ritrasse, sorpreso dalla potenza delle sue emozioni e dalla reazione che gli ispiravano. Era una sensazione improvvisa e formidabile, a metà tra il desiderio di inveire contro di lei per aver interferito e la voglia di abbracciarla e confortarla nel suo dolore.

Scacciò quei pensieri e si sforzò di essere controllato e misurato. «E lo chiedi tu a me quando ti ho trovato a leggere i miei documenti personali? Non pensavo che avresti sfruttato il tempo che avevi a disposizione mentre parlavo con Stalwood per frugare nella mia stanza.»

Diana schiuse le labbra ed emise un sospiro indignato e stizzito. «Come osi! Non è così che è andata. Stavo riordinando la tua camera mentre tu eri occupato, ti stavo cambiando le lenzuola per mandare la biancheria a lavare.»

Indicò il letto e lui notò che era, effettivamente, mezzo sfatto e la sua stanza era meno ingombra. Cose che avrebbe dovuto osservare immediatamente appena entrato nella stanza. Notare i dettagli era un istinto radicato in lui, la prima cosa che era stato addestrato a fare come spia. Eppure non lo aveva fatto perché era stato distratto da Diana.

«Quindi quando hai trovato qualcosa di nascosto, hai deciso che questo ti dava il diritto di darci un occhio?» chiese lui.

Diana incrociò le braccia. «No. Il libro è caduto e le pagine che erano al suo interno si sono sparpagliate. Ho pensato che fossi ridicolo a tenere tutto nascosto, tipico di una spia talmente ossessionata dai suoi segreti da pensare che anche gli altri lo siano. Ma quando stavo raccogliendo i fogli, ho visto sopra il mio nome.»

Indicò la pagina che Lucas teneva in mano. Lui la girò lentamente e trasalì. Di tutte le cose che poteva trovare, questa era una delle peggiori. Era un resoconto di ogni dettaglio che aveva raccolto o dedotto dal caso. C'era il suo nome, perché, per lui, ora Diana era parte del caso, legata a quell'evento e a lui stesso in modo inestricabile.

Ma non le avrebbe mai fatto leggere alcuni particolari. Come la descrizione di suo padre disteso a terra, morto. Come i dettagli della loro ultima conversazione o il suono degli spari quando Oakford era stato ucciso.

A giudicare dal suo viso, aveva letto tutto. E ora le sarebbe rimasto in mente per sempre, così come era successo a lui.

«Hai indagato su questo caso fin dall'inizio» sussurrò lei. «E me lo hai tenuto nascosto.»

«Solo dall'ultima volta che Stalwood è stato qui» ammise lui mentre piegava il foglio e lo metteva nella tasca della giacca. «E non lo stavo nascondendo. Non ti ho detto cosa stavo facendo perché non ha niente a che fare con te, Diana.»

Diana fece una smorfia a quell'affermazione e si allontanò da lui come se l'avesse colpita fisicamente. «Può darsi che volesse più bene a voi, Vostra Grazia» sussurrò lei, con voce tremante. «Ma era *mio* padre.»

Lui trasalì non solo per le parole di Diana, ma per l'emozione che vi era racchiusa. Poi le si avvicinò con tre falcate e le prese le mani. Lei cercò di scacciarlo, ma lui si rifiutò di lasciarla andare. Anzi, la tirò più vicino a sé.

«Ti voleva bene, Diana, su questo non ho dubbi. E quando dico che la mia indagine non ha niente a che fare con te, voglio dire che non dovresti pensare a tuo padre in questo modo. Che non devi pensare ai suoi ultimi momenti, ma a quello che hai condiviso con lui quando era vivo.»

«Credi che non abbia pensato ai suoi ultimi istanti di vita molto prima di leggerne i dettagli?» ansimò lei, liberandosi con uno strattone. Le lacrime avevano cominciato a scorrerle sul viso e respirava a stento tra dolorosi singhiozzi. «Mi chiedo se abbia avuto paura. Se abbia sofferto. Se si sia reso conto che erano i suoi ultimi istanti e se abbia trovato un po' di pace. Mi chiedo se... se abbia pensato a me.»

Lucas la fissò, questa donna intelligente, gentile, e forte come l'acciaio. Questa donna che era completamente sola al mondo ora che suo padre non c'era più. Una sensazione che conosceva molto bene.

Fece un passo avanti e la prese tra le braccia. Questa volta non gli oppose resistenza. Lasciò che la tirasse contro il suo petto, mentre le lisciava dolcemente i capelli. La sentì tremare mentre piangeva e sfogava tutto il dolore che aveva trattenuto.

Quando le sue lacrime si furono un po' attenuate, lui sussurrò: «Sì, Diana, sto indagando sulla sua morte. Tutti noi meritiamo giustizia. Lui, io e anche tu.»

Lei sollevò il viso per guardarlo, e lui fu colpito dal pensiero di quella prima notte in cui si era trovato in quella posizione, quando l'aveva tenuta così e l'aveva confortata in un momento di dolore simile. Ora la conosceva meglio. Ora voleva ancora di più lenirle le ferite che portava in silenzio con tanto coraggio. Quelle che il mondo non vedeva.

Voleva lenire anche quelle che Diana non aveva condiviso. Quelle che lui percepiva sotto la superficie, dove lei le custodiva gelosamente.

«Se merito giustizia, allora merito anche la verità» sussurrò lei. «E la voglio, Lucas.»

Lui esitò. «Vuoi avere informazioni sul mio caso?»

«Non mi aspetto che tu sia d'accordo» disse lei, staccandosi dal suo abbraccio e privandolo del suo calore, facendolo sentire svuotato in modi che non voleva analizzare. «Ma smettila di provare a nascondermelo. Questa casa troppo piccola per riuscirci.»

Lucas sobbalzò. Era salito al piano di sopra, pronto a darle la notizia della loro trasferta e aveva dimenticato tutto di fronte alle sue lacrime. Un altro esempio di quanto profondamente lei lo distraesse.

Chinò la testa. «Mi... dispiace.»

Diana corrugò la fronte. «Ti stai scusando con me?»

Lui annuì. «Sì. Non per aver indagato. È la mia natura e il mio lavoro e non cambierò per nessuno. Ma forse non avrei dovuto essere così riservato. Hai ragione, Oakford era tuo padre, nessuno è stato più colpito di te dalla sua morte. Indagare sotto il tuo tetto, alle tue spalle, è stato un errore.»

«Grazie» disse lei, anche se aveva ancora un tono stupito. Lucas si chiese se ricevesse scuse così di rado che difficilmente ne riconosceva una quando la sentiva.

«E questo mi porta all'argomento di cui volevo discutere con te quando sono venuto su» continuò lui. «Ha a che fare con l'indagine.»

Lei inclinò la testa. «Molto bene. Di che si tratta?»

«Io e Stalwood concordiamo che potrei fare di più se mi trasferissi a casa mia, qui a Londra.»

Diana schiuse le labbra. «Cosa? Perché?»

Lucas esitò. Aveva appena promesso di non tenerla fuori da quello che stava facendo. Ma non voleva nemmeno metterla in pericolo. Almeno non più di quanto sapeva che avrebbe fatto semplicemente stando in sua presenza.

«Per favore, non puoi essere onesto con me?» domandò Diana con tono esausto. «Sono così stanca di tutte le bugie.»

Sì, Lucas scorgeva la stanchezza sul suo viso, nei suoi occhi, nella sua postura. Era al limite, pronta a cadere. Non voleva essere lui a dare l'ultima spinta, anche se non pensava nemmeno di poter essere quello che l'avrebbe presa al volo.

«Ti dirò la verità» disse lui. «Con l'intesa che non la puoi rivelare a nessuno.»

Lei annuì lentamente. «Molto bene, anche se non so a chi pensi che io possa andare a raccontarla.»

Le sue parole gli ricordarono ancora una volta quanto fosse sola, e fece una smorfia prima di dire: «L'uomo responsabile della morte di tuo padre, il traditore... è tornato alle sue vecchie abitudini. C'è stato un altro omicidio.»

Diana sentì cederle le ginocchia. Afferrò lo schienale della sedia più vicina per sostenersi e lo fissò inorridita. «No. No!»

«Mi dispiace tanto, Diana, ma invece sì. Quest'uomo senza dubbio sa che sono ancora vivo, ma Stalwood ha fatto un ottimo lavoro e mi ha tenuto nascosto in questi ultimi sei mesi. Pensiamo che se tornassi a farmi vedere in pubblico, potrebbe spingere questo bastardo a fare un passo falso. Potrebbe fargli fare o dire qualcosa che lo smaschererebbe per il codardo che è.»

«Vuoi fare da esca.»

Lucas sorrise. «È quello che ha detto anche Stalwood. Hai davvero una mente da spia, per certi versi.»

Si aspettava che lei ricambiasse il sorriso, ma invece fece un passo verso di lui fulminandolo con gli occhi. «Così rivelerai dove ti trovi. Lo invoglierai a venire da te, gli aprirai la porta, gli permetterai di entrare in casa tua a minacciare...»

«Diana» lo interruppe. «Non lascerei che tu fossi in pericolo.»

Lei gli strinse le guance. «Non sto parlando di me, stupido! Sto parlando di te. Quest'uomo ti ha già quasi ucciso! Come puoi pensare di metterti sulla sua strada? Di stuzzicarlo con la tua presenza? E se ti desse di nuovo la caccia?»

Lucas inclinò la testa. L'unica preoccupazione di Diana era davvero il suo benessere. Gli cominciò a battere forte il cuore. Ben poche persone in vita sua si erano preoccupate per lui. E nessuno a un livello profondo, da quando aveva allontanato i suoi amici dopo essere entrato al servizio del Dipartimento della Guerra.

Eppure Diana aveva timore non per se stessa, ma per lui.

Girò il viso e le baciò il palmo della mano. «Stalwood si occuperà della protezione per entrambi.»

«Entrambi?» ripeté lei.

«Sì. Voglio che tu venga con me. Per continuare ad aiutarmi come hai fatto qui.»

Diana fece un passo indietro ritraendo le mani. «Vuoi che venga a casa tua a Londra. La tua casa ducale. Come cosa? Come tua serva? Come tuo medico? Come tua... come tua amante?»

Lucas sospirò. «Questo è parte di ciò che dobbiamo decidere. Se tu venissi nella mia residenza qui in città, non sarebbe come qui. La gente vedrebbe. Lo saprebbero, Diana. Potrei proteggerti da molte cose, ma non dai pettegolezzi. Stalwood potrebbe trovare una sorta di chaperon, naturalmente. Qualcuno che lo faccia sembrare meno sconveniente, ma...»

«Non voglio una governante» lo interruppe lei. «Renderebbe il mio lavoro più difficile.» Si alzò, gli passò accanto e andò dall'altra parte della stanza. Si fermò alla finestra da dove osservò il giardino sottostante.

«Allora cosa suggerisci?» le chiese lui.

«La mia presenza ti aiuterebbe» sussurrò Diana.

Lucas si mise sulla sedia che lei aveva lasciato libera e annuì. «Sì. Mi sono molto ripreso durante il tempo che abbiamo trascorso insieme. E ad essere onesti, mi sentirei più a mio agio ad averti vicina. Non ho idea di chi sia questa persona. Non ho idea di cosa sappia di tuo padre. Di te. Ma non mi piace l'idea che tu rimanga da sola finché non sarà in carcere o sottoterra.»

Lei trasalì, come se non avesse pensato a quello che sarebbe successo all'uomo responsabile di tutto il dolore che aveva segnato le loro vite.

«La tua amante» disse con un filo di voce.

Lucas sobbalzò. «Come hai detto?»

Diana si voltò verso di lui. «Il modo in cui avrò più accesso a te, Lucas, è se usiamo il termine che definisce quello che sono. Cioè la tua amante.»

«Tu non sei la mia amante!» proruppe lui, e le andò incontro così rapidamente che quasi cadde per il movimento improvviso e per il dolore che ne seguì.

«Mi porti a letto» disse lei, continuando a guardarlo negli occhi. «È quello che fa un uomo del tuo rango con un'amante.»

«Questo tipo di insinuazione rovinerebbe completamente il tuo futuro» scattò lui.

Lei inclinò la testa all'indietro e rise, anche se non c'era alcuna traccia di gioia nella sua voce. «Come sei caro, ma che futuro pensi che io abbia? Sono la figlia di un uomo senza titolo e senza soldi. Non sono vergine. Non ho niente da offrire a un uomo di rango. Anche se lo avessi, non ho alcun desiderio di quel tipo di matrimonio. O di qualsiasi tipo di matrimonio, in realtà. Ho perso il gusto per quel genere di cose molto tempo fa.»

Lucas la fissò. Stava parlando di quell'uomo, quella spia che aveva preso la sua innocenza. Era stato lui ad averle rovinato l'idea di amore, o di famiglia, o di un futuro che fosse più di un'esistenza solitaria in cui aiutava tutti tranne se stessa. Doveva averlo amato, se perdere quella persona le aveva ispirato tanta amarezza.

E a quel pensiero fu scosso da una fitta di gelosia e rabbia. Si raddrizzò e la trafisse con uno sguardo che sperava non rivelasse il suo vero stato d'animo.

«Non è giusto nei tuoi confronti, Diana» insistette.

Lei scrollò le spalle. «La vita è ingiusta, Lucas. Credo che tu lo sappia meglio di molti altri. È deciso. Farò la parte della tua amante e verrò con te per poter continuare ad aiutarti.»

Lucas strinse la mascella. Non gli piaceva, ma Diana non aveva torto. Il modo più semplice per far funzionare la cosa era che impersonasse la sua amante. Impersonare? Non era molto diverso da come la trattava, maledizione. L'unica differenza era il sostegno finanziario che un'amante riceveva.

Forse glielo doveva tanto quanto le doveva qualsiasi altra cosa. Ma ora non era il momento di pensarci. Diana sarebbe stata al sicuro in casa sua, non avrebbe più dovuto preoccuparsi di cucinare o pulire o di qualsiasi altra cosa che non fosse il suo lavoro. E dato che lui migliorava di giorno in giorno, anche quello non sarebbe stato faticoso come lo era stato al suo arrivo quasi due settimane prima.

Era meglio così. Sì. La fastidiosa sensazione latente che non fosse vero, era solo l'eccitazione di poter ricominciare il suo lavoro.

«Be', forse non sono d'accordo, ma suppongo che sia deciso» disse. «Farò sapere ai miei domestici qui in città che arriveremo domani. Pensi di avere abbastanza tempo per prepararti?»

Diana deglutì e poi il suo viso si trasformò. Non era più la sua amante, c'era un senso di distanza. Quel muro che aveva cercato di erigere al mattino ora era più alto. Più imponente. «Certamente, Vostra Grazia. Anche se probabilmente significherà che sarò piuttosto occupata fino alla nostra partenza.»

Gli fece un cenno di saluto e poi si voltò per andarsene. Alla porta, si girò. Lui trattenne il fiato mentre Diana si sforzava di trovare le parole.

«Voglio aiutarti, Lucas. Lo farò in qualsiasi modo tu ritenga opportuno. Ma ti prego, non mentirmi più e non nascondermi quello che fai. Ti prego.»

Il secondo *ti prego* le uscì dalle labbra tremolante e carico di più emozione di quanto forse lei stessa avrebbe voluto. La diceva lunga su come si sentiva. Rivelava più di quanto avesse fatto anche quando avevano fatto l'amore.

Lucas annuì. «Potrei non essere in grado di dirti tutto quello che sto facendo. Non lo farò, infatti, ma non ti mentirò in proposito. Non lo terrò nascosto.»

Questo sembrò soddisfarla, perché uscì dalla stanza. E lo lasciò con la sensazione che niente tra loro sarebbe più stato lo stesso.

CAPITOLO DODICI

Lucas fissava Diana seduta di fronte a lui nella bella carrozza che era stata mandata a prenderli. Lei guardava dritto davanti a sé, aveva uno sguardo imperscrutabile e le mani giunte in grembo. Sembrava che la stessero portando al patibolo, non alla sua bella casa ducale a solo un'ora di viaggio dal suo cottage.

Naturalmente, era così che si sentiva anche lui riguardo a questo cambiamento. Non aveva alcun interesse a tornare alla residenza di famiglia e alla vita da duca. Era quello che aveva evitato per anni. Quasi un decennio, in realtà. Un decennio dal momento che aveva mandato in mille pezzi la sua vita e aveva rivelato le bugie su cui era basata.

«Sono abituati a vederti portare a casa un'amante di tanto in tanto?» chiese Diana, intromettendosi nei suoi pensieri con la sua voce dolce.

Lui alzò di scatto la testa. «Io...» Esitò. Dirle la verità significava rivelare parte di quel nervo scoperto rappresentato dalla sua famiglia e dal suo passato. Ma aveva promesso di non mentire più. «In verità, non vengo qui spesso» ammise.

Lei inclinò la testa sorpresa. «Anche quando sei in città?»

«Ho una casa vicino a Piccadilly» disse lui. «Preferisco passare lì il mio tempo.»

«Ma ci stiamo trasferendo qui perché è...»

«Più pubblico» completò lui. «Farà sembrare al nostro traditore che io abbia rinunciato alla mia vita di spia e sia passato alla vita che mi impone il dovere.»

«Considerata la gravità delle tue ferite, suppongo che abbia senso» disse Diana. «Hai mai pensato di farlo per davvero?»

«Non ho alcun interesse a diventare Duca di Willowby» rispose lui con un tono molto più aspro di quanto avesse voluto.

Lei però non se ne ebbe a male. Al contrario, si protese in avanti allungando le braccia per prendergli le mani. «Ma tu *sei* il Duca di Willowby.»

Lui per poco non rise. Per poco non si lasciò sfuggire l'intera storia dalle labbra mentre lei gli massaggiava le mani. Per fortuna, la carrozza svoltò nel suo vialetto d'ingresso e poi si fermò, mettendo a tacere qualsiasi sciocca confessione che gli sarebbe potuta uscire di bocca.

Si raddrizzò e sfilò le mani dalla presa di Diana. «E ora, che la commedia abbia inizio.»

Lei fu più lenta a tirarsi su, e aveva un'espressione turbata quando la porta della carrozza si aprì e rivelò un valletto. Uscì per prima, sorridendo al servitore in segno di ringraziamento, prima di voltarsi ad aiutare quando Lucas mise piede sulla scaletta. Vide i servitori, che erano in fila fuori per accoglierlo, scambiarsi degli sguardi che lo fecero arrossire.

Sia che si stessero chiedendo perché il figliol prodigo fosse tornato, sia che si meravigliassero del fatto che avesse perso la sua prestanza fisica, non era a suo agio. Non gli piacevano i loro sussurri e il loro giudizio.

Diana lo prese a braccetto e sussurrò: «Tieni duro.»

Lui abbassò lo sguardo su di lei, sorpreso che quelle due piccole parole avessero vinto l'ansia e l'emozione che provava. Improvvisamente gli importava un po' meno degli altri. C'era lei, ed era sufficiente.

Diana lo guidò su per le scale, facendo attenzione a far sembrare che lui stesse sostenendo tutto il suo peso da solo piuttosto che appoggiarsi leggermente a lei mentre salutava la servitù. Quando raggiunsero l'ultimo gradino, il maggiordomo di suo padre, Jones, li aspettava. Lucas strinse le labbra. Lui e Jones non erano mai andati d'accordo.

Ma, con sua grande sorpresa, il maggiordomo sembrò davvero contento di vederlo. «Vostra Grazia» disse. «Che bello avervi a casa, signore.»

Lucas entrò nell'atrio, si guardò intorno e sospirò. Casa. Questo posto non era mai stato casa. Né lo era stata nessuna delle tenute di suo padre. Non aveva mai trascorso un momento della sua vita sentendosi desiderato in quel posto. Sentendosi amato. Ci aveva fatto il callo, ma ricordava tutto molto bene. Ricordava il dolore di essere un bambino e sapere di essere disprezzato da un uomo che avrebbe dovuto prendersi cura di lui.

«Jones» si sforzò di dire. «Vi presento la signorina Oakford.»

Lo sguardo del maggiordomo scivolò su di lei, e Lucas la sentì agitarsi sotto lo sguardo del servitore. Come c'era da aspettarsi. Essere etichettata come amante era qualcosa che sosteneva di essere in grado di gestire, ma questo non significava che le sarebbe piaciuto.

Tuttavia, Jones se la cavò in modo ammirevole. Fece un cenno con la testa in segno di benvenuto. «Signorina Oakford» disse. «Faremo tutto il possibile per garantirle il massimo comfort durante il vostro soggiorno.»

«Grazie» rispose Diana, con un filo di voce dal tono perfino remissivo.

A Lucas non piacque, ma andò avanti. «Mi scuso per aver deciso di venire così all'improvviso. Spero di non aver creato troppo lavoro al personale.»

«No, Vostra Grazia» disse Jones mentre prendeva guanti e

cappelli. «Dato che vostra madre era già qui, non c'è stato bisogno di nulla.»

Lucas si irrigidì. «Ah, sì. La duchessa. È ancora qui?»

A quel punto il maggiordomo sembrò a disagio. «Ehm, sì, Vostra Grazia. Sta facendo i bagagli per trasferirsi nella residenza destinata alla duchessa madre, ma è ancora qui. Voleva vedervi quando...»

«La vedo. Potete andare, Jones.»

Lucas lanciò un'occhiata verso l'altro lato dell'atrio mentre il maggiordomo se ne andava, e vi trovò sua madre. Tremò leggermente vedendola. L'ultima volta che l'aveva vista era stato al funerale di suo padre. Quando era rimasta in piedi davanti alla sua bara, vestita con le sue pellicce, con la neve e la pioggia che turbinavano intorno, il suo sguardo scuro si era focalizzato su di lui. Non si era mai sentito così perso in vita sua.

Ed era scappato.

«Madre» disse, allontanandosi dal calore della presenza di Diana e avvicinandosi alla freddezza di lei.

La duchessa trasalì a quella sola parola. Distolse il viso per un attimo prima di rifocalizzarsi su di lui. «Sei tornato a fare del tuo peggio, vero?» chiese con voce tremante.

Lucas si fermò. «A fare il mio dovere» rispose, perché non era una bugia. Solo che non era quello a cui pensava lei quando veniva pronunciata quella parola.

«Dovere» sibilò la duchessa. «Cosa ne sai tu del dovere? Distruggerai questo titolo e tutto ciò che rappresenta.»

Lucas non rispose, perché quello di cui lo accusava era stato spesso esattamente quello che avrebbe voluto fare nel corso degli anni. Bruciare tutto. Non lasciare nulla del nome, del titolo o del prestigio che ne faceva parte.

Ora era diverso. In qualche modo era cambiato. Poteva non voler essere Willowby, ma non aveva alcun desiderio di distruggere ciò che Willowby rappresentava.

«Vi assicuro...»

«Stai portando la tua sgualdrina nella casa ducale.»

Dietro di lui, Diana ebbe un sussulto, e lui fulminò sua madre con lo sguardo. «Dovreste stare molto attenta a chi chiamate sgualdrina, *madame*.»

La duchessa gli diede uno schiaffo. Avrebbe potuto schivarlo, ma non lo fece. Lasciò che la mano di sua madre collidesse contro la sua guancia, ne sentì il calore, il dolore, e non si mosse né si voltò.

«Lucas!» gridò Diana.

Lui alzò una mano perché lei non gli si avvicinasse e non interferisse. Se questo era ciò di cui sua madre aveva bisogno, non glielo avrebbe negato.

«Perché non potevi semplicemente stare alla larga?» sussurrò la duchessa con un tono duro anche se le brillavano gli occhi di lacrime.

Lui sostenne quello sguardo e vide tutto quello che sua madre aveva passato nella vita. Tutto quello che aveva fatto passare anche a lui. Inclinò la testa. «Mi dispiace» disse, piano ma con fermezza.

La duchessa schiuse le labbra, quasi stupita. La sua espressione si rilassò appena un po' e sussurrò: «Suppongo che dispiaccia a tutti. Ora me ne vado. Addio.»

Gli passò accanto incamminandosi a grandi passi. Passò accanto a Diana, senza nemmeno guardarla. Uscì dalla porta principale, avviandosi verso la carrozza con cui erano arrivati. Gridò un ordine con tono tremante e la carrozza partì.

Per un momento, tutto rimase in silenzio. L'unico suono era il ticchettio del grande orologio nell'atrio, che contava i secondi interminabili da quando sua madre lo aveva colpito.

Infine, Diana si fece avanti. «Oh, Lucas» sussurrò mentre gli prendeva delicatamente la mano.

Lui abbassò lo sguardo su di lei. Non c'era pietà sul suo volto, non come quella che molti avrebbero mostrato, né l'interesse pettegolo che avrebbero mostrato gli aristocratici di sua conoscenza. C'era solo una comprensione molto più profonda di prima che venissero qui.

C'era solo empatia.

Una parte di lui voleva trovarvi appoggio lasciando che Diana si avvolgesse intorno a lui, che dissanguasse l'angoscia come tanti guaritori meno dotati avevano cercato di dissanguare le sue ferite e il suo dolore. Voleva che Diana gli colmasse i buchi che aveva nel cuore e nell'anima.

Ma non poteva. Sfilò la mano e disse: «Ho delle lettere da scrivere. Jones!» Il maggiordomo apparve prima che Diana potesse rispondere. «Accompagnate la signorina Oakford nella camera che ho richiesto nella mia lettera. Grazie.»

Poi si voltò e se ne andò prima che uno dei due potesse commentare o vedere quanto profondamente fosse stato toccato dall'incontro con sua madre. E quanto avesse da rimpiangere.

Diana camminava avanti e indietro nella stanza che le era stata assegnata, ma questo non la aiutava a smaltire l'energia nervosa che sentiva. C'erano troppe cose che le passavano per la testa per restare calma o razionale.

Prima di tutto, la camera era un palazzo. Era quasi delle stesse dimensioni del suo cottage. Aveva la sensazione di essersi rimpicciolita e di non avere più via di scampo. Era anche troppo bella, perfino per l'amante che fingeva di essere. Era tutto argento massiccio e dorature, mussola fine e seta. Era così abituata alla semplicità e alla praticità che qualsiasi cosa di più le sembrava quasi aliena.

Un'altra cosa che trovava strana era il fatto che la stanza di Lucas era collegata alla sua da un'anticamera. Lo aveva scoperto appena era rimasta sola in quel museo di casa. Quando aveva aperto la porta, aveva trovato due cameriere che mettevano via le sue cose. Il modo in cui avevano smesso di parlare appena era entrata, le aveva fatto capire su cosa stavano spettegolando.

Si lasciò sprofondare sulla poltrona più vicina e si coprì gli occhi. Gli aveva detto che poteva gestire tutto questo, ma ora metteva in dubbio quell'affermazione fatta con tutta la spavalderia di una donna che non sapeva a cosa andava incontro.

Ma poteva dirglielo? No, certo che no. In primo luogo, perché avrebbe dovuto ammettere che lui aveva avuto ragione. In secondo luogo, perché lui aveva problemi molto più grandi da affrontare.

Rabbrividì pensando alla scena con sua madre nell'atrio. Aveva pochi ricordi di sua madre, ma erano tutti impregnati di gentilezza e tenerezza. Vedere la Duchessa di Willowby colpire suo figlio con tutta la sua forza, e Lucas permetterle di farlo, l'aveva ferita in modo profondo e potente. Quella donna non gli aveva nemmeno chiesto perché zoppicava, come se non le importasse che il suo unico figlio fosse ferito, che fosse quasi morto.

Le tremarono le mani per la rabbia pensando a Lucas e a quello che aveva patito. C'erano così tante cose di quell'uomo che non conosceva, che non poteva capire perché l'aveva chiusa fuori dalla sua vita e dai suoi segreti. Il suo corpo? Oh, quello era suo. Non aveva dubbi che avrebbe potuto avere il suo corpo ogni volta che avesse schioccato le dita.

Ma la sua mente? La sua anima? Il suo cuore? I suoi segreti?

Quelli le erano interdetti.

«Suppongo che "amante" sia il modo migliore per descrivermi» mormorò tra sé e sé. «O come mi chiamava sua madre: sgualdrina.»

L'idea la irritava, perché quando Lucas la toccava sentiva molto più di questo tra loro. Ma cercò di non pensarci. Era qui per aiutarlo. In questo momento lui doveva essere chino su una scrivania, i suoi muscoli probabilmente stavano diventando tesi e cominciavano a fargli male.

Così lei doveva andare da lui. Non c'era altro da fare. Non per chiedergli di condividere il suo dolore con lei. Sapeva bene che era inutile. Ma solo per... aiutare. Voleva solo aiutare.

Lasciò la camera e si fece strada attraverso il palazzo. In qualche modo trovò le scale, ma ben presto si perse tra meandri e corridoi che sembravano non portare da nessuna parte.

Come diavolo ci si poteva abituare a questa vita?

Non sapeva darsi una risposta, ma non ne ebbe bisogno, perché girando un altro angolo trovò una porta aperta davanti a sé. Vide il tremolio della luce del fuoco che si rifletteva sul legno e vi si avvicinò sospirando.

Quello che scoprì fu uno studio. Quando entrò nella stanza, fu colpita dall'odore di vecchi sigari e legna arsa da tempo. La stanza era pomposa e soffocante e non assomigliava affatto all'uomo che sedeva dietro l'enorme scrivania di mogano sul fondo. Lucas era chino a scarabocchiare un appunto con un'enorme penna di piume che intingeva dentro e fuori la boccetta d'inchiostro accanto a lui facendo poca attenzione alle gocce che cadevano sulla pagina.

«Lucas?» lo chiamò lei dolcemente.

Lui sobbalzò e alzò di scatto la testa per guardarla. Per la prima volta da quando lo aveva conosciuto, era stato spogliato dei suoi paletti, dei suoi muri, di tutto l'addestramento che aveva ricevuto come spia e che lo teneva al sicuro e separato da qualsiasi cosa sgradevole avesse intorno. Il suo dolore traspariva da ogni lineamento del suo bel viso. Andava più in profondità del semplice danno fisico e lei lo capiva fino in fondo.

Era lo stesso suo dolore. Immagini speculari causate da quelle che supponeva fossero circostanze molto diverse.

«Non ho voglia di parlare» le disse Lucas mentre scaldava un bastoncino di cera sulla fiamma di candela che aveva accanto. Sigillò la lettera e vi impresse sopra il suo stemma, poi si alzò.

«No?» chiese lei, seguendo i suoi movimenti irrequieti, osservandolo mentre girava intorno alla scrivania con la lettera in mano e le veniva incontro. «Bene. Nemmeno io.»

Lui fece qualche respiro profondo e perse parte dell'energia negativa. Cominciò lentamente a tornare l'uomo che aveva conosciuto, quello a cui si era concessa. Non più il duca riluttante, non più il figlio indesiderato. Solo Lucas.

«Allora cosa vuoi?» le chiese, e dal suo tono conosceva bene il potere e il doppio significato di quelle parole.

Lei esitò, perché l'idea di averlo, di fare l'amore con lui, era davvero allettante. Soprattutto perché aveva passato la notte precedente da sola nel proprio letto, separata da lui perché sapeva che questa cosa tra loro stava andando fuori controllo.

Ma in quel momento non era sicura che il sesso fosse ciò di cui lui aveva bisogno. Almeno non l'unica cosa di cui aveva bisogno.

«Voglio fare due passi» rispose lei.

Lucas rimase talmente di sasso da essere quasi comico, e lei dovette trattenere una risatina davanti a quell'espressione. «Diana» cominciò lui.

Lei alzò una mano. «Per ordine del tuo medico.»

Diana vide che Lucas voleva ribattere. Che voleva rifiutare quello che gli aveva suggerito. Ma poi si limitò a sospirare e ad alzare le braccia, quasi in segno di resa. «Molto bene.»

Lei si tirò indietro. «Tutto qui? Molto bene? Non hai intenzione di farmi la predica sul fatto che non è quello che vuoi fare?»

Lui le lanciò un'occhiata. «Non ho mai fatto prediche in vita mia.»

Al che lei non poté fare a meno di sorridere incrociando le braccia. «Mai?»

«Be', una volta o due» ammise Lucas spostando il peso da un piede all'altro. «Ma discutere con te? Ho imparato che è una fatica inutile. Lascia che chiami Jones e gli dia questo da consegnare, e poi andremo a visitare i giardini di Willowby.»

Diana notò che aveva detto "i giardini di Willowby", non i suoi, separandosi ancora una volta dal suo titolo. Ma non fece alcun commento mentre lui andava a tirare la corda del campanello di fianco alla porta. Con suo grande piacere, lo vide usare non il suo braccio buono, ma quello ferito. E anche se notò che fletteva le dita e le scuoteva un po' dopo averlo fatto, la sua reazione non era affatto come il dolore che aveva esibito appena due settimane prima, quando era stato affidato alle sue cure.

Una parte di lei era felice di questo fatto, naturalmente. Alleviare anche solo un po' il suo dolore era una vittoria che avrebbe assaporato per tutta la vita.

Ma l'altra parte sentiva qualcosa di più oscuro, più acuto e più profondo. Una parte di lei provava un grande terrore a vederlo funzionare così bene fisicamente. Perché presto non avrebbe avuto più motivo di stare al suo fianco.

Presto avrebbe perso questa cosa tra loro, questo legame così tenue e a volte perfetto. Ed era qualcosa di cui doveva farsi una ragione, o rischiava di perdere più di quanto volesse considerare.

CAPITOLO TREDICI

Lucas condusse Diana giù per l'ennesimo sentiero nel vasto giardino dietro casa sua, ma non stava facendo caso alla bellezza che li circondava. No, c'era qualcosa di molto più piacevole che si intrometteva nella sua mente. Il calore di Diana contro il suo fianco, la sensazione delle sue dita premute contro la parte interna del suo gomito, il profumo dei suoi capelli, qualcosa di caldo e dolce che gli arrivava alle narici e gli portava... pace.

E poi c'era lo stupore sul suo viso mentre fissava tutto ciò che la circondava a occhi spalancati. Poteva quasi portarlo a non odiare più quel luogo.

«È magnifico» disse lei d'un fiato alla fine, le sue parole quasi incerte, come se non fossero quelle giuste.

Lucas si costrinse a guardarsi intorno, e poi alzò le spalle. «Non come il tuo giardino» disse.

Lei sfilò il braccio dal suo e si voltò verso di lui con un'espressione di puro sgomento in volto. «Come puoi dire una cosa del genere?» Avanzò di qualche passo, con le mani giunte. «Le fontane, gli alberi, i fiori... quella siepe è tagliata a forma di coniglietto?»

Lucas non poté fare a meno di sorridere al suo entusiasmo. «Sì.

Credo che ci siano anche siepi a forma di scoiattolo, di cervo e di uccelli.»

«Stupendo!» disse lei, e batté le mani con l'entusiasmo di un bambino.

«Non sei mai stata in un giardino come questo?» chiese lui. «Sono piuttosto stupito, considerando la predilezione di tuo padre per le piante.»

Diana lo guardò. «Prima di tutto, l'interesse di mio padre era per le piante puramente medicinali. Pensava che questo genere di cose fossero sciocche. La bellezza o altre nozioni frivole non lo interessavano gran che.»

Lucas inclinò la testa. «Ammetto che Oakford era molto pragmatico.»

«Per quanto riguarda venire in un posto come questo, come potevo mai essere invitata? Mio padre avrà anche conosciuto uomini molto importanti, ma io non avevo niente a che vedere con loro. Nemmeno lui, a dire il vero. Era un mercante, in un certo senso, che forniva un servizio ai suoi superiori. Non eravamo esattamente invitati alle feste in giardino.»

Lucas corrugò la fronte. Era stato lontano da questo tipo di vita per così tanto tempo, che aveva quasi dimenticato lo snobismo che comportava. Sospirò prima di parlare. «Suppongo che tu abbia ragione.»

«Certo che ho ragione.» Diana distolse lo sguardo. «Apparteniamo a mondi molto diversi, Vostra Grazia.»

Lui piegò la testa mentre quelle parole gli affondavano in corpo in modi a cui probabilmente lei non aveva inteso alludere. «Oh, Diana, hai visto mia madre. Dopo aver assistito a quella piccola scena tra noi, pensi che io sia *mai* appartenuto a questo mondo?»

Diana trattenne il fiato e si voltò verso di lui. Ecco di nuovo la sua empatia. Gliela si leggeva in viso. Calda e curativa come il sole sopra di loro.

«Mi dispiace, Lucas» gli disse avvicinandosi con cautela. Sollevò la mano e posò il palmo sulla sua guancia. Lui vi si appoggiò, godendosi il suo calore, la sua gentilezza e la sua forza. Ne aveva bisogno in quel momento, e lei non lo deluse.

«Anche a me» le rispose a bassa voce.

Pensò che potesse fargli altre domande, ma invece lo prese di nuovo a braccetto e lo esortò a proseguire, ad andare oltre l'enorme fontana di Zeus che suo padre aveva tanto amato, e ad addentrarsi ancora di più nei giardini.

Rimasero in silenzio per un po', ma era un silenzio piacevole. Alla fine Diana alzò gli occhi per guardarlo. «A chi stavi scrivendo? A meno che dicendomelo non riveli segreti dell'impero, naturalmente.»

Lui sorrise al tono scherzoso che era tornato nella sua voce. Aveva scoperto che gli piaceva questa semplice immediatezza. Molto meglio di quando le situazioni erano irte di dolore o di tradimenti.

«Nessun segreto di stato, è solo che ovviamente devo spargere la voce che sono tornato in società e che mi sto riprendendo dalle mie ferite.»

Lui sentì la sua esitazione. L'ansia sembrò fluttuare tra loro per un istante. Ma la voce di Diana era ferma quando disse: «Capisco.»

«Ho scritto al mio amico Simon. Cioè, il Duca di Crestwood» precisò lui. «Uno dei membri del mio club di duchi di cui mi hai chiesto prima. È lui il più mondano tra noi. Se lo sa lui, lo sapranno presto anche tutti gli altri.»

«Il tuo club di duchi» disse lei con un piccolo sorriso. «Ammetto che è un argomento che ha catturato il mio interesse da quando mio padre me ne parlò per la prima volta. Devi essere il più giovane in mezzo a vecchi noiosi.»

«Sono il più giovane» confermò lui. «Ma non sono noiosi. Ci fu una strana serie di anni in cui tutti i duchi, vecchi e giovani, sembravano avere figli, maschi primogeniti, nello stesso momento. Abbiamo al massimo cinque anni di differenza tra noi.»

Diana scosse la testa. «Il vostro gruppo deve attirare molto interesse tra le signore.»

Lui ridacchiò. «A dire il vero, non lo so. Mi sono arruolato nell'esercito appena ho avuto i requisiti e poi sono entrato al Dipartimento della Guerra. La mia esperienza della vita in società come duca è limitata. Ma presumo che stiano facendo strage di cuori, anche se molti dei miei amici ora sono sposati. Alcuni hanno persino dei figli.»

«Suppongo che abbiate l'età giusta per mettere su famiglia» disse lei, il suo tono improvvisamente lontano. «Come avete formato questo gruppo?»

Lui distolse leggermente il viso. Diana si stava concentrando su un argomento che sicuramente pensava gli sarebbe stato più facile che discutere del terribile rapporto che aveva con sua madre. Ma per certi versi, questo tema gli era altrettanto difficile.

Eppure si ritrovò a parlare nonostante il suo ultradecennale desiderio di tenere i suoi segreti sotto chiave. Diana ispirava onestà. «Quasi tutti noi abbiamo avuto... cattivi padri» disse a bassa voce. «E così giurammo di aiutarci a vicenda a navigare nelle acque dei nostri futuri impegni. Diventammo subito amici, e so che avrei potuto contare su ciascuno di loro per qualsiasi cosa.»

Quando rimase in silenzio troppo a lungo, lei disse: «Ma?»

Lui si fermò sul sentiero e si voltò verso di lei. «Pensi che ci sia un ma?»

«Ne sono certa.»

Le sue spalle si afflosciarono, un'ammissione di sconfitta e un'esternazione della vergogna che sentiva in cuore. «Loro non potrebbero dire lo stesso di me. Non sono un... buon amico. Mi sono allontanato da loro. Non potrei più essere chiamato uno di loro. In verità, non ho idea se Simon o qualcuno degli altri vorrà mai vedermi.»

«Eravate amici fin da bambini» disse lei. «Sono certa che quest'uomo sarà entusiasta di avere tue notizie, soprattutto se è stata una lunga assenza. E puoi sempre tornare da loro, Lucas.»

«Non so» disse lui, e distolse gli occhi, rivolgendoli verso un punto imprecisato del giardino. «È complicato.»

«Ne sono sicura. *Tu* sei complicato, l'ho imparato nel breve tempo che abbiamo passato insieme.» Gli sorrise dolcemente. «Ma niente è permanente, finché non lo diventa. E i rimpianti sono difficili da sopportare quando non ci sono più ammende da fare.»

Il dolore di Diana era evidente sul suo volto e nel tremolio della sua voce. Lui le prese la mano e passò il pollice sulla sua morbida pelle. «Stai pensando a tuo padre.»

Lei annuì. «Sì. C'erano cose che avremmo dovuto dire, credo. Ora non ne avrò mai più l'occasione.»

Lucas fece un respiro profondo. Sì, c'erano cose che avrebbe voluto dire lui stesso a Oakford. «Vorrei andare a trovarlo. È stato sepolto qui a Londra?»

Lei riprese fiato, e lui vide quanto le fosse difficile. Quanto l'avesse ferita, lacerata, distrutta dall'interno. Si riaffacciò il suo senso di colpa, più doloroso di qualsiasi ferita che avesse mai subito.

«No» rispose lei con un filo di voce carico di sofferenza. «Ci fu una funzione qui, per quelli del dipartimento, una cerimonia privata e breve. Ma il suo corpo fu riportato alla nostra casa di campagna. Volevo... vederlo.» Distolse il viso. «Ma Stalwood non me lo permise.»

Lucas aggrottò la fronte. «Perché?» chiese, e intuiva già quanto fosse terribile la risposta.

Lei deglutì. «Stalwood non te l'ha detto?»

Lui scosse lentamente la testa e riuscì a malapena a inspirare abbastanza aria per sussurrare: «No.»

«Il suo corpo fu... mutilato, Lucas.»

Diana vide Lucas indietreggiare barcollando con un'espressione di dolore sul volto che la colpì nel profondo. Le fece rivivere il suo stesso orrore e il suo stesso dolore quando le era stato detto che non avrebbe potuto vedere il volto di suo padre un'ultima volta.

«No!» gridò lui. «No!»

Lei gli prese il braccio e lo guidò verso una panchina, dove Lucas si sedette di peso e mise la testa tra le mani. Per molto tempo rimase in silenzio al punto che Diana si accomodò accanto a lui e gli mise la mano sulla schiena accarezzandone i muscoli con lenti movimenti circolatori.

«Quando?» chiese Lucas con voce soffocata.

«Non lo so» sussurrò lei. «Stalwood non ha voluto dirmi molto in proposito. Ho pensato che fosse stato colpito alla... alla testa.»

Lui serrò le labbra. «No. No, non fu colpito alla testa. È stato quel bastardo a ridurlo così, a oltraggiare il cadavere. Ma perché? Perché avrebbe fatto una cosa del genere? E solo a Oakford, quando c'erano molti altri che avrebbe potuto mutilare.»

Sembrava che stesse parlando da solo, ora, e lei scosse la testa. «Cosa intendi per "altri"?»

Lucas sobbalzò sotto la mano di lei e alzò lo sguardo, il viso vuoto. «Non dovrei dirtelo» sussurrò. «Se non l'hai visto sul mio resoconto che avevi trovato a casa tua, non dovrei lasciarti con quell'immagine.»

«Voglio sapere» disse lei.

Lui si schiarì la gola. «Il nostro traditore ha sparato a tutti i servitori, a chiunque potesse identificarlo.»

Diana trasalì a quella brutale notizia. «Non lo sapevo.»

«Me lo hanno detto dopo.» Lucas scosse la testa. «Ero sdraiato lì, a morire accanto a tuo padre. C'erano cento altre cose che quell'uomo doveva fare prima di fuggire dalla scena. Perché si sarebbe fermato a mutilare Oakford?»

Le si rivoltò lo stomaco. «Non lo so.»

Lucas sobbalzò, come se si stesse rendendo conto, ancora una volta, di quanto fosse orribile per lei. «Oh, Diana. Mi dispiace tanto. Ti hanno già tolto così tante cose e ora questo.»

Lei rabbrividì. A volte era difficile non avere quella reazione. Era difficile non tenere conto del costo della vita che suo padre aveva vissuto, di tutti i modi in cui la sua morte aveva distrutto o alterato la sua. Ma oggi non provava nessuna di queste cose. Oggi guardava solo l'uomo accanto a lei e voleva alleviare un po' del suo senso di colpa.

«C'è una piccola tomba nella nostra casa qui a Londra» disse. «In fondo al giardino. E naturalmente il suo corpo è a casa. Cerco di non pensare a quello che gli è stato fatto. Invece, mi concentro su dove si trova il suo spirito. La sua anima. Libera e, spero, con mia madre.»

«Mi sembra un buon pensiero e se ti dà pace, ti invito ad aggrapparti a questa idea» disse Lucas. «Ma non toglie nulla alla mia colpa o al mio dolore. Né dovrebbe.»

«Lucas…» cominciò lei.

Lui si alzò in piedi e si allontanò. Quando si passò una mano tra i capelli, arruffò le lunghe ciocche, dandogli quell'aria piratesca.

«Mi dispiace» la interruppe. «Mi dispiace tanto, Diana. E se mi odi, allora è quello che merito. Certamente non merito e non ho meritato le attenzioni che mi hai dimostrato.»

Lei ebbe un sussulto e fece tre lunghi passi verso di lui. «Smettila! Smettila subito.»

«Io…»

Lei sollevò la mano per coprirgli le labbra, passandogli delicatamente il pollice sulla bocca. «Ti ho ascoltato parlare ripetutamente della tua responsabilità in questa faccenda durante le due settimane che siamo stati insieme, Lucas. E te l'ho detto prima, ma voglio che tu lo senta davvero adesso: mio padre ha fatto le sue scelte.»

«E se io…»

«Basta!» insistette lei. «Per favore. Se tu non avessi, se lui non avesse, se io non avessi… ci sono mille altre cose che ci sarebbero potute succedere se avessimo girato a sinistra invece che a destra o se fossimo andati in un certo posto un momento prima o dopo. Impazzirai se vivi in un mondo di possibilità invece di affrontare quello che è successo realmente. Ha scelto di aiutarti. È morto. E non lo sopporto. Non lo sopporto.» Si rese conto che gli occhi cominciavano a riempirsi di lacrime, così sbatté le palpebre con forza per allontanarle. «Non sopporto che lui non ci sia più. Ma me ne sto facendo una ragione. E dovresti farlo anche tu.»

Lui la fissò a lungo. Abbastanza a lungo che Diana si agitò per il disagio sotto il suo sguardo concentrato su di lei, specialmente quando non aveva idea di quali fossero i pensieri che aveva in testa. Lei era stata dura con lui, mordace. Lui avrebbe potuto mandarla via adesso che si stava riabituando al ruolo di duca, un nobile che non doveva accettare un comportamento simile da nessun suo inferiore.

Ma alla fine Lucas allungò la mano e le toccò il viso. «Sei una persona di gran lunga migliore di quanto io possa mai essere, Diana Oakford. Sono fortunato a conoscerti.»

Lei trattenne il fiato per quel complimento inaspettato e per il calore che la percorse. Lucas riusciva a metterla in agitazione con poche parole, uno sguardo, un tocco. Poteva farla sentire come se appartenesse al suo mondo, anche se non era vero: non poteva e non vi sarebbe mai appartenuta. Qualsiasi suo mondo, quello del duca, quello della spia, o entrambi.

«Torna dentro con me» sussurrò Lucas.

Il tono ruvido della sua voce era innegabile. Il modo in cui la guardava ancora di più. Le emozioni della giornata cominciarono a scivolare via, sostituite da qualcosa di caldo e scuro e sensuale e appassionato. Qualcosa che lei voleva per alleviare il proprio dolore e quello di Lucas.

«Vieni dentro» ripeté lui. «Ma solo se lo desideri.»

«Hai intenzione di toccarmi se lo faccio?» chiese lei, sentendosi avvampare in viso mentre faceva la domanda.

Lui annuì lentamente. «Oh sì, ti toccherò, Diana. Perché ho bisogno di te. E ti voglio. E penso che quello di cui entrambi abbiamo bisogno in questo momento sia dimenticare. Mi aiuterai a dimenticare?»

Lui tese la mano e lei la prese senza esitare. «Sì» sussurrò lei.

CAPITOLO QUATTORDICI

Diana guardò la mano di Lucas, le loro dita intrecciate, e rabbrividì quando lui aprì la porta della sua camera, la condusse dentro e la osservò mentre si allontanava.

«Quando sono entrata prima, ero così imbarazzata dalle espressioni maliziose della servitù che non mi sono guardata intorno» gli disse scrutando la stanza.

Lucas chiuse la porta dietro di sé e vi si appoggiò. «Sei venuta qui prima?» chiese.

Lei annuì guardandolo in viso. «Sì. Non avevo capito che le nostre stanze fossero collegate.»

Lui inarcò un sopracciglio. «Questo è uno dei migliori vantaggi nel fingere di essere la mia amante. Ho chiesto che ci mettessero in stanze adiacenti. Allora, che ne pensi di questa camera?»

Lei scrollò le spalle. «È bella, naturalmente. Ma non... sa di *te*, vero? È così soffocante e formale e... e...»

«Blu» disse lui, osservando l'esplosione di fiordalisi che li circondava. «È molto blu. E no, non sa di me. Come nient'altro in questa casa. Mia madre l'ha decorata dopo il suo matrimonio con mio padre. Le piacciono i fronzoli.»

Diana si acciglò alla menzione di sua madre, la sua mente tornò ancora una volta a quell'orribile scenata nell'atrio. Non aveva mai visto un genitore così crudele con il proprio figlio. Si chiedeva da cosa dipendesse.

Lui sorrise leggermente, ma l'espressione era mista a tristezza. «Ti prego, non chiedermi di lei» sussurrò. «Non ora.»

Lei scosse lentamente la testa. «Non lo farò. Adesso voglio questo...»

Non terminò la frase e gli si avvicinò, gli prese le guance alzandosi sulla punta dei piedi e premette le labbra sulle sue. Le braccia di Lucas la avvolsero e la strinsero forte al suo petto. Lei si sciolse a quel calore che la attirava a lui, facendola sentire completa e al sicuro.

Lui piegò la testa da un lato, inclinò la bocca contro la sua e le infilò la lingua dentro, assaggiandola e svuotando la sua mente di ogni pensiero, tranne quello di portarlo in quel letto.

Diana gli mise le mani sulla giacca e la slacciò rapidamente. Quando lui se la scrollò di dosso, lei sorrise, perché l'espressione di dolore che accompagnava sempre quell'azione era molto più attenuata. Stava guarendo e questo le scaldava il cuore.

Ma fu il suo corpo a prendere il sopravvento quando lui le mise le mani tra i capelli e cominciò a scioglierle lo chignon che si era fatta frettolosamente quella mattina. Le forcine si sparsero intorno ai loro piedi e lei rabbrividì al tocco intimo che era così innocente e così malizioso allo stesso tempo.

«Adoro i tuoi capelli» mormorò lui, premendo il viso tra le ciocche. «Adoro il loro colore, il loro profumo, adoro sentirmeli sulla pelle. Sembrano seta.»

Lei arrossì e gli prese la mano, guidandolo attraverso quella stanza incredibilmente grande verso quel letto ancora più incredibilmente grande sulla parete di fondo. Lui sorrise, assecondandola per il momento, anche se lei vide nei suoi occhi che non aveva intenzione di lasciarle il controllo a lungo.

Non vedeva l'ora che arrivasse il momento in cui glielo avrebbe rubato.

Quando raggiunsero il letto, lui cominciò a sbottonarle il vestito. Lo fece lentamente, sostenendo il suo sguardo mentre faceva passare ogni bottone attraverso la sua asola per poi aprire delicatamente il tessuto ruvido del suo semplice abito. Mentre la sbottonava, con le dita le sfiorò la clavicola, il petto, e lei non poté trattenere un piccolo sospiro di piacere sentendo il suo tocco.

Erano rimasti separati solo una notte, ma era sembrata un'eternità. E *questo* era il ritorno a casa.

Lui le spinse il vestito via dalle spalle e giù per le braccia, poi si tirò indietro e la guardò. Aveva gli occhi spalancati, come se non l'avesse mai vista così prima. Lei arrossì sotto il suo esame, distogliendo il viso per non fargli vedere quanto il suo sguardo la commuovesse. La cambiasse. Le facesse desiderare più di quanto le sarebbe mai stato possibile avere in questa vita.

«Sono sempre stregato da te» disse piano mentre infilava i pollici nel tessuto ormai flaccido del suo abito e lo spingeva via, lasciandola con solo la camicia da notte. «Stregato da quanto sei perfetta sotto ogni aspetto.»

Lei scosse la testa. «Non perfetta, te lo assicuro.»

«Non c'è nient'altro che perfezione qui, Diana» sussurrò lui, toccandole il mento e inclinandole il viso verso il suo. I suoi occhi erano scuri e intensi, dilatati dal desiderio, ma anche concentrati, con quell'espressione intensa che aveva solo quando era focalizzato su qualcosa che voleva.

Quel giorno era lei.

Diana si sollevò sulla punta dei piedi e premette la bocca sulla sua. A quel punto le parole svanirono. La sua lenta seduzione finì e il bacio si intensificò con un'improvvisa urgenza e intensità. Il desiderio e il bisogno presero il sopravvento, e lei rabbrividì quando lui le tolse la biancheria intima con molta più rapidità e determinazione di quella che aveva mostrato con il suo abito.

«Mettiti a letto» le ordinò, diventando d'un tratto il signore del maniero, il duca.

Non ci si poteva opporre a quell'ordine, perché *era* un ordine, non una richiesta. Diana prese posto sui cuscini e lo osservò spogliarsi con sguardo voglioso. Ci volle più tempo di quanto lui probabilmente volesse, ma lo fece da solo e alla fine rimase nudo davanti a lei.

Lei lo ammirò come sempre. Era un gran bell'esemplare di maschio, era innegabile. Dalle sue spalle larghe, rovinate da quella terribile cicatrice malformata e in rilievo che stava lentamente guarendo, ai suoi fianchi stretti, alle sue cosce forti, di nuovo segnate dagli orrori che aveva passato. Era perfetto come lui aveva detto che era. Perfetto e delizioso.

Voleva assaggiarlo.

Lucas sorrise quando gli fece segno di avvicinarsi con l'indice. Prese posto accanto a lei e Diana gli si mise subito sopra. Lui inarcò un sopracciglio. «Credi di potermi controllare?» le chiese con tono scherzoso.

Lei mise una mano tra di loro e gli accarezzò il membro già duro. «Direi proprio di sì.»

Lui chiuse gli occhi e le si inarcò contro mentre Diana continuava a stimolarlo. Più e più volte, dolcemente ma con fermezza. E mentre lo faceva, scivolò giù lungo il suo corpo fino a quando poté abbassare la testa e prenderlo in bocca.

Lucas spalancò gli occhi e lei non esitò a incrociare il suo sguardo selvaggio mentre lo succhiava.

«Diana» ansimò lui, abbassando le mani. Lei pensò che l'avrebbe spinta via, ma mentre lo prendeva più a fondo, le sue dita si aggrovigliarono nei suoi capelli ed emise una lunga seppur sommessa imprecazione.

Lei gli sorrise contro la pelle e cominciò a pompare lentamente con la bocca, godendosi la sensazione di durezza contro la lingua. Godendosi il suo sapore, il suo odore. Il modo in cui i suoi fianchi si flettevano contro di lei per spingerle più a fondo in gola. Diana aggiunse la mano al tormento, passandola sulla parte che non poteva gestire con la bocca, mentre cominciava a stabilire un ritmo che lo avrebbe portato all'apice del piacere.

Lo voleva. Voleva assaporare quel momento in cui gli rubava il controllo e lo reclamava in un modo che non avrebbe più potuto essere cambiato o dimenticato, anche quando non sarebbero stati più insieme. Perseguì quell'obiettivo con determinazione crescente e sentì che lui cominciava a farsi più teso sotto i movimenti della sua mano e della sua bocca. Le gambe di Lucas si irrigidirono sotto di lei, lo sentì flettere i piedi mentre lei accelerava, roteandogli la lingua intorno ogni volta che abbassava la bocca.

Era vicino all'estasi e lei si ritrovò a premere contro il letto mentre lo prendeva, eccitata dal potere che le stava permettendo di esercitare. Dal dargli piacere. Dal sapore del suo corpo mentre lui si avvicinava sempre di più al compimento.

«Diana, non posso più... ti...» balbettò, mosse le dita per spingerla via.

Lei lo ignorò e succhiò più forte e più veloce. Lucas si lasciò sfuggire un forte grido prima di esplodere. Lei accolse ogni spinta, avida nel suo desiderio di sentire il suo sapore dolce-salato. E solo quando lui si lasciò cadere all'indietro, con il respiro pesante e irregolare, Diana gli permise di liberarsi e gli sorrise, esausta di piacere. Il suo corpo vibrava e pulsava ancora di desiderio, ma vederlo messo in ginocchio era valsa la pena.

Fece per sdraiarglisi accanto e i suoi occhi si aprirono. «Oh, pensi di aver finito, vero?» chiese lui, con tono assolutamente malizioso.

Lei alzò la testa. «Penso piuttosto di avervi finito io, Vostra Grazia.»

«Nemmeno per sogno» ribatté lui, e le prese le braccia. La tirò su mentre lui si metteva disteso sul letto. Lei si aspettava che la baciasse, ma non lo fece. La spostò più in alto sul suo corpo, fino a che non si ritrovò a cavalcioni sul suo petto.

«Cosa dovrei...» sussurrò lei, capendo finalmente. «Non finirò per schiacciarti?»

«Oh, che bel modo di andarsene» scherzò lui, e la tirò su ancora di più finché non fu posizionata sopra la sua bocca. Lei afferrò la testata del letto con entrambe le mani e ansimò quando le aprì le pliche e la leccò delicatamente. Poi non così delicatamente.

Diana si abbassò, cavalcandogli la lingua, trovando piacere a ogni suo assaggio, a ogni passata, a ogni gesto che dimostrava che Lucas conosceva il suo corpo e ciò che voleva e di cui aveva bisogno. Questa consapevolezza le rendeva più facile lasciarsi andare e lasciarlo fare, e così il piacere, che era cominciato appena le aveva premuto la lingua addosso, esplose provocandole convulsioni e sussulti mentre era ancora su di lui e si aggrappava alla testata gemendo più volte il suo nome.

Alla fine crollò di lato, rannicchiandosi contro di lui, sentendo le sue braccia circondarla mentre continuava a sentire in tutto il corpo le ultime ondate di piacere che si dissolveva piano piano.

Lui non disse nulla, almeno all'inizio. Si limitò a passarle le dita tra i capelli, un movimento dolce e ritmico che la aiutò a scendere lentamente da quei picchi di estasi a cui la portava ogni volta che la toccava.

Non aveva idea di quanto tempo fosse passato quando si puntellò su un gomito e guardò il suo bel viso. «Stai andando molto meglio, Lucas.»

L'ombra di un sorriso gli attraversò il viso. «Se giudichi la mia prestazione con tanto... entusiasmo» scherzò lui. «Mi fa pensare che devo dimostrarti di nuovo quanto valgo.»

Lei rise e gli diede una leggera pacca sul petto. «Non era un giudizio sulla tua prestazione. Intendevo dire che ti muovi più facilmente, che si riflette meno dolore sul tuo viso quando fai certi movimenti.»

Lui scrollò la spalla buona. «So che hai ragione. Non posso dire che non sono ancora frustrato da quello che non posso fare. Vedo che ci sono sempre più cose che posso fare. Ma è difficile non... non essere l'uomo che ero una volta. Non sapere se potrò mai esserlo di nuovo.»

Lei annuì e allungò la mano per tracciargli la linea della mascella con l'indice. «Non oso immaginare quanto sia difficile.»

«Ma devo il mio recupero interamente a te» disse lui.

Diana arrossì violentemente e distolse il viso. «Non del tutto, credo.»

«Be', io mi prendo interamente il merito della *tua* guarigione» disse lui.

Lei si voltò a guardarlo. «La mia guarigione? Di cosa stai parlando?»

«Ti sei scottata quasi due settimane fa, e guarda.» Le prese la mano e la sollevò per mostrare che la piccola bruciatura era sparita da tempo. «È tutto grazie a me e alle mie favolose abilità di medico».

Diana non poté fare a meno di ridere, anche se il fatto che lui avesse tirato fuori l'argomento le fece tornare in mente quel giorno nella sua cucina quando lui aveva mischiato gli ingredienti della pomata che le serviva, e poi le aveva fasciato la mano ferita. «In effetti ho pensato spesso a quel giorno, ma non per via delle tue superiori abilità.»

«Mi ferite, milady» disse lui. «Speravo di avere un futuro e voi avete distrutto le mie speranze.»

Lei scosse la testa. «Mi prendi in giro, ma sono certa che se ti applicassi potresti diventare un buon medico. Il dovere di un chirurgo è tutta una questione di dettagli e tu sei molto attento ai particolari. Il che mi porta a fare una domanda.»

Lui annuì, e l'atteggiamento scherzoso sparì dal suo contegno. «Certamente. Che cosa vuoi sapere?»

«Quel giorno mi hai legato la benda sulla mano in un modo molto speciale.»

Lui annuì. «Sì, era un nodo speciale.»

«Come hai imparato quella tecnica?»

Un'ombra gli passò sul viso, si appoggiò sui cuscini e fissò il soffitto per un momento, come se stesse raccogliendo i pensieri. Come se questa risposta fosse più complicata di quanto lei avesse pensato.

«Quando mi sono svegliato dalle ferite, erano passate quasi

ventiquattro ore dall'attacco» spiegò lentamente. «Volevo alzarmi e rimettermi al lavoro, ma quando ci provai ero paralizzato dal dolore e non riuscivo a stare in piedi perché non potevo sopportare anche solo un po' di peso.»

Lei chinò la testa. «C'era da aspettarselo che ci avresti provato, nonostante fossi stato quasi ucciso.»

«Siamo quello che siamo, sì» disse lui con un sorriso ironico. «Il chirurgo insistette che non potevo alzarmi, e per un mese non l'ho fatto.»

«Dev'essere stato molto frustrante per te» disse lei dolcemente. Quest'uomo energico, esasperante e dinamico non avrebbe sopportato di essere confinato in un letto. Non osava immaginare il suo pessimo comportamento con gli altri medici.

«Pensavo di impazzire» ammise lui. «Continuavano a cercare di darmi cose per farmi passare il tempo, ma ero mezzo fuori di me per il laudano e Dio sa cos'altro. E tutto quello a cui riuscivo a pensare era quel giorno, tuo padre, il suono degli spari che fendevano l'aria.»

Si interruppe, e lei allungò la mano per metterla sulla sua. «E il nodo?» lo incoraggiò, riportandolo sull'argomento di partenza con tutta la delicatezza possibile.

Lucas scosse la testa. «Certo, scusa. Il primo giorno, quando mi cambiarono la benda insanguinata, la lasciarono lì, accanto al mio letto. Non potevo fare altro che fissare quel nodo. Era... intricato. Così cominciai ad esercitarmi a rifarlo, più volte. Finché non sono riuscito a padroneggiarlo.»

Diana strinse le labbra e cercò di non lasciare che i suoi pensieri le sfuggissero di mano. Era quasi impossibile quando queste informazioni portavano più domande che risposte.

«Il tuo chirurgo era stato addestrato da mio padre?» chiese.

Lucas si tirò un po' su a sedere. La pigra sensualità che era scorsa tra loro poco prima era sparita. Era di nuovo concentrato, la fissava con interesse, con uno sguardo penetrante da falco.

«No» disse lentamente. «Non il primo. Aveva la stessa età di tuo padre, ma non era un suo allievo. Yates, credo si chiamasse.»

Diana fece una smorfia, perché conosceva quell'uomo. «Sei fortunato che non ti abbia ucciso. Mio padre aveva poca stima di lui. Ma come poteva conoscerlo?»

«Conoscere cosa?» Lucas si protese verso di lei. «Che cosa ti ha portato a farmi questo interrogatorio?»

«Il nodo» spiegò lei. «Probabilmente non è niente, ma l'ho visto fare solo a mio padre. Era una specie di... firma per lui, non so se mi spiego. Persino io ho fatto fatica a impararlo, perché, come dici tu, è intricato. Ma tu lo hai riprodotto facilmente. Mi chiedevo solo come facessi a conoscerlo. Eppure, suppongo che Yates possa aver appreso la pratica da mio padre.»

Lucas continuò a fissarla con gli occhi leggermente spalancati e la mascella serrata. Ecco di nuovo la spia. Il suo amante era sparito.

«Non è stato Yates a fare il nodo da cui ho imparato» disse piano. «La ferita che avevo alla gamba era profonda.»

«Sì» disse lei con un brivido. «È evidente dalle cicatrici e dalla zoppia residua. È guarita magnificamente, però, a differenza della spalla che i medici continuavano a tormentarti.»

Lui annuì. «Questo perché quando mi trovarono, la mia gamba era già stata fasciata. Come sia successo fu una questione controversa. Forse la bendarono i primi uomini ad arrivare, forse è stato qualcun altro. Ma il nodo che ho imparato era sulla mia gamba prima che un qualsiasi chirurgo esaminasse le mie ferite, Diana.»

Lei schiuse le labbra e si ritrasse. «Ma se questo è vero...»

«Allora chiunque sia stato conosceva le tecniche speciali avanzate usate da tuo padre per curare i feriti.» Lucas scese dal letto e attraversò la stanza prima di tornare indietro e fulminarla con lo sguardo. «Chiunque sia stato, un tempo è stato suo allievo.»

CAPITOLO QUINDICI

Diana era sbiancata mentre lo fissava dal suo letto. La mano che teneva il lenzuolo con cui si copriva le tremava mentre elaborava ciò che Lucas le aveva appena detto.

In verità, anche lui stava avendo problemi a digerirlo. La gamba fasciata era rimasta una domanda senza risposta fin da quel giorno, certo. Ma era stata attribuita a qualcosa che era successo nel caos di quell'orribile pomeriggio. Qualcosa che avrebbe potuto fare un servo gentile, o un compagno di spionaggio quando si erano imbattuti in lui dopo che erano state chiamate le guardie.

Ora, però, questa nuova informazione si inseriva nel puzzle che stava costruendo mentalmente e si incastrava in uno spazio vuoto. Solo che creava più domande che risposte.

Risposte che Diana aveva iniziato a fornire in momenti inaspettati.

«Come o perché qualcuno avrebbe dovuto conoscere i metodi di mio padre?» incalzò lei. Le tremava la voce.

«Un'ottima domanda» disse Lucas. «Aveva degli accoliti in effetti. Tirocinanti. Ma se uno di loro era lì, allora vorrebbe dire...»

Diana schiuse le labbra. «Che uno di loro era il traditore?» sbottò.

Lui alzò le spalle. «È una possibilità che non avevo considerato. Solo che se sono stati loro ad attaccare me e tuo padre, perché quella persona avrebbe poi dovuto fasciarmi la gamba? Mi ha salvato la vita, mi è stato detto più volte negli ultimi sei mesi. Perché l'uomo che mi ha attaccato avrebbe voluto *salvarmi*?»

Appena fece la domanda, gli venne in mente una risposta. Una risposta terribile, orribile, che non aveva mai preso in considerazione fino a quel momento.

Una risposta che non aveva niente a che fare con nessun altro al mondo se non con il padre di Diana. Solo che non poteva credere che George Oakford fosse coinvolto negli attacchi al Dipartimento della Guerra.

Non l'amico di Lucas. Non il padre di Diana.

«Che c'è?» sussurrò lei, posando i suoi occhi verdi e luminosi su di lui. «Ti prego, dimmi perché hai quell'espressione.»

Lucas la fissò. Diana ne aveva già passate tante. Aveva già perso così tanto. Non poteva dirle di questa fastidiosa sensazione che gli stava mettendo radici in petto. Si rifiutava di farle questo.

Non finché non fosse stato sicuro di avere ragione.

«Ti ho tagliato fuori» disse dolcemente. «So che questo ti ha fatto male.»

Lei incrociò le braccia a quel punto e lui intravide un singolo lampo di rabbia sui suoi bei lineamenti. «Lo capisco in parte, anche se non lo sopporto» disse lei.

«E se non ti tagliassi fuori?» chiese lui altrettanto dolcemente. «E se... se avessi bisogno del tuo aiuto? Saresti disposta a darmelo?»

Lei aprì la bocca, e lui vide l'enfatico sì nei suoi occhi ancor prima che parlasse. Tuttavia, alzò una mano per trattenerla. «Prima di rispondere, devi sapere che verrai a conoscenza dei dettagli, Diana. Informazioni che potrebbero farti soffrire molto.»

Diana alzò il mento, e quella sua anima di acciaio che la caratterizzava fu ancora più evidente. «Ho provato un dolore più grande di quanto tu possa immaginare» sussurrò. «Posso affrontarlo di nuovo, soprattutto se significa trovare la verità e consegnare alla giustizia chi ti ha fatto questo, chi ha fatto questo a mio padre. Se pensi che io possa aiutarti, allora consentimi di farlo.»

Lui annuì lentamente. «Vestiamoci, allora. Tutti i miei appunti sul caso sono nel mio studio. Li esamineremo insieme.»

~

Era ormai buio quando arrivarono nello studio di Lucas. Diana alzò lo sguardo e lo vide accendere alcune lampade e attizzare il fuoco per facilitarle la lettura. Nella sua stanza, nel suo cottage, non era riuscita a leggere molto del suo materiale. Ora lesse tutto e le piangeva il cuore quando mise i fogli da parte e fece un respiro affannoso.

«Mi dispiace» disse Lucas sedendosi sulla sedia accanto alla sua. Le stava studiando il viso da vicino. «È troppo?»

«No» disse lei, anche se in cuor suo non sentiva che fosse del tutto vero. «Sì, è difficile leggere queste cose. Immaginare mio padre morto, stroncato dal proiettile di un assassino, probabilmente sparato da un amico di entrambi. Ma non è solo questo. È l'emozione degli ultimi giorni. È il periodo dell'anno...»

Lucas inclinò la testa. «Il periodo dell'anno?»

Lei si alzò in piedi e si allontanò. Non aveva avuto intenzione di dirlo ad alta voce. Ma qualcosa in lui lo aveva fatto emergere. Qualcosa che le diceva di sussurrare i suoi segreti più oscuri e dolorosi.

Anche se Lucas non le avesse dato nulla in cambio.

Spinse indietro le spalle dopo questa riflessione e si voltò verso di lui. «Non è niente. Hai mai annotato una sequenza degli eventi che hanno preceduto quel giorno, il giorno stesso e quello successivo?»

Lui annuì. «Certamente, ma non fa mai male rifarlo. Posso scriverla, se vuoi darmi il tuo parere.»

Si alzò dalla sedia e si avvicinò alla scrivania, dove tirò fuori una pergamena e la stese per tutta la larghezza della scrivania. Intinse la penna d'oca nell'inchiostro e la guardò aspettando indicazioni.

«Quando ci sono stati i primi sospetti sulla presenza di un traditore tra di voi?» chiese Diana. «Le carte non erano chiare in proposito.»

«Tre anni fa» rispose lui, scarabocchiando la data all'inizio del foglio. «Alcuni documenti erano scomparsi e li avevano i nostri nemici. Era ovvio che erano stati rubati, venduti.»

«E non c'era stato niente prima?» chiese lei.

Lui scrollò le spalle. «Qualche piccolo incidente qua e là, ma niente di troppo sospetto. Non pensiamo che il nostro traditore sia stato attivo per più di un mese o due prima del primo grande incidente.»

«Hai parlato di incidenti minori. Suppongo che all'inizio non fosse ovvio che avevate a che fare con un traditore?» chiese lei.

Lucas si incupì in viso. «Fai le domande giuste. No. Ci siamo accorti che succedevano cose strane qua e là, ma ci sono voluti circa sei mesi per stabilire che avevamo un traditore nelle nostre fila. Le informazioni rubate potevano essere state prese da qualcuno al di fuori del nostro universo. Un infiltrato dall'esterno, piuttosto che una talpa all'interno. Anche quando la verità divenne chiara, c'erano più agenti che lavoravano su più aspetti del caso. Nessuno lavorava bene insieme. Ecco perché, due anni fa, fui messo a capo dell'intera operazione e presi il controllo di tutto ciò che riguardava il nostro traditore.»

Stava aggiungendo date alla sequenza degli eventi, e Diana gli si mise accanto a guardarla. Le si rivoltò lo stomaco. Ecco l'inizio della fine per suo padre. Per se stessa. Il punto in cui un masso era stato posizionato in cima a una collina molto alta e aveva cominciato a rotolare fuori controllo verso la sua vita.

Poteva vederlo chiaramente ora. Non poteva fermarlo. Era orribile trovarselo di fronte, rabbrividì e si allontanò da Lucas. Lui le prese la mano e la tirò indietro guardandola da sotto in su con occhi pieni di comprensione ed empatia.

«È troppo?» chiese lui.

Diana gli tracciò la guancia con la punta delle dita. Le sue pupille si dilatarono, ma non la attirò più vicino. «No» sussurrò lei. «Be', sì, ma non troppo da smettere. È solo difficile vedere il percorso di distruzione che ha portato alla morte di mio padre. Alle tue ferite.»

Lui le lasciò la mano e osservò la lista crescente di date ed eventi. «Sì. È sempre stato difficile per me vederlo così. Chiedermi cosa avrei potuto fare per fermare tutto.»

Diana premette un dito sulla prima data della linea del tempo e scosse la testa. «Solo quest'uomo avrebbe potuto fermare tutto. Solo lui avrebbe potuto tornare sulla retta via e impedire che quel terribile giorno accadesse.»

Lui annuì lentamente, ma aveva un'espressione incredula. Come se avesse capito ma non ne fosse convinto.

«Continuiamo» suggerì lei, allontanandosi. «Ci sono stati momenti significativi nel tuo caso dopo che hai preso il comando?»

«Sì.» Lucas rovistò in mezzo ad alcuni fogli sulla scrivania e poi fece cenno a quello davanti a sé. «Noi cerchiamo delle similitudini nei casi, vedi? E la prima che trovai in questo caso era qui, subito dopo il mio insediamento.»

Lei guardò il foglio che le aveva indicato e trattenne il fiato. «I casi di informazioni cedute ai nemici, le cose che ha fatto il traditore, sono avvenuti tutti dopo che i casi erano stati presi in carico da altri agenti.»

«Ogni volta si trattava di un caso in cui un agente aveva preso il posto di un altro. Non riesco a trovare un rapporto tra gli agenti che erano usciti dai casi e quelli che ne avevano preso il posto. Uomini diversi. Ma in qualche modo il nostro traditore era consapevole della transizione e l'ha usata a suo vantaggio.»

Diana gli lanciò un'occhiata. Il viso di Lucas era illuminato dalla stessa espressione che lei poteva sentire sul proprio volto. Gli sorrise dolcemente. «Capisco perché trovi tutto questo così eccitante. Per la prima volta lo capisco un po' di più.»

Lui corrugò la fronte. «Be', ci sono momenti in cui è eccitante, certo. Individuare uno schema come questo è un'emozione diversa da qualsiasi altra. Andare avanti in un'indagine e sapere che sei un passo più vicino a scoprire la verità, è...»

«Inebriante» sussurrò lei.

«Sì, è la parola giusta. Non c'è bevanda o droga o vizio che nutra la mia anima allo stesso modo.»

«Faceva lo stesso effetto anche a mio padre» sussurrò lei mentre tracciava il dito lungo la lista.

Lucas rimase in silenzio per un po', poi disse: «Ti diceva qualcosa di quello che faceva per il dipartimento?»

«Era un chirurgo, naturalmente. È tutto quello che pensavo facesse fino a quando non si presentò con... con quell'uomo due anni fa. Era ovvio che c'era dell'altro. Quindi, non so, forse Stalwood lo usava per la sua mente brillante quando non aveva le mani occupate.»

Lucas distolse lo sguardo, e a Diana si gelò il sangue davanti all'espressione inaspettata sul suo volto. Come se avesse qualcosa da nascondere.

«Che c'è?» gli chiese.

Lui scrollò la spalla buona. «Non mi è mai stato detto che gli venissero assegnati dei casi. Anche Stalwood mi ha confermato che non lavorava a dei casi. Mi sorprende, tutto qui, che lui... lavorasse a qualcosa che nessuno di noi conosceva.»

Diana lo fissò. C'era una certa cautela nel suo contegno, ora. Non le piaceva. «Tu vivi in un mondo di segreti. Sono francamente scioccata dal fatto che pensi di conoscerli tutti.»

«Hai ragione, naturalmente» disse lui dopo una lunga esitazione. «Ma...»

Non riuscì a finire qualsiasi pensiero avesse in testa. In quel momento si sentì bussare alla porta e poi Jones mise la testa nella stanza.

«Vostra Grazia, avete ricevuto una missiva. Avevate detto che la volevate appena arrivava.»

Diana osservò come tutta la spavalderia di Lucas svanì, sostituita da un nervosismo quasi infantile. Si alzò dalla scrivania e si diresse verso il suo maggiordomo. Jones gli porse un foglio piegato e Lucas lo prese, con le mani che gli tremavano leggermente. «Grazie, Jones. Verremo a cena tra poco, se la signora Cox è pronta.»

Jones inclinò la testa. «Lo sarà entro mezz'ora, Vostra Grazia. C'è qualcos'altro di cui avete bisogno?»

«No» disse Lucas, fissando ancora la lettera che aveva in mano. «È tutto.»

Diana si agitò quando il maggiordomo le lanciò un'occhiata, la stessa che le rivolgeva ogni volta che la vedeva, poi lasciò la stanza. Quando se ne fu andato, mise da parte il proprio disagio e si concentrò su Lucas. «Che cos'è?» chiese, facendo un passo cauto verso di lui.

Lui alzò di scatto la testa, come se si fosse dimenticato della sua presenza. «È dell'amico a cui ho scritto oggi. Simon Greene, Duca di Crestwood. Non mi aspettavo che rispondesse così rapidamente, ma questa è la sua grafia. La riconoscerei ovunque.»

Restò fermo senza fare altro, e Diana colmò la distanza che li separava. «Hai intenzione di aprirla?»

Lui la guardò di nuovo. «In verità, ho... ho paura di leggerla.»

Lei rimase stupita dall'inaspettata onestà di quella risposta. Occorreva una certa intimità perché un uomo come Lucas ammettesse di avere paura con chiunque, e serviva certamente con lei. Desiderava di più, quella connessione che aveva auspicato per tutta la vita e che sapeva che era sciocco cercare in lui.

«Perché li hai allontanati per così tanto tempo?» chiese lei sentendosi la gola improvvisamente secca.

Lui si rigirò la lettera tra le mani. «Sì. Non è sempre stato così. Ero il più giovane del gruppo, alcuni direbbero il più sobrio. Ma questo non mi ha mai impedito di essere fatto sentire incluso e amato allo stesso modo.»

Diana sorrise a quella descrizione. «Sembra bello avere amici così.»

Lucas deglutì a fatica, e lei credette di vedere un debole barlume di lacrime nei suoi occhi prima che le respingesse sbattendo le palpebre. «Era bello infatti. Ma poi cambiò.»

«Come?»

Lui si agitò, e rimase a lungo in silenzio, combattendo un conflitto interiore su cosa dire. Lei pregò di vincere quella battaglia. Di vincere uno scorcio sulla sua vera anima.

«Tutto iniziò... oh, tutto iniziò molto tempo fa» disse a fatica con voce soffocata. «Avevo sedici anni. Successe qualcosa.»

«Qualcosa? Cosa?» incalzò lei, desiderando con tutto il cuore che Lucas riuscisse a trovare un modo per confidarsi con lei. Lui sapeva così tanto di lei e lei non sapeva... niente.

Lucas chiuse gli occhi, e il dolore gli si riversò sul viso come una cascata. E poi sparì. Lo aveva dissimulato perché era una spia ed era capace di mascherare qualsiasi cosa.

«Non è importante cosa. Mi cambiò, ecco tutto. Da allora cominciai ad allontanarmi da tutti. La mia famiglia, i miei amici, tutti. Quando avevo diciotto anni, mio padre morì. Invece di assumere il mio titolo, mi sono arruolato nell'esercito come ufficiale.»

Lei alzò le sopracciglia in segno di sorpresa. «Una cosa rara per un uomo del tuo rango.»

«La mia famiglia era furiosa. Ero il duca, dannazione. Non ero destinato a rischiare la vita e la linea di successione per il re e la nazione.» Scosse la testa sbuffando con tono derisorio. «Non ascoltai. Nel giro di due anni avevo iniziato a lavorare al Dipartimento della Guerra. Scrivevo a qualche amico, ma ogni anno lo facevo sempre meno spesso. Ogni anno mi spingevo oltre. E ora... be', non scrivo a nessuno da almeno un mese prima dell'attacco.»

Lei annuì lentamente. Non capiva esattamente che cosa aveva allontanato Lucas da tutti quelli che amava e questo la preoccupava ancora. Ma capiva perfettamente l'assoluta sofferenza che gli aveva provocato. La perdita, e il dolore di non avere nessuno.

Quello lo capiva perfettamente.

«La distanza non può aver significato tanto come pensi» disse piano. «Il tuo amico ti ha scritto adesso, una risposta quasi immediata. Vorrà pur dire qualcosa.»

Fissò la lettera ancora una volta ma non la aprì. «Temo che mi abbia detto di andare a quel paese» ammise. «Me lo meriterei.»

Diana allungò la mano e intrecciò le dita con le sue. Sentì il calore della sua pelle e lo scricchiolio della carta, sentì il leggero tremore delle sue mani. «Potrei dare un occhio io» suggerì dolcemente.

Lui la guardò negli occhi per un istante, due istanti, un'eternità. Poi lasciò le pagine nelle sue mani e annuì in silenzio.

Lei si alzò sulla punta dei piedi e gli diede un bacio sulla guancia, poi ruppe il sigillo sul retro delle pagine e aprì la lettera. Era lunga due pagine, ne scorse brevemente la prima prima di sorridere e iniziare a leggerla ad alta voce.

«*Willowby*» iniziò, e Lucas trasalì come faceva sempre quando qualcuno usava il suo titolo. Diana pensò che questa volta fosse anche per il suo amico, per la sua paura. Si affrettò a continuare: «*Non sai da quanto aspettavo di avere tue notizie, o quanta paura abbiamo avuto tutti da quando hai smesso di scrivere mesi fa. Sapere che stai bene e che sei a Londra mi dona una gioia che è superata solo dai recenti lieti eventi della mia vita, che non vedo l'ora di condividere con te.*»

Ad ogni parola che leggeva, vedeva la tensione sparire dalle spalle di Lucas, la paura abbandonare il suo volto, sostituita da sollievo e felicità. Osservò ogni contrazione e cambiamento, godendo nel vedere la sobrietà abbandonarlo, sostituita da qualcosa di più dolce. Più giovane. Qualcosa di intatto da qualsiasi cosa lo avesse cambiato e che lui si rifiutava di raccontarle.

«Devo continuare?» gli chiese. «O vuoi leggere il resto da solo?»

Lucas tese la mano e lei gli passò la lettera. Lui finì di leggerla e fece un lungo sospiro prima di leggerla una seconda volta. Come se della prima lettura non ci si potesse fidare. Come se volesse essere certo che non fosse un sogno o una fantasia che il suo amico ci tenesse ancora.

«Vengono domani» disse alla fine.

Diana sbatté le palpebre. Lei stessa non aveva letto fino a quel punto della lettera. «Chi?»

«Simon, sua moglie Meg e un altro dei nostri amici, Matthew. È il Duca di Tyndale e a quanto pare era in visita da loro quando è arrivata la lettera. Saranno qui nel pomeriggio per il tè.»

«Meglio che io non ci sia» balbettò lei.

Lui la fissò. «Meglio che tu non ci sia?» ripeté, come se avesse parlato una lingua straniera. «Perché mai non dovresti esserci?»

Diana si tormentò le mani e si allontanò. «Non sono adatta a incontrare due duchi e una duchessa. Non lo ero prima della nostra relazione, certamente non lo sono da quando sono stata etichettata come tua amante.»

«Perché dovrebbe importargli?» chiese lui.

Lei si girò e alzò le mani. «Non essere ottuso, Lucas, non fare torto alla tua intelligenza. I tuoi servi mi guardano come se fossi una sgualdrina. Cosa penserebbe una duchessa?»

Lucas strinse la mascella. «Se i miei servi osano essere scortesi con te, li licenzio subito. Quanto alla duchessa in questione, conosco Meg da quasi tutta la vita. Non è mai stata altro che gentile, generosa e accondiscendente. In ogni caso, sarebbe un'ipocrita se avesse qualcosa da dire in proposito. Forse non sono più informato direttamente sui dettagli della vita dei miei amici, ma ne sento parlare abbastanza. Lei e Simon sono stati coinvolti in un terribile scandalo neanche un anno fa. Non oserebbe mai giudicare un'altra donna.»

Diana scosse la testa. Erano belle parole, ma sapeva che probabilmente non erano vere. Le gentildonne potevano essere crudeli l'una con l'altra. «Non so» sussurrò guardando il suo semplice abito da giorno. «Non posso piacerle.»

«Se non le piaci, ti darò cento sterline» disse Lucas ridendo. «Non sarebbe da Meg.»

Lei si allontanò, ancora incerta. Ancora emozionata per le difficoltà degli ultimi giorni, per l'anniversario che stava per arrivare, quello a cui continuava a cercare di non pensare, anche se non ci riusciva del tutto.

«Sei sicuro che non dovrei semplicemente andare... andare a casa?» suggerì lei. «Potrei tornare tra qualche giorno e darti un po' di tempo da passare con i tuoi amici.»

Lucas le andò incontro, la prese per un braccio e la fece voltare con gentilezza prima di prenderle entrambe le mani. «Vorrei che tu fossi qui» disse, sostenendo il suo sguardo. «Ti prego, resta con me.»

Fu quel "ti prego" a colpirla allo stomaco, facendo svanire tutti i suoi argomenti. Annuì lentamente. «Molto bene. Se è di questo che hai bisogno, non è il caso di rifiutare la mia presenza.»

Lui le accarezzò la guancia. «Ottimo. Ora...» La attirò più vicino, modellandole il corpo al suo mentre la stringeva tra le braccia. Cominciò a batterle forte il cuore, come sempre con lui. «C'è qualcos'altro di cui ho bisogno. E credo che anche tu ne abbia bisogno. Vieni di sopra con me?»

Lei esitò un attimo, non perché non voleva quello che le stava chiedendo, ma perché lo voleva moltissimo. Era diventata dipendente da lui. Dal suo tocco, dal suo sapore, dal suo conforto. E sapeva quanto fosse pericoloso.

Eppure non gli oppose resistenza. Si limitò a scacciare la paura e lasciò che la portasse di sopra, dove sapeva che non avrebbe provato altro che piacere, ancora una volta.

CAPITOLO SEDICI

La mattina dopo Diana si ritrovò a fissare Lucas stupita per quello che le aveva appena chiesto. Sbatté le palpebre.

«Devo tagliarti i capelli» ripeté. «E farti la barba.»

Lui annuì lentamente. «Sì. Sembro un pirata, non posso incontrare i miei amici in questo stato, non trovi?»

Lei allungò la mano e arrotolò una delle sue ciocche ricciolute intorno alla punta del dito. «Mi mancherà il pirata, lo ammetto.»

Sul volto di Lucas balenò un sorriso, e a lei cedettero le ginocchia. «Un pirata è un uomo d'azione, bella» disse lui facendole l'occhiolino. «Prometto che non smetterò mai di... saccheggiare...»

Diana scosse la testa al tono lascivo della sua voce e a come il suo corpo reagì sia per il desiderio che per la confortevole sintonia. Maledetto lui e la sua capacità di rendere tutto così... facile.

«Sei un mascalzone» disse lei con una risatina, poi prese le forbici dal tavolo dove le avevano messe i domestici e cominciò a esaminargli le ciocche. Aveva tagliato i capelli di suo padre nel corso degli anni, quindi era abituata a quel compito, ma i capelli di suo padre non erano mai stati una cascata di grossi ricci.

«Non puoi arrabbiarti con me se faccio un pasticcio» disse, poi diede la prima sforbiciata.

Lui afferrò la ciocca mentre cadeva e la tenne in alto. «Un trofeo, milady.»

Diana rise, prese la ciocca di capelli e se la infilò nella tasca del giacchino. Poi si concentrò sul compito che aveva davanti. Fece un respiro profondo e cominciò a tagliare. All'inizio mantenne un approccio professionale, ma man mano che i capelli si accorciavano, fece scivolare le mani contro il cuoio capelluto per dargli forma.

«Mmm» disse lui, annusandole l'avambraccio mentre si muoveva intorno a lui. «Ti avrei chiesto di farlo secoli fa, se l'avessi saputo.»

«Mi stai distraendo e finirai con un taglio tutto sbilenco se continui così» disse lei, ma aveva il respiro corto.

«Potrebbe valerne la pena» ribatté lui, dandole un bacio sul braccio e facendole l'occhiolino.

Diana cercò di ignorarlo e alla fine si tirò indietro per ammirare la sua opera.

«Specchio?» chiese lui.

Lei scosse la testa. «No, non finché non abbiamo finito.» Prese un asciugamano dalla ciotola di acqua calda e fumante che le avevano portato. Lo strizzò e gli avvolse delicatamente il viso. Mentre aspettavano che le basette si ammorbidissero e i pori si aprissero, esaminò l'uomo che aveva di fronte.

Lo stava trasformando nell'uomo che era stato in passato. Forse lo stava riportando alla vita che aveva abbandonato tanti anni prima. Un uomo non poteva essere una spia per sempre, specialmente quando aveva un ducato di cui occuparsi. E con le sue ferite, una vita sul campo avrebbe potuto non essere più possibile.

Così sarebbe tornato ad essere Sua Grazia. Alla fine si sarebbe assunto quelle responsabilità. Una di queste sarebbe stata quella di sposare una dama di buon lignaggio, dotata di titolo nobiliare e ricchezza. Avrebbe creato una famiglia con lei.

Sbatté le palpebre davanti alla deriva dei suoi pensieri. Nessuna di queste cose la riguardava, naturalmente. Lei e Lucas erano stati chiari fin dall'inizio che potevano avere solo una relazione passeggera. Che lui non stava pensando a un futuro con lei. Che lei non poteva pensare a un futuro con lui.

«Pronto?» gli chiese con tono falsamente brillante mentre gli toglieva dal viso il panno fumante e lo metteva da parte.

Gli insaponò delicatamente il volto, memorizzando la mascella spigolosa, le basette frastagliate. Ricordando come le avevano sfiorato la pelle tante volte. L'intimità di quel momento le piaceva più di quanto avrebbe dovuto. Doveva fidarsi di lei, considerato che brandiva in mano un rasoio affilato. Sembrava farlo senza sforzo, visto che restò a occhi chiusi anche quando lei gli passò per la prima volta la lama sulla pelle.

Diana si concentrò ancora una volta sul suo lavoro, una manna dal cielo considerato che la sua mente voleva portarla in ambiti problematici. Un po' alla volta, gli tagliò le basette, gli rase tutta la peluria finché il volto non fu bello liscio e poi mise da parte il rasoio e gli pulì il viso e il collo togliendo tutti i peluzzi che vi erano caduti durante la toletta.

Fece un passo indietro e non poté fare a meno di sussultare. Era quasi un'altra persona, quest'uomo appena pettinato e rasato. Ma era assolutamente bello, assolutamente perfetto.

«Non può essere così male» disse lui e tese la mano verso lo specchio.

Alla fine glielo porse scuotendo la testa. «Non è affatto male. Sei molto bello. Sei... sei un duca.»

Lucas alzò subito lo sguardo su di lei. «No, non lo sono» sussurrò mettendo da parte lo specchio e prendendole la mano. Diana sussultò quando lui la tirò delicatamente in grembo. Lucas le sfiorò il collo con la sua guancia fresca e liscia, e lei rabbrividì di rinnovato piacere, girò il viso verso il suo e lo baciò. Lucas sollevò la mano, fece scivolare le dita lungo la sua nuca e le fece inclinare la testa per accedere meglio alla sua bocca.

Il bacio si intensificò e Diana sentì l'inguine rigonfio di Lucas iniziare a premerle contro la coscia. Si ritrasse e sorrise. «Così non va» disse.

Lui inarcò un sopracciglio al suo tono scherzoso. «No, per niente» concordò lui fingendosi serio. «Non quando abbiamo ospiti in arrivo. Cosa dovremmo fare, secondo te?»

Lei rise e fu ancora una volta colpita da quanto fosse piacevole tutto questo. Troppo piacevole. Eppure ne gioiva.

Fece scivolare la mano tra di loro e tenne lo sguardo concentrato su di lui quando arrivò al punto dove il tessuto della vestaglia si apriva. Spinse il tessuto da parte e guardò ciò che aveva rivelato. Il suo membro si ergeva duro e fiero ora che non era più confinato dalla seta.

Gli avvolse la mano intorno, facendo scorrere le dita su e giù lungo l'asta mentre lui inspirava tra i denti.

«Non era esattamente quello che avevo in mente» biascicò Lucas. «Non che mi lamenti.»

«Non abbiamo tempo per nient'altro» sussurrò lei mentre gli copriva la mascella ormai liscia di leggeri baci. «Non se vuoi essere vestito quando arrivano i tuoi amici.»

Lui inclinò la testa all'indietro con un gemito. Sollevò i fianchi, strusciandosi contro di lei. «Vestirsi di tutto punto in casa propria è una pratica sopravvalutata. Potrei scendere in vestaglia.»

Diana pompò più veloce. «Non credo che sia una buona idea. Inoltre, è troppo piacevole per me.»

«Davvero?» Si lasciò sfuggire un'imprecazione confusa. «Come mai? A me sembra che tu non ne tragga alcun beneficio.»

«No?» Diana si fece indietro e lo fissò, stringendo la presa, osservando come gli si contraeva la guancia. «In questo momento sei al limite del controllo e ti ci ho portato io. Se non pensi che avere quel potere su di te non sia piacevole, allora... be', ti sbagli. Voglio vederti perdere la presa su quel controllo, Lucas.» Si chinò e gli succhiò delicatamente il collo. «Ora, per favore.»

Lui emise un grido roboante dal profondo del petto, e poi Diana sentì l'onda di piacere risalirgli il membro appena prima che venisse. Continuò a pomparlo dolcemente finché lui non si afflosciò sulla sedia. Solo allora gli avvolse le braccia intorno e gli premette un bacio sulle labbra.

Lucas sospirò quando lei si staccò e disse: «Cristo, se qualcuno volesse uccidermi, dovrebbe semplicemente mandare te. Ma morirei felice.»

Diana scosse la testa e si alzò lentamente dal suo grembo. «Non dovresti nemmeno scherzare su queste cose, considerato quello che hai passato.»

Lui si raddrizzò leggermente e annuì. «Mi dispiace. Hai ragione. Non volevo prendere alla leggera una cosa così vicina alla verità. Dai la colpa alla mia mente confusa.»

«Confusa da...»

«Te» concluse lui con un sorriso. Lei rabbrividì. Dio, era ancora più bello tutto sistemato come era ora. Avrebbe pensato che fosse impossibile.

«Così dai la colpa a me» concluse lei, allontanandosi. La distanza poteva aiutarla a dominare l'attrazione. Un'altra bugia pietosa da raccontarsi.

Lucas scrollò le spalle. «Hai mani molto abili in tutto.» Lui inclinò la testa e il suo sorriso svanì. Il suo sguardo si fece appassionato e intenso. «Non pensare neanche per un momento che non mi renda conto che ora ti devo qualcosa di altrettanto spettacolare dopo.»

Lei deglutì a fatica. «Non mi ero resa conto che tenevamo i conti.»

«Quando si tratta di ripagare il piacere col piacere... sempre» e le fece l'occhiolino.

Lei piegò la testa. «Non vedo l'ora. Ora, devo chiamare il tuo valletto o vuoi che ti aiuti io a vestirti?»

«Siete il mio valletto preferito, signorina Oakford, penso che lo sappiate. Ma date le circostanze, penso che sarebbe meglio chiamare qualcuno.»

«Le circostanze?»

Lui le prese la mano e la attirò a sé, premendo forte la bocca sulla sua. Lei gli avvolse le braccia intorno al collo e si sciolse contro di lui. Era un'abitudine ormai, una cosa a cui non pensava nemmeno. Lui la toccava, lei era sua.

«Se mi tocchi di nuovo, non credo che riusciremo a scendere per incontrare i miei amici» ringhiò Lucas contro le sue labbra. La girò delicatamente e poi le diede una pacca sul sedere. «Vai ora, prima che cambi idea.»

Diana rise e lo lasciò solo, ma dopo essere entrata nella stanza adiacente e aver chiuso la porta dietro di sé, vi si appoggiò sospirando. La sintonia che sentiva con quell'uomo cresceva ogni secondo che passava con lui.

E sapeva bene che doveva troncarla. Il prima possibile, se voleva mantenere la lucidità mentale senza perdere il cuore.

Lucas era in piedi alla finestra del suo studio a fissare i giardini dietro la tenuta. Era visibilmente agitato. Il ticchettio dell'orologio sulla mensola del camino gli echeggiava nelle orecchie come un colpo di fucile ogni volta che scandiva un nuovo secondo. Un ticchettio che lo avvicinava al momento in cui sarebbero arrivati i suoi amici.

E lui avrebbe dovuto affrontare tutto quello che aveva fatto per allontanarli.

Improvvisamente sentì la mano di Diana scivolare nella sua. Si girò e la trovò che lo guardava con un'espressione comprensiva. Empatica. Dio, quanto ne aveva bisogno. Voleva prendere tutto quello che gli offriva finché non fosse riuscito a riempire il vuoto dentro di sé.

Solo che non pensava di essere capace di darle qualcosa in cambio. Un fatto che diventava più difficile da accettare man mano che passavano i giorni che trascorreva con lei. La stava usando. La usava per guarire. Per trovare pace. Per indagare sul suo caso.

E la sua assistenza stava portando alla luce sempre più domande che avrebbero potuto spezzarle il cuore suo malgrado.

«Non essere nervoso» sussurrò lei, e quel tono rassicurante gli si insinuò nell'animo e ridusse la sua ansia.

Bussarono alla porta, Lucas si voltò e vide Jones sulla soglia, come previsto. «Il Duca e la Duchessa di Crestwood e il Duca di Tyndale vi aspettano nel salone viola, come richiesto, Vostra Grazia.»

Lui ringraziò con un cenno del capo. «Li raggiungeremo a momenti, Jones. Non c'è bisogno che ci annunci.»

Il maggiordomo strinse le labbra, ma fece un cenno con la testa. «Certo. Mentre parliamo stanno servendo tè e biscotti.»

Poi se ne andò, e Lucas riuscì a fare un bel respiro prima di sorridere a Diana. «Ci siamo.»

Lei lo prese a braccetto e lasciò che la guidasse fuori dalla stanza. Avanzarono insieme giù per il corridoio, e c'era una parte di lui che si sentiva come se lo stessero portando al patibolo. Non avrebbe saputo dire perché. Voleva bene a tutte e tre le persone che lo aspettavano in quella stanza.

Ma non era stato molto bravo a dimostrare il suo affetto. E nonostante la lettera gentile di Simon, temeva ancora quello che avrebbe trovato quando avesse aperto la porta dell'orribile salotto viola di sua madre.

Raggiunsero quella porta, e quando lui allungò la mano verso la maniglia, Diana gli strinse il braccio. «Non aspettarti il peggio.»

Lui annuì, ma non riuscì a trattenersi dall'avere pensieri negativi mentre apriva la porta. Gli mancò il respiro quando entrò nel salone.

Simon, Duca di Crestwood, e Matthew, Duca di Tyndale, erano insieme accanto al camino a esaminare una delle orribili statuette di cavalli in miniatura che sua madre amava così tanto. Meg era alla credenza, a versare il tè. Sembravano... sempre gli stessi. Eppure così diversi. Notava tutto il tempo che era passato dall'ultima volta che si era lasciato avvicinare da loro.

Era stato solo un momento. Ed erano passati anni.

«Santo cielo, eccolo qui in carne e ossa» disse Simon allontanandosi dal camino e dirigendosi dritto verso Lucas. Diana lo liberò e Lucas si ritrovò strattonato in un forte abbraccio da uno dei suoi migliori amici. Simon gli diede una pacca sulla schiena mentre sussurrava: «Ci sei mancato più di quanto tu possa mai capire.»

A quell'affermazione Lucas sentì cedergli le ginocchia. Capì quanto anche i suoi amici gli fossero mancati. Aveva cercato di fingere che non fosse vero. Che poteva farcela da solo, che meritava di stare da solo, ma ora sentiva che era una bugia.

Simon fece un passo indietro e Matthew allungò la mano per stringere quella di Lucas. Sentì lo sguardo attento di Matthew che scrutò il suo viso e scorse il dolore che cercava di nascondere. Matthew aveva vissuto così tanto del suo che non c'era dubbio che lo sapesse riconoscere quando lo vedeva. «Hai un aspetto spaventoso.»

Lucas non poté fare a meno di ridere a quel saluto che il gruppo aveva sempre riservato l'uno all'altro quando erano stati lontani per più di qualche settimana.

Meg era rimasta in disparte mentre gli uomini si salutavano, ma ora si fece avanti e gli prese entrambe le mani. Lucas le sorrise, perché in lei vedeva molto di suo fratello James, il leader del gruppo. Notò anche l'inconfondibile ventre rigonfio ora che aveva Meg davanti, e spostò subito lo sguardo su Simon. Lui sorrise e annuì leggermente.

«Non ascoltarli» disse lei con una risata mentre gli accarezzava la guancia. «Oh, è così bello vederti. Non sai quanto sia stato difficile evitare che un intero branco di duchi si abbattesse su casa tua quando hanno saputo del tuo ritorno. Simon ha insistito perché non ti travolgessimo tutti insieme.»

Lucas non poteva fare a meno di immaginarselo, tutti i suoi amici a casa sua, come se il tempo non fosse passato. Come se non fosse cambiato niente, anche se la metà di loro ora erano sposati e nessuno di loro sapeva la verità su di lui.

Si scrollò di dosso il pensiero e fece un passo indietro per prendere Diana per il braccio. «Posso presentarvi la mia... la mia amica,

Diana Oakford. Diana, il Duca di Tyndale e il Duca e la Duchessa di Crestwood.»

I suoi amici si voltarono tutti verso di lei, e lui la sentì irrigidirsi un poco sotto il loro sguardo. Non poteva biasimarla. Non c'era dubbio su cosa avrebbero pensato che fosse... e avrebbero avuto ragione.

«Che piacere conoscervi» disse Meg, facendo un passo avanti per prenderle la mano. Sentì una leggera esitazione nella sua voce quando disse: «Ogni amico di Lucas è nostro amico.»

«Grazie, Vostra Grazia» disse Diana, ma anche se sorrideva, Lucas riuscì a sentire la tensione nella sua voce, a notare la falsità della sua espressione.

Si era talmente abituato alla sua sicurezza che questa esitazione lo colpì allo stomaco. Diana era davvero incerta nei confronti dei suoi amici e lui voleva che non lo fosse, anche se dubitava che questo tipo di incontro sarebbe avvenuto spesso.

Perché tutto questo era temporaneo. Niente di più. Anche se stava diventando sempre più difficile da pensare.

«Sai, Lucas, ricordo che questa casa ha un giardino straordinariamente bello» disse Meg.

«Oh, sì, è bellissimo» concordò Diana, e il suo entusiasmo in quel momento non era forzato.

Meg sorrise. «Forse la signorina Oakford e io potremmo farci un giro. Vi darà il tempo di fare due chiacchiere, signori.»

Simon lanciò un'occhiata a sua moglie e si capirono senza parlare. Diana guardò Lucas, e lui desiderò che l'intesa con lei fosse altrettanto immediata. Lo era e non lo era, perché c'erano dei muri che non esistevano tra Simon e Meg. Avevano abbattuto quei muri un anno prima o più.

«Mi piacerebbe» disse Diana lentamente.

«Ottimo!» disse Meg. «Spero che ne sappiate un po' di fiori, perché io sono una frana in fatto di botanica.»

Diana rise mentre uscivano insieme dalla stanza. «In effetti ne so qualcosa, Vostra Grazia.»

Quando se ne furono andate, Simon andò a chiudere la porta dietro di loro e poi si rivolse a Lucas scuotendo la testa. «Continuo a pensare che devo darmi un pizzicotto: sei davvero di fronte a me. Quanto tempo è passato?»

Lucas chinò la testa per la vergogna. «Anni, temo.»

«E più di sei mesi da quando chiunque della nostra cerchia abbia ricevuto una tua lettera» aggiunse Matthew sedendosi e stendendo le lunghe gambe davanti a sé. «Abbiamo fatto delle scommesse su cosa ti abbia tenuto lontano, sai?»

«Se ve lo dicessi, non mi credereste.»

Simon inarcò un sopracciglio. «Forse è vero. Qualcuno alla fine ti farà sputare il rospo però, lo sai. Ora che sei tornato.»

Lucas si irrigidì. Quando aveva scritto a Simon, non aveva pensato tanto avanti da considerarsi "tornato". Aveva pensato a quello che aveva perso allontanandosi dai suoi amici, ovviamente. Aveva avuto bisogno di passare del tempo con persone che lo capissero. Aveva anche sperato che potessero aiutarlo a fare questo strano rientro in società che doveva aiutare le sue indagini.

Ma "tornato"? Gli suonava... molto strano.

«Non fare quello sguardo» disse Matthew. «Si vede che stai pensando di scappare. Meg aveva ragione quando ha detto che è quasi impossibile evitare che tutti si precipitino alla tua porta per vederti. Se pensano che stai per scappare, potresti finire per essere rapito e legato mani e piedi.»

Lucas scosse la testa. «Preferisco non pensarci. No, non ho intenzione di scappare. Ma sono molto indietro su tutto quello che è successo. Mi aggiornate?»

Simon gli lanciò un'occhiata, come se sapesse che Lucas stava evitando gli argomenti che dovevano essere affrontati. Ma fece un respiro profondo e cominciò a parlare. Lucas si appoggiò allo schienale, godendosi le storie dei recenti matrimoni di James, Simon, Graham, Ewan e Baldwin. Gli si strinse il cuore quando si rese conto di quanto fosse malato il padre del loro amico Kit. Rise quando sentì che Robert era tornato alle sue vecchie abitudini, si chiese insieme ai suoi amici perché Hugh fosse di così cattivo umore e fissò Matthew, che nascondeva bene il suo dolore. Ma non così bene da non poterlo notare, anche anni dopo la morte della sua fidanzata.

Ce lo aveva davanti, e provava dolore a essere rimasto tanto separato da tutto.

«Siete stati occupati da quando me ne sono andato» mormorò alzandosi in piedi e dirigendosi verso la finestra.

«Anche tu» disse Simon. «Considerando che zoppichi.»

Lucas si girò verso il suo amico. Aveva pensato di avere nascosto la sua andatura zoppicante abbastanza bene. La gamba non gli dava più tanto fastidio, ultimamente, stava diventando più forte di giorno in giorno.

«E poi c'è la ragazza» aggiunse Matthew, incrociando il suo sguardo. «Sembra che tu abbia avuto le tue avventure dall'ultima volta che ti abbiamo visto. Credo più di tutti noi messi insieme.»

Lucas scosse lentamente la testa. «So che posso fidarmi di voi» disse. «Lo so, anche se ultimamente non l'ho dimostrato.»

Simon scambiò una breve occhiata con Matthew prima di dire: «Puoi fidarti. E a giudicare dal fatto che ti sei messo in contatto dopo così tanto tempo, mi fa pensare che ne hai bisogno. Hai bisogno di noi. Perché?»

Lucas si passò una mano tra i capelli. Sembravano stranamente corti, e scosse le dita prima di dire: «Io... sono una spia.»

Ci fu silenzio nella stanza per un attimo, due, e poi Matthew d'improvviso si alzò e rise. «Ve l'avevo detto, no? E tutti a dire: 'Non essere sciocco, Tyndale'. Ma ora lo ha ammesso. Accidenti, perché non ci ho scommesso su?»

Lucas lo fissò. «Lo avevi capito?»

Matthew scrollò le spalle. «È una cosa di cui si è parlato ripetutamente nel corso degli anni per spiegare come mai uno si separasse dalle persone che gli volevano bene, sì. E dato che tu eri stato nell'esercito, dato che eri molto riservato sul perché lo avevi lasciato... tutto quadrava.»

Simon fece un cenno di assenso. «Sì, ma una cosa è scherzare sulle spie e un'altra è conoscerne una. Non stai scherzando, vero?»

«No.» Lucas sospirò e rimase scioccato dal peso che si era tolto dalle spalle con la sua confessione. «Fui reclutato dal Dipartimento della Guerra quando ero ufficiale. E... mi piacque molto. Amavo le indagini, amavo sentire che stavo davvero aiutando il mio paese. Come se... valessi qualcosa.»

Simon si voltò di scatto verso Lucas. «Tu sei sempre valso qualcosa.»

Lucas si allontanò. Non aveva intenzione di svelare tutti i suoi segreti. Non oggi. Mai, se fosse dipeso da lui. «In ogni caso, è lì che sono stato in questi ultimi anni. Non volevo mettere in pericolo qualcun altro con la mia presenza. Ma sei mesi fa sono stato ferito da un traditore della nostra causa. Una spia diventata... non so come chiamarlo. Doppiogiochista?»

Matthew spalancò gli occhi. «Mio Dio.»

«Sono quasi morto» ammise piano. Aveva cercato di evitare quelle parole ogni volta che fosse stato possibile, di evitare la paura che il loro pensiero suscitava, ma questo era. Non aveva mai sentito di avere molto da vivere, aveva sempre immaginato di poter morire al servizio del suo paese... ma affrontare veramente la morte? Era una cosa molto diversa.

Simon sprofondò nel divano. «Ecco perché zoppichi.»

Lucas annuì. «Sì. Qualche settimana fa sono stato affidato a... a Diana. Suo padre era un chirurgo del Dipartimento della Guerra, ed è morto il giorno in cui sono stato attaccato. Lei ha in parte ereditato la sua abilità e ogni altro medico non aveva fatto altro che peggiorare la situazione.»

«Quindi non è la tua amante» disse Matthew.

Un mezzo sorriso incurvò le labbra di Simon. «Oh, io penso che lo sia. La scintilla tra di voi è fin troppo evidente.»

Lucas chinò la testa. «Non dovrei alimentare qualsiasi cosa ci sia tra di noi. Ma l'hai vista. È bella da togliere il fiato e questa è l'ultima delle sue qualità. È molto intelligente e stimolante e ha una forza e una bontà profonde che non potrei eguagliare neanche se mi impegnassi al massimo.»

Simon sembrò stupito. «Ne sei innamorato?»

Lucas si bloccò a quella domanda. Alla reazione che gli provocò. Sentì il cuore palpitare e una vocina nella mente gridare *sì!*

Scacciò quella voce. Allontanò quella sensazione. Innamorato? Era impossibile, non importava quanto sembrasse vero. Non importava quanto lo facesse sognare una vita che aveva abbandonato da tempo.

«Lei mi sta aiutando» disse piano. «A guarire e a indagare su quello che mi è successo quel giorno.»

«Stai ancora indagando?» chiese Matthew. «Nonostante le ferite?»

«Sì. E ha avuto delle intuizioni brillanti che mi hanno aiutato. E turbato.» Pensò ai dubbi che avevano cominciato a insinuarsi nella sua mente riguardo a suo padre e li scacciò insieme a tutte le altre emozioni che aveva soffocato dall'arrivo dei suoi amici.

Matthew strinse le mani davanti a sé, e la sua frustrazione divenne chiara. «E se potessimo aiutare?»

Lucas scosse la testa. «No. Non posso dire molto sul caso. È segreto ed è pericoloso. Non voglio esporre nessuno di voi a un tale rischio. Soprattutto considerando quanto avete tutti da perdere ora.»

Simon si irrigidì, e Lucas capì che stava pensando a Meg e al bambino che portava in grembo. Dall'espressione dura e protettiva che si affacciò sul volto dell'amico, Lucas non ebbe dubbi che sarebbe morto per tenerla al sicuro, se necessario. Non avrebbe rischiato né lei né se stesso se non fosse stato necessario.

Un fatto che lo rincuorò molto, perché non voleva dover discutere la questione.

«Quindi non possiamo diventare tutti spie, come sognavamo da ragazzi» disse Simon. «Ma questo non risponde alla domanda su come vuoi che ti aiutiamo.»

Lucas sospirò. «Io e i miei superiori siamo giunti alla conclusione che quest'uomo, questo traditore all'interno dei nostri ranghi, potrebbe essere stanato se mi vedesse tornare in società. La sua paura di ciò che potrei ricordare potrebbe spingerlo a commettere degli errori. E spingerlo a rivelarsi senza volerlo.»

Matthew si alzò di scatto in piedi. «Vuoi fare da esca.»

Lucas si mise quasi a ridere. «Lo dicono tutti quelli che sentono il piano, un consenso unanime. Sì, sarò l'esca in una trappola che potrebbe consegnare un assassino alla giustizia. Ma sono anni che non sono più in società. Mi chiedevo se vi andrebbe di aiutarmi a... a reintrodurmi?»

Simon e Matthew si scambiarono un'occhiata, poi Matthew scrollò le spalle. «Sono certo che sia fattibile, a una condizione.»

«E quale sarebbe?» chiese Lucas.

Simon incrociò le braccia. «Che una volta tornato nel gregge, non te ne andrai più. Niente più fughe. Non dai tuoi amici o da qualsiasi cosa ti abbia allontanato dal tuo futuro.»

Lucas inspirò forte. Non c'era modo di scappare da ciò che lo aveva trascinato via dal suo futuro. Ci aveva provato e non ci era mai riuscito del tutto.

«Forse è... il momento di affrontare tutto» ammise lentamente. «E vi prometto che questi inviti non metterebbero in pericolo nessuno. Mi metterebbero solo sotto gli occhi di tutti, dove potrei essere visto di nuovo.»

«Bene» disse Simon, avvicinandosi per cingergli il braccio. «Ho qualche idea su come procedere.»

CAPITOLO DICIASSETTE

Diana diresse lo sguardo verso la residenza ducale e cercò di non far vagare troppo i suoi pensieri. Era quasi impossibile quando l'unica cosa che voleva sapere era se Lucas stava bene. Se era in grado di affrontare gli amici a cui teneva tanto, nonostante quello che lo aveva spinto ad allontanarli tutti, qualsiasi cosa fosse. Una parte sciocca di sé desiderava stare con lui. Per sostenerlo.

«Tu ed io la pensiamo allo stesso modo» disse la Duchessa di Crestwood mentre si accomodava sulla panchina lungo il sentiero del giardino e si posava delicatamente una mano sul ventre. Anche lei guardava verso la casa, la sua preoccupazione era evidente.

La differenza era che lei aveva il diritto di sentirsi così. Diana arrossì violentemente. Cosa doveva pensare quella donna di lei, nonostante la gentilezza e la cordialità esteriori.

«Non conosco le intenzioni di Willowby» continuò la duchessa. «Ma posso assicurarvi che quelle di Simon e Tyndale sono mosse da un affetto profondo. Tutto il loro gruppo di amici ha sentito molto la sua mancanza, specialmente considerando tutto il trambusto e la gioia che ha caratterizzato la nostra cerchia nell'ultimo anno e mezzo.»

Diana deglutì a fatica. «Sono certa che non sono affari miei.»

«Ah no?» la duchessa rivolse un altro sguardo alla casa. «Sembra che *lui* la pensi diversamente.»

Diana trasalì a quelle parole. A quello che significavano in questo contesto. All'idea che questa gentildonna sapesse che lei e Lucas erano amanti. Che avesse etichettato Diana come una sgualdrina, anche se non ad alta voce.

«Voi sapete cosa sono» disse.

Meg avvampò in viso e distolse lo sguardo da quello di Diana. «La sua amica» disse.

«Vostra Grazia» iniziò Diana.

La duchessa sorrise. «Oh, vi prego, non fatelo. Siamo un gruppo molto informale, con troppi duchi e duchesse per chiamare tutti Vostra Grazia. Crea troppa confusione. Vi prego di chiamarmi Meg, e io sarò molto diretta e a mia volta vi chiamerò Diana, così potremo darci del tu.»

Diana sbatté le palpebre confusa. «Meg?» ripeté.

«Ottimo», disse Meg. «Hai reso la cosa molto facile, con molte meno discussioni di quelle che ho avuto con, diciamo, Adelaide o Helena.»

Diana scosse la testa. «Io non...»

«Sembra molto probabile che tu possa conoscerle abbastanza presto.» Meg sospirò. «Sempre che tutto vada bene tra i nostri uomini, come sono sicura che accadrà.»

Fissando la duchessa, Diana cercò di pensare a qualcosa da dire. Aveva creduto che Meg la considerasse l'amante di Lucas, ma lei le stava parlando come se fosse qualcosa di più importante. Qualcuno che meritava un posto a tavola insieme a duchi e duchesse dei più alti ranghi della società.

«Credo che vi siate fatta un'idea sbagliata su di me, Vostra Grazia.»

«Meg.»

Diana giunse le mani davanti a sé. «Meg. Io non farò parte della vostra cerchia, a prescindere da come andrà l'incontro di Lucas oggi.»

«Davvero?» Meg rise, ed era un suono dolce e allegro. «So che si dicono molte cose sgradevoli sui nobili, ma ti assicuro che non c'è un solo orco nel nostro gruppo. Sono tutti bravi uomini con molte buone qualità. E per quanto riguarda le mogli, finora sono un sogno, qualunque ragazza si riterrebbe fortunata ad averle per amiche nella vita.»

«Sono sicura che hai ragione. Non volevo offendere nessuno di voi, te lo assicuro. È solo che io sono... sono...»

Meg alzò le sopracciglia quando Diana non finì e le fece un cenno col capo per incoraggiarla. «Tu sei...?»

Diana mise le braccia conserte e si sforzò di non voltarsi. «Vuoi proprio che lo dica ad alta voce? Sto a casa sua, senza accompagnatori. Sono la sua...»

«La sua amante» finì Meg. «Sì, le apparenze sono quelle. Ammetto che l'idea mi ha messo un po' a disagio all'inizio, ma dopo aver parlato con te, comincio a pensare che la mia visione non sia del tutto vera.»

Diana si ritrasse. «Ti assicuro che lo è. Non c'è niente tra noi al di fuori del nostro... del nostro "accordo".»

Arrossì ancora di più dopo aver pronunciato quelle parole. Aveva detto a Lucas che non voleva essere vista come una sgualdrina dai suoi amici e ora stava difendendo la sua posizione in quel ruolo. Per tutto il tempo, la duchessa la squadrò con uno sguardo comprensivo.

«Non siamo un... un tipico gruppo di amici, mia cara. Le nostre fila sono piene di uomini che hanno sofferto molto e di donne che hanno avuto i loro segreti. Quindi, se tu fossi l'amante di Willowby e niente di più, ti assicuro che non mi piaceresti di meno. Ma non è quello che sei.»

«Credo di sapere cosa sono più di chiunque altro. *Tu* cosa pensi che io sia?» chiese Diana.

Meg rise di nuovo. «Una donna che fa smettere di correre Lucas Vincent, Duca di Willowby. Una donna che gli tiene il braccio offrendogli protezione quando entra in una stanza dove si sente incerto. Una donna che sembra essere esattamente al suo posto qui. *Ecco* chi sei.»

«Lui... non ha smesso di correre a causa mia» sussurrò Diana, perché non sapeva come ribattere al resto delle affermazioni di Meg.

«Se insisti» disse Meg. «Ma vorrei comunque che il resto delle duchesse ti conoscesse.»

Diana guardò per terra e arrossì ancora una volta. «Vostra Grazia, questo è il più bel vestito di cui sono in possesso. Non è adatto a stare con delle duchesse, penso che potremo essere d'accordo su questo.»

«Il colore ti sta bene» disse Meg. Si alzò lentamente per non perdere l'equilibrio e poi si avvicinò a Diana. Le girò intorno per esaminarla. «Io e te abbiamo quasi la stessa taglia, e dato che al momento non indosso il mio solito guardaroba, penso di poter risolvere il tuo problema di vestiti.»

Diana rimase a bocca aperta. «Non puoi dire sul serio. Ti stai offrendo di prestarmi i tuoi vestiti?»

«No» disse Meg. «Te li lascerei tenere. Simon mi comprerà cose nuove dopo il bambino, perché sono certa che il mio corpo cambierà. Staresti benissimo con la mia seta verde, ti farebbe risaltare gli occhi verde giada.» Batté le mani insieme. «Oh, giada! Ho una collana bellissima e...»

«Per favore, Meg» la interruppe Diana. «Sei troppo gentile, ma...»

«Niente ma» disse Meg. «Davvero, lasciamelo fare. Almeno non dirmi di no a priori.»

Diana sospirò, perché l'offerta era molto allettante. A giudicare dallo splendido taglio dell'abito che Meg indossava, qualsiasi cosa le avesse offerto sarebbe stata bella oltre le sue più rosee aspettative. Quella generosità le sembrava... sprecata. Non era destinata ad avere una vita o un posto in mezzo a quella gente.

Eppure si sentiva così a suo agio.

«Signore!»

Entrambe si voltarono, e Meg fece un sorriso smagliante quando vide suo marito e i suoi amici dirigersi verso di loro a grandi passi giù per il sentiero del giardino. Diana smise di pensare all'offerta di Meg e fissò Lucas. Non riusciva a decifrare del tutto la sua espressione, ma vide che sembrava... rilassato. Felice. E lei trasse il suo primo sospiro di sollievo da quando lo aveva lasciato quasi un'ora prima.

Il Duca di Crestwood porse la mano a sua moglie e Meg la prese, prendendolo a braccetto con un sorriso che avrebbe potuto illuminare mille notti. Diana si agitò di fronte a una tale adorazione tra loro. Si sentì quasi accusata quando lanciò un'occhiata a Lucas e lo trovò che le sorrideva.

«Signorina Oakford, Willowby ci ha detto che siete una vera e propria orticoltrice» disse Tyndale. «E che il vostro giardino supera di gran lunga questo in bellezza.»

Diana scosse la testa. «Mi chiedo spesso se Willowby avesse un trauma cranico quando ha visto il mio piccolo giardino, visto che ne è rimasto così incantato quando a casa aveva questo a cui tornare.»

«Casa è dove si mangia pollo saporito» mormorò Lucas. «Il tuo giardino aveva molte buone qualità, Diana.»

Lei arrossì e fu contenta quando gli altri passarono a un altro argomento. Lucas che si complimentava per il suo giardino sembrava... inopportuno, in qualche modo. Era una cosa importante, e la metteva a nudo davanti a persone che erano poco più che estranei per lei.

«Così daremo un ballo» stava dicendo Crestwood con un sorriso rivolto a Meg.

Lei si mise a ridere. «Nelle mie condizioni? Forse è meglio che lo faccia qualcun altro.»

«Be', non Adelaide» disse Simon. «Perché è nelle tue stesse condizioni, anche se più indietro di te. Che ne dici di Charlotte?»

«Direi che Charlotte o Emma andrebbero meglio.» concordò Meg, battendo le mani. «Oh, un ballo. Che bello avere tutti insieme.»

Tyndale sorrise, ma Diana credette di vedere una certa tensione sulle sue labbra. Avrebbe voluto prendersi più tempo per osservarla, ma aveva cominciato a batterle forte il cuore. «Un ballo?» ripeté.

Lucas si voltò verso di lei. «Sì. Diana, ho detto la verità ai miei amici. Su di me. Su di te.»

Lei schiuse le labbra per la sorpresa. Non se l'era aspettato. «Io... oh.»

«La verità?» ripeté Meg, inclinando la testa. «Be', non vedo l'ora che Simon mi spifferi tutto, so come farlo parlare.»

«Anch'io» mormorò Crestwood.

Meg arrossì leggermente e rise mentre diceva: «Ma per ora, credo che dovremmo andare.» Si avvicinò a Diana, con le mani tese, e si protese in avanti per accarezzarle delicatamente la guancia. «Pensa alla mia offerta. Ne avrai bisogno ancora di più adesso se ci sarà un ballo e mi piacerebbe essere d'aiuto.»

«Grazie» disse Diana, sentendo lo sguardo di Lucas su di lei. «Apprezzo la tua gentilezza, te lo assicuro.»

Meg si voltò verso Lucas e diede anche a lui un bacio sulla guancia. «È così bello averti a casa, amico mio. So che anche James e gli altri muoiono dalla voglia di vederti, quindi dobbiamo organizzarci prima di qualsiasi ballo, altrimenti sarai circondato e sarebbe piuttosto imbarazzante.»

«Decisamente» concordò lui con un sorriso.

Diana lo osservò mentre congedava Tyndale e Crestwood. Entrambi la salutarono con un cenno e poi il piccolo gruppo si diresse di nuovo verso il palazzo, lasciando Diana sola con Lucas. Quando furono tutti fuori dalla portata d'orecchio, lei gli si avvicinò. Aveva bisogno di toccarlo. Per assicurarsi che fosse a posto dopo quella che probabilmente era stata una dura prova, non importa quanto fosse andata bene.

«Sembri più felice» disse dolcemente.

Lui abbassò lo sguardo e annuì. «Questo incontro mi ha ricordato quanto mi mancava questa parte della mia vita. E quanto sia stato sciocco a gettare tutto al vento quando...»

Si interruppe e si allontanò da lei. Diana socchiuse le labbra. Quando lui si tirava indietro in questo modo, quando la allontanava dal suo passato o dal suo dolore, rendeva la sua posizione molto chiara, non importa quanto strenuamente Lucas la negasse.

«Hai detto ai tuoi amici che sei una spia» disse lei cercando di cambiare argomento. Per il proprio bene come per il suo.

Lucas annuì e si girò verso di lei. «Se devo approfittare della loro ospitalità per rientrare in società e provocare il nostro traditore, mi sembrava giusto. E ammetto che quando li ho visti, ho *voluto* dirglielo. Affinché capissero il motivo della mia scomparsa. Che non era a causa loro.»

Diana incrociò le braccia. «Be', è un bene che tu abbia *qualcuno* con cui condividere il tuo passato.»

Lui inarcò un sopracciglio e lei si agitò, perché sapeva che aveva usato un tono petulante. Ingiustamente, forse. Lui non le doveva nulla, dopo tutto. Eppure, lei voleva di più.

«Pensi che io non condivida il mio passato con te?» chiese lui.

Lei scrollò le spalle. «Continui ad accennare a qualche cosa di orribile che ti è successo, eppure non ti apri in modo significativo. Io ti ho confessato alcuni dei miei segreti più oscuri eppure so pochissimo di te.»

«Non tutti i tuoi segreti.»

Lei si ritrasse. «Come dici?»

«Andiamo, Diana. Non giocare a qualcosa a cui nessuno di noi due crederà. Mi hai detto molte cose e sono onorato che tu ti fidi di me. Ma ti prego, non fingere di avermi aperto l'anima. Posso percepire che c'è molto di più che stai tenendo per te.»

Lei si allontanò di un passo, scioccata dalla sua osservazione. Sconvolta da quanto avesse ragione. Il segreto che lui voleva sapere incombeva su di lei in questo momento, e il fatto che lui lo menzionasse, anche senza capirlo, la colpiva dritto al cuore.

«Bene, allora suppongo che entrambi abbiamo i nostri segreti» disse lei. «E ce li terremo entrambi ben stretti.»

Lui aprì la bocca come se volesse dire di più e lei si protese in avanti, sperando tra sé e sé che lo facesse. Invece no. Si limitò a fare un sospiro prima di chiedere «Meg ti ha detto di pensare a un'offerta. Di cosa si tratta?»

Era come se un muro di ghiaccio si fosse alzato tra loro. La questione era chiusa, apparentemente. «Si è offerta di donarmi alcuni dei suoi abiti, così che io possa essere più presentabile come tua compagna.»

Lucas inarcò le sopracciglia. «È stato un gesto gentile.»

«Sì. Meg è molto gentile. Perfino insistente, anche se ho cercato di spiegarle che non ti avrei accompagnato a nessun evento, quindi non era necessario.»

Lui la fissò. «Cosa vuoi dire? È evidente che parteciperai a qualsiasi ballo o evento a cui andrò.»

Diana sussultò. «Sei pazzo? Stai cercando di reintrodurti in società per attirare il tuo traditore, e vuoi portare la tua amante con te? Non credi che causerà uno scandalo?»

«Suppongo che sia possibile» disse lui. «Ma non sarebbe un cattivo risultato. Inoltre, ti voglio lì con me. Sei la mia partner in tutto questo, vero?"

Lei deglutì a fatica. La sua partner? Implicava una certa connessione, una certa intimità. Eppure non era vero, non del tutto. Come lei aveva già sottolineato, su tante questioni c'era un muro enorme tra loro.

Forse era ora di smettere di fingere che non fosse vero.

«Non siamo partner» disse piano, e vide che Lucas si ritrasse davanti a quella tranquilla osservazione. «Siamo due persone che si sono ritrovate a condividere una terribile esperienza. E siamo diventati amanti. Ma entrambi abbiamo chiarito fin dall'inizio che non era niente di più di questo, vero?»

«Diana» disse lui, alzando le mani come se volesse protestare.

Lei scosse la testa. «Ti prego, non farlo. Potrai indagare sul tuo caso senza alcun aiuto da parte mia appena rientrerai in società. Ogni volta che ti controllo la spalla, va sempre meglio. Si nota appena che zoppichi. Non hai più bisogno di me nemmeno come guaritrice.»

Lucas si avvicinò, occupando il suo spazio. Lei si sforzò di mantenere la sua posizione piuttosto che cadergli tra le braccia o scappare. «Che cosa significa? Che cosa stai dicendo?»

Diana fece un bel respiro. «Forse è il momento di smettere di fingere, Lucas. Forse è il momento di... andare ognuno per la propria strada.»

Lui le prese il gomito e scosse la testa. «No. Lo dici perché hai paura di partecipare a un ballo?»

«No!» gridò lei, ma capì subito che era una bugia. A giudicare dalla sua espressione, lo sapeva anche lui. «Ci sono molte ragioni per porre fine a questa relazione» si corresse. «Di sicuro una delle ragioni è che tu stai entrando nella prossima fase del tuo caso e della tua vita. Una vita in cui io non ho affatto posto.»

«Perché ti ho portata a letto?» chiese lui.

«Anche per quello.»

«Be', mi spiace rovinarti l'illusione che tutte le donne siano pure, ma mi è dato sapere che tutti i miei amici duchi che si sono sposati di recente hanno portato a letto le loro signore prima di pronunciare i voti. Siamo umani, mia cara, a prescindere dai titoli che ci vengono messi in testa alla nascita. Una gentildonna ha desideri tanto quanto una donna comune il cui padre non veniva chiamato "milord".»

«Sì, una gentildonna. Meg è una *gentildonna*. Tutte le mogli dei tuoi amici sono gentildonne. Io no. Mio padre era poco più che un mercante ai loro occhi. Io sono il tipo di donna che gli annoderebbe i nastri o pulirebbe le camere, Lucas. Non appartengo al loro mondo. Al *tuo* mondo. Sei un duca, per l'amor del cielo.»

Lucas aveva il fiato corto e la fissava. La fissava e basta. Poi disse: «No. Non lo sono.»

Lei alzò le mani. «Puoi desiderare di non esserlo, puoi scappare quanto vuoi, ma sei quello che sei. Sei il Duca di Willowby, Lucas. Il più recente di quella che presumo sia una lunga serie. Fingere il contrario è...»

Lui le afferrò di nuovo le braccia, cogliendola alla sprovvista al punto che smise di parlare, così come la fece smettere l'espressione disperata e sofferente sul volto di Lucas.

«Ascoltami, Diana. Non sto dicendo che non sono il duca perché non voglio esserlo. Ti sto dicendo... ti sto dicendo che non sono il duca perché l'ultimo duca di Willowby non era mio padre.»

CAPITOLO DICIOTTO

Si sentì girare il mondo intorno quando pronunciò quelle parole ad alta voce. Non lo aveva mai confessato a nessuno, nemmeno agli amici che gli erano tanto cari. Quel segreto lo aveva fatto marcire dentro appena lo aveva scoperto.

Quel segreto lo aveva trasformato nell'uomo che era.

Diana gli carezzò la guancia facendogli riprendere coscienza di sé. La guardò negli occhi, quegli occhi di giada che lo avevano affascinato fin dal primo momento in cui l'aveva vista, e riuscì a riprendere fiato.

«Lucas» sussurrò lei. «Di che cosa stai parlando?»

Lui scosse la testa. «Volevi il mio segreto, Diana. Be', eccolo. Non era mio padre. Non ero suo figlio. Quello che ho non l'ho guadagnato. Non avrei dovuto ereditarlo. Ma è mio nonostante tutto.»

Diana lo guardò a lungo, poi l'espressione calma che aveva sempre quando faceva il suo lavoro di guaritrice prese il sopravvento. Lo prese per il braccio e lo guidò verso una panchina nel giardino. Lui vi sprofondò, grato che le gambe non dovessero più sorreggerlo.

«Come lo hai scoperto?» chiese lei.

Lucas appoggiò la testa all'indietro e fissò per un momento le nuvole vorticose sopra di lui. I ricordi gli invasero la mente, e si preparò all'impatto emotivo di quello che stava per dirle.

«Mi ha sempre *odiato*» disse, sentendo l'effetto di quelle parole. «Ne sono sempre stato consapevole. Anche lei mi odiava, come hai visto quando siamo arrivati. Mi hanno mandato a scuola appena hanno potuto, per avermi fuori di casa e lontano dagli occhi. Immagino che lo ritenessi normale, il tipico modo di comportarsi di una famiglia. Pensai che non mi sarei mai sentito a mio agio da nessuna parte finché non ebbi dodici anni e incontrai gli altri, i duchi. Quando fui invitato a far parte del loro club, cominciai a sentire che avevo un posto mio al mondo.»

«Questo certamente spiega perché siete così uniti.»

«Sì, ma il nostro legame aveva una base comune. Eravamo tutti figli di duchi, quasi tutti inaffidabili o crudeli in un modo o nell'altro. Abbiamo fatto affidamento l'uno all'altro per avere sostegno, informazioni e amore fraterno. E poi ho perso l'unica cosa che mi legava a loro.»

Diana scosse la testa. «Ciò che vi legava era il vostro amore reciproco. Era tangibile in quella stanza, poco fa.»

«Ma loro non lo sanno» disse lui. «Non ho mai detto a nessuno quello che è successo.»

«Cos'è successo?» sussurrò lei.

Lucas strinse i pugni contro le gambe. «Il nostro amico Robert, il Duca di Roseford... è sempre stato un tipo fuori dalle righe. Ci fece entrare in un club. Stavamo giocando e c'erano, c'erano...»

«C'erano delle donne» suggerì lei gentilmente.

«Sì» disse lui, scusandosi con lo sguardo per aver dovuto affrontare il tema delle donne che si era portato a letto prima di conoscerla. «Avevo sedici anni ed era la prima volta che vedevo davvero il mondo degli uomini.»

Diana sorrise leggermente. «A quell'età, immagino che dovevi essere ubriaco di ben altro che di alcolici.»

«Sì. Ci stavamo divertendo finché non mi girai e vidi mio padre... *Willowby*... là in piedi a un metro di distanza che mi fissava. Era furioso che fossi in quel club a fare baldoria, come diceva lui.»

Lei sbatté le palpebre. «Ma c'era anche lui in quel club.»

«Giusto, ma non potevo rinfacciarglielo in un momento in cui era mezzo ubriaco e furibondo. Mi trascinò fuori per il colletto davanti ai miei amici e mi gettò nella sua carrozza. Fu il viaggio più lungo della mia vita, con lui che urlava e strillava ricordandomi tutte le mie mancanze.»

«Oh, Lucas.» le si incrinò la voce. «Mi dispiace tanto.»

«Gli avevo portato rancore per anni per la sua freddezza. Avevo già passato del tempo con il padre di Tyndale all'epoca, e con il nostro amico Kit e suo padre, il Duca di Kingsacre, anche lui molto gentile. Mi ero reso conto che non tutti i padri trattavano i loro figli come faceva il mio e avevo iniziato a odiare Willowby con la stessa forza con cui lui disprezzava me. Era la tempesta perfetta. Un uomo e un ragazzo quasi uomo, entrambi sbronzi, con tanti non detti rimasti repressi per oltre un decennio.»

«Così sei esploso» sussurrò lei, e intrecciò le dita tra le sue.

Lui fissò le loro mani, abbandonandosi alla pace che il suo tocco sembrava dargli ogni volta. In quel momento di vulnerabilità, gli diede la forza di dire ciò che accadde dopo.

«Sì.» Gli si incrinò la voce. «Gli dissi che ero stanco della sua crudeltà e della sua freddezza. Gli dissi che meritavo la sua considerazione e il suo rispetto, se non il suo amore.»

Lei annuì lentamente. «È stato coraggioso da parte tua. Lui che cosa fece?»

«Mi colpì così forte con il dorso della mano che sentii il sangue in bocca. E poi mi disse che non meritavo nulla perché non ero nemmeno figlio suo.»

L'espressione di Diana si addolcì, carica di profonda comprensione. «Oh, Lucas, era ubriaco e crudele, è molto probabile che se la stesse solo prendendo con te.»

«È quel che pensai in quel momento. Ero così sbalordito che non riuscivo a credere che fosse possibile. Se non ero suo figlio, chi ero?

Non riuscivo a darmi una risposta. Ma quello che mi aveva detto in quel momento di rabbia si rivelò vero. Lo confermò mia madre.»

Diana trattenne il fiato e Lucas cercò di respirare normalmente. C'erano così tanti ricordi che tornavano a tormentarlo. Ricordò la faccia di sua madre quando erano entrati nell'atrio barcollando. Ricordò la sua espressione disgustata mentre li guardava dall'ingresso.

«Perché avrebbe dovuto farlo?» chiese Diana.

«Non le diede scelta. Quando arrivammo qui, in questa stessa casa, mi trascinò dentro. Lei si svegliò per il baccano. Willowby cominciò a urlarle dietro di insegnare al suo bastardo a stare al mondo, come avrebbe dovuto fare fin dall'inizio. Lei non era ubriaca, e ci fu un momento in cui sbiancò in viso. In quel momento capii. Ne fui certo in quell'istante.»

«Cosa ti disse?» chiese Diana stringendogli la mano. «Ti diede qualche spiegazione?»

«In un certo senso. All'inizio era infuriata, non perché lui mi avesse colpito o perché mi avesse inveito contro, ma perché aveva rivelato il suo segreto. Continuava a chiedergli come aveva potuto, dopo tutti quegli anni, come aveva potuto? Allora venne fuori tutto, li vidi urlare il loro odio l'uno all'altra come lui lo aveva urlato a me. Era come se io non fossi nemmeno nella stanza e tirarono fuori i dettagli di tutta la squallida faccenda come sicuramente avevano già fatto molte volte, ma in privato.»

«Era stata infedele» sussurrò Diana.

«Con un domestico, per di più» disse Lucas, quasi ridendo anche se non c'era niente di divertente nel ricordo più doloroso della sua vita. «Il valletto di mio padre... be', il suo precedente valletto. E aveva avuto quella relazione in un periodo in cui mio padre sapeva benissimo che il bambino non poteva essere suo. Quindi non sono un duca, ne indosso solo il costume. Suppongo che vivere una vita di bugie mi abbia aiutato a essere una spia. Dovrei esserne grato, forse.»

Diana gli si strinse contro ancora di più e gli mise le mani calde sulle guance. Gli accarezzò la pelle con i pollici e sussurrò: «Non è vero. Loro hanno vissuto una vita di bugie, non tu. Qualsiasi cosa abbia fatto tua madre non è stata colpa tua. Non potevi farci niente.»

«Nemmeno Willowby, anche se so che avrebbe voluto» disse Lucas. «Sono nato durante il loro matrimonio: negare la paternità sarebbe stato inutile e avrebbe causato uno scandalo che ci avrebbe distrutti tutti, non che a mio padre importasse di chiunque, se non di se stesso. Trascorse tutti quegli anni a guardarmi e a vedere l'uomo il cui seme contaminato avrebbe portato avanti la *sua* linea di successione, ed era inorridito. Non c'è da stupirsi che mi disprezzasse.»

«Era una persona crudele che ha incolpato un bambino innocente per i peccati di un adulto, non importa come si sentisse riguardo alla sua linea di successione o al suo titolo o al suo patrimonio» mormorò Diana. «Oh, Lucas, che fardello da portare.»

Lui scrollò le spalle. «Ma non l'ho portato. Ne sono fuggito. Scappai quella stessa notte, andai a casa del nostro amico Hugh a Londra. Era l'unico che aveva ereditato il titolo in quel momento. Mi fece entrare e mi chiese cosa fosse successo, ma io non volli dirglielo. Non potevo. Ero troppo distrutto.»

«E anche quando quella prima orribile reazione svanì» chiese lei. «Avresti potuto confessare la verità a qualcuno di loro, anche solo per alleviare il peso?»

«Avrei potuto» ammise lui. «La maggior parte di loro ha un passato brutale con i propri padri. Sono certo che sarebbero stati gentili e solidali. Ma quando mi avessero guardato, avrebbero visto che non appartenevo al loro mondo. Almeno questo è quello che pensai. Così non l'ho mai detto ad anima viva.»

Diana abbassò la testa, e la sua voce sembrava distante quando disse: «Il dolore che non potevi esprimere, la perdita che non potevi condividere, ti hanno consunto.»

Lui la fissò, perché c'era un'espressione sul suo viso che gli faceva capire che Diana comprendeva quei concetti a un livello molto più profondo di quanto lui sapesse. Non capiva cosa l'avesse ferita, ma si sentiva più a suo agio sapendo che non era solo nel tipo di dolore che ora gli sgorgava in petto.

«Sì» ammise. «Ha danneggiato tutto nella mia vita. Come Hugh, tutti gli altri miei amici alla fine percepirono che qualcosa era cambiato, ma io li respinsi e feci finta che non avesse importanza. Quando Willowby morì due anni dopo, entrai nell'esercito piuttosto che affrontare il passato e il futuro. Forse volevo morire, non lo so. Sono diventato una spia per dimenticare ciò che sono, ma me lo ritrovo sbattuto in faccia a ogni occasione. Se tu pensi di non appartenere a questo mondo, be', non ci appartengo nemmeno io, Diana. *Ecco* il mio segreto. Ecco la verità.»

Diana rimase in silenzio per un lungo istante. Così a lungo che Lucas temette che forse il suo segreto avesse cambiato il modo in cui lo vedeva, come una volta aveva temuto che avrebbe cambiato i suoi amici e la loro opinione su di lui. Temette che qualunque cosa lei dicesse, ora sapeva chi era ed era l'unica cosa che vedeva. Come aveva fatto suo padre. Come aveva fatto sua madre.

Ma poi Diana gli prese le mani e baciò prima un palmo, poi l'altro. «Il fatto che tu mi abbia confidato tutto questo significa molto per me, Lucas. E forse aver detto queste cose ad alta voce darà loro meno potere.»

«Non lo so» disse lui, e si alzò in piedi. Camminò fino al bordo della fontana e osservò l'acqua cadere all'infinito. Capiva quella sensazione. Cadere all'infinito, perdersi all'infinito. Si voltò e scoprì che Diana lo stava guardando con attenzione. «Penso che ti dovevo quel segreto. Dopo tutto, mi hai detto il tuo.»

Qualcosa nel viso di Diana cambiò. Tornarono il senso di colpa e il dolore che spesso vedeva in lei. Gli ricordò che *c'era* di più nel suo passato di quello che aveva condiviso.

«Avevi ragione quando hai detto che non mi sono aperta del tutto con te.»

Lucas trattenne il fiato e si odiò per averle fatto pressione. «Ma sono stato ingiusto a rinfacciartelo. L'ho detto nella foga del momento, ma non credo che tu debba qualcosa a me o a chiunque, Diana.»

«Io invece penso di sì» disse lei dolcemente. «E naturalmente doveva essere proprio oggi il giorno in cui lo avrei capito.»

«Oggi?» Lucas inclinò la testa. «Cosa c'è di così speciale oggi?»

«È il giorno prima di domani. E domani significa tutto.» Diana sospirò. «Hai avuto una lunga giornata, Lucas, pensi di essere pronto per un piccolo viaggio?»

Lui sbatté le palpebre. «Un viaggio?»

«Per tornare al mio cottage qui in città. Stavo per inventare una scusa dicendoti che avevo bisogno di erbe, così sarei potuta tornarci stasera o domani, ma forse è ora di smetterla con le bugie. Forse è ora che tu capisca davvero, come ora capisco io. Se vuoi, ti chiedo di venire con me.»

Lui esitò. Dalla sua espressione, era chiaro che il segreto di Diana era terribile. Stravolgente. E se lui ne fosse venuto a conoscenza, sarebbero stati entrambi messi a nudo. Non sarebbe rimasto nessun muro tra di loro.

E questo era terrificante.

Ma l'idea di conoscerla, di conoscerla *veramente*, era anche allettante. Prevalse la tentazione.

«Sì» disse piano. «Sarei onorato di tornare al cottage con te e di essere messo a parte di qualsiasi cosa tu voglia farmi sapere.»

«Allora andiamo adesso» disse lei, e tese una mano tremante.

Lui la prese, guidandola verso casa, guidandoli entrambi verso un futuro che lui temeva e anticipava in egual misura.

L ucas aveva lasciato che tra loro regnasse il silenzio durante il lungo viaggio attraverso Londra per tornare al suo piccolo cottage. Diana gliene fu profondamente grata, perché in quel momento non riusciva a pensare a nessuna parola da dire.

Era già stato detto abbastanza.

Non aveva mai avuto intenzione di dire a Lucas tutta la verità sul suo passato. Non aveva mai voluto che qualcuno lo sapesse. Ma quando lui le aveva confidato il suo segreto, quando le aveva confessato tutto senza chiedere nulla in cambio, l'ultima barriera che aveva mantenuto tra loro era evaporata. Dopo tutto, questo segreto le aveva portato dolore per molto tempo. Come aveva suggerito a lui, forse dirlo ad alta voce ne avrebbe tolto il potere.

La carrozza si fermò e Lucas la aiutò a scendere. La sua mano era calda e confortante quando la prese per il braccio e la guidò verso la porta. La aprì ed entrarono.

Entrambi fecero subito un bel respiro, e lei lo guardò con la coda dell'occhio. Sembrava contento di essere lì, come lei. Di nuovo nel posto dove avevano iniziato la loro relazione. Un posto molto diverso dal suo mondo e da qualsiasi cosa avrebbero dovuto affrontare nei prossimi giorni e settimane.

«Cosa posso fare?» chiese lui. «Accendere il fuoco in salotto? Aiutarti a prendere qualcosa nello studio?»

Lei scosse la testa. «Quello che devo mostrarti non è dentro. Dobbiamo andare in giardino.»

Lui le lasciò il braccio e le fece cenno di fare strada. Le tremavano le gambe quando cominciò a incamminarsi, e il cuore le batteva così forte che le sembrava che tutto il vicinato potesse sentirlo.

Attraversò il freddo e buio salone sul retro e uscì dalle porte che conducevano all'esterno. Sentì il calore del sole sul viso, ma le sembrò uno schiaffo quando considerò quello che stava per fare. Dire. Sentire.

Lucas la seguì in silenzio mentre lei si faceva strada tra le sue erbe officinali e i pochi fiori sparsi nel piccolo spazio esterno. Alla fine raggiunse la grande quercia nell'angolo sul fondo, e si fermò a fissare ciò che si trovava sotto i rami del grande albero.

Due piccole lapidi, sacrari per due morti. Una era per suo padre e sua madre. L'altra era piccola, minuscola, proprio come la persona che rappresentava. La vita persa prima ancora di cominciare.

«Diana» disse Lucas dolcemente.

Lei non lo guardò, ma tenne gli occhi su quella piccola pietra tombale. «Mia madre si chiamava Mira. Mi è sempre piaciuto come lo diceva mio padre. Poteva essere una poesia d'amore, un ammonimento o una preghiera. Quando la mia bambina è nata così presto, incapace di respirare, scomparsa prima ancora di poterla tenere in braccio, l'ho chiamata Mirabelle. Almeno nella mia testa.»

Le dita di Lucas si chiusero intorno al suo braccio e lei lo guardò finalmente. Era pallido e gli tremavano le labbra. «La tua bambina.»

Lei annuì. «Quella sfortunata relazione con Boyd Caldwell mi ha portato più di una triste storia di innocenza perduta, come vedi.»

Lucas strinse la mascella. «Caldwell. Era lui la spia che tuo padre portò qui? Quella che ti sedusse?»

«Suppongo che tu lo conosca» sussurrò lei, arrossendo visibilmente.

Lui distolse lo sguardo e fece un cenno con la testa. «Lo conosco. Io... lo conosco, anche se non bene.»

Lei tornò a guardare le lapidi. «Quando mi resi conto di essere incinta, cercai di nasconderlo. Alla fine, fui costretta a raccontare a mio padre quello che era successo tra noi e come Boyd mi avesse abbandonato dopo aver ottenuto quello che... voleva. Non lo avevo mai visto così infuriato. Non so se affrontò Caldwell... non parlammo mai più di lui. Venimmo a Londra, dove poteva tenermi sott'occhio e aiutarmi mentre lavorava. Finché... finché non iniziai ad avere dei dolori. Troppo presto, troppo in fretta. Mio padre cercò di aiutarmi, ma non riuscì a salvarla. A malapena salvò me. Lei è sepolta qui, ed è per questo che ho messo una lapide per loro accanto a lei. Per poterli visitare insieme.»

Sbatté le palpebre e si rese conto che le lacrime le stavano solcando il viso. «Domani sarà un anno dalla sua morte.»

Lui barcollò leggermente, e poi, con sua grande sorpresa, la attirò a sé e la tenne stretta contro il suo petto caldo e ampio. Le accarezzò i capelli, lisciandole delicatamente le ciocche ricciolute. «Mi dispiace tanto, Diana.»

A quel punto cedette, il peso del dolore che si era portata dietro per un anno la colpì tutto in una volta. Lui la sorresse, tenendola in piedi senza dire una sola parola mentre lei piangeva per la figlia che non aveva mai conosciuto, poi per la madre che se n'era andata troppo presto e per il padre che le era stato strappato. Pianse per tutti loro finché il petto non smise di farle male e le lacrime si trasformarono in brividi e poi si fermarono.

«Mirabelle è un bellissimo nome» disse lui, ritraendosi per asciugarle le lacrime dalle guance prima di porgerle un fazzoletto che aveva estratto dalla tasca della giacca.

Diana si asciugò gli occhi e il naso e annuì. «A volte mi chiedo come sarebbe stata. Che aspetto avrebbe avuto.»

«Sarebbe stata bella e brava come sua madre» disse lui con un sorriso. «Non avrebbe potuto essere diversa con te come modello. Sono felice che tu abbia questo posto per visitarla.»

Lei scosse la testa. «Non sono sicura che papà volesse averlo, onestamente. Sembrava che lo facesse per senso di colpa piuttosto che per il desiderio di ricordare. Mi incoraggiava sempre a lasciarla perdere, a dimenticarla.»

Lucas trasalì. «Non è un pensiero molto gentile.»

«No, forse no. Ma era un chirurgo. Un medico abituato a vedere la morte. Sapeva passarci sopra. Si aspettava che io facessi altrettanto. Non fu di grande conforto... dopo.»

Lucas la strinse di nuovo tra le braccia e guardarono insieme le tombe. «Allora lascia che ti consoli *io*. Possiamo restare qui stanotte. Mi farò mandare la cena. Possiamo stare qui, in questo posto, dove il mio caso e i miei doveri non hanno importanza. E domani possiamo vederla di nuovo, visitarla e mettere dei fiori per il suo compleanno.»

Diana alzò lo sguardo verso di lui, scioccata dalla gentilezza della sua reazione nei confronti di una bambina che non conosceva, che non era stata sua. Ma non c'era da stupirsene. Nonostante fosse stato burbero all'inizio, si era subito resa conto che, sebbene potesse essere complicato, non era crudele. Era generoso e premuroso, profondamente passionale e molto attento a chi gli stava intorno. Forse queste doti erano state affinate perché era una spia, ma non erano nate dalla sua professione.

Erano semplicemente... lui. Ed era per questo che lo amava.

Sobbalzò a quella presa di coscienza, che la colpì al cuore e la fece quasi perdere l'equilibrio per lo sgomento, il dolore e il terrore. Ma non poteva negare che fosse vero. Lo amava. Lo avrebbe sempre amato.

Anche se era rimasto così poco tempo per loro.

«Mi piacerebbe» disse lei, avvolgendogli il braccio intorno alla vita e appoggiandosi a lui. «Se ti va.»

Lucas si chinò e le diede un bacio sulla tempia. «Qualsiasi cosa ti serva, Diana. Tutto ciò di cui hai bisogno e anche di più.»

Lei sorrise, ma allora capì e si rese conto che non sarebbe mai stata in grado di dimenticare, che ciò di cui aveva bisogno era il cuore che lui non le avrebbe dato. E il futuro che non potevano avere.

CAPITOLO DICIANNOVE

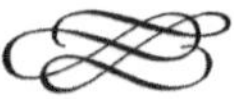

Erano passati quattro giorni da quando Lucas e Diana erano tornati dal cottage, e lui aveva notato i cambiamenti in lei. Anche se continuava ad affaccendarsi e a curare le sue ferite, era più tranquilla e riflessiva mentre elaborava il suo dolore. Anche lui lo stava elaborando. Entrambi avevano confessato molto di loro stessi, e sapeva che entrambi si sentivano esposti.

In effetti, lei si era esposta molto più di quanto forse sapesse. Quando gli aveva detto che il nome del suo amante, il padre di suo figlio, era Boyd Caldwell, era rimasto impietrito. Una delle poche cose che ricordava del giorno in cui era stato attaccato erano le guardie del traditore che passavano davanti al nascondiglio, dicendo parte di un nome.

Cal...

Lui e Stalwood avevano esaminato i nomi e i cognomi dei loro ranghi che potevano corrispondere. Sapeva che Stalwood li aveva esaminati tutti, più di mezza dozzina, compreso lo stesso Caldwell, ma non erano mai riusciti a trovare un collegamento sicuro.

Ma ora ce n'era uno. Caldwell era entrato in tale confidenza con il padre di Diana che Oakford lo aveva fatto entrare in casa sua. Lo aveva lasciato avvicinare a sua figlia. Diana pensava che stessero indagando insieme su un caso.

Pensieri che avevano tormentato Lucas da allora, pensieri che avevano cominciato a generare sempre più sospetti su Caldwell. Su Oakford stesso. Sapeva che avrebbe dovuto sollevare quei dubbi con Stalwood il prima possibile. Ma una volta fatto...

Be', Diana avrebbe potuto scoprirlo. Se i suoi sospetti si fossero rivelati veri, molto probabilmente le avrebbero spezzato il cuore. E lui non era pronto a farlo, soprattutto da quando gli aveva confidato così tanto di se stessa.

Soprattutto perché con sua grande sorpresa lui non era a disagio, né rispetto alla sua fiducia né rispetto a quello che aveva saputo. Infatti, si sentiva... *più vicino* a Diana. Si era sentito così quella notte dopo che lei aveva confessato, quando lui l'aveva semplicemente tenuta tra le braccia mentre lei dormiva a fatica. Si era sentito così la notte in cui erano tornati, quando aveva fatto l'amore con lei nella speranza che il piacere avrebbe alleviato parte del dolore.

Si sentiva così ora, mentre se ne stava seduto di fronte a lei e la guardava versare il tè e studiare il vassoio di pasticcini per la colazione che li aspettava quella mattina. «Ho ricevuto un invito» disse, scacciando i pensieri più inquietanti sul caso e su di lei, e rompendo finalmente il silenzio. «A un ballo a casa del Duca e della Duchessa di Abernathe.»

Lei si voltò lentamente, le tremava la mano così tanto che i pasticcini sul piatto che teneva in mano stavano per cadere. «Capisco.»

«È stasera» disse lui. «E c'era anche un messaggio per te da parte di Meg. Immagino che desideri incontrarti questo pomeriggio per darti i suoi abiti.»

«L'unico motivo per cui accetterei è se partecipassi al ballo come tua compagna» disse Diana, posando il piatto e prendendo posto accanto a lui. «Non credo che sia saggio.»

Lucas si accigliò. Era così sicura di non appartenere al suo mondo. Che sarebbe stata considerata inferiore dai suoi amici e dagli altri nobili. «Vorrei che venissi» le disse dolcemente.

«E attirare attenzione negativa su di te?» Scosse la testa. «Non ci saranno solo i tuoi amici, vero?»

Lui socchiuse le labbra. «No, non servirebbe allo scopo del ballo altrimenti. Ci saranno molte persone di rango.»

«Allora non è il mio posto» concluse lei, e spinse via il cibo senza mangiarlo. «Fine della discussione.»

Lucas si protese in avanti e le prese le mani. Lentamente, le portò alle labbra e premette un bacio sulle nocche. La sentì tremare, agitarsi, ammorbidirsi. Le sorrise. «Ti prego, vieni.»

«Pensi di riuscire a sedurmi?» chiese lei.

Lui inarcò un sopracciglio. «So di poterci riuscire. Ma non voglio. Voglio che tu venga perché incontrerai i miei amici come gruppo. Perché mi piacerebbe ballare con te. Perché mi piacerebbe discutere di qualsiasi informazione che si possa ricavare presenziando al ballo. E perché mi piacerebbe vederti come la stella splendente e gloriosa della serata e sapere che ti porterò a letto alla fine.»

Diana sospirò, ma era ovvio che aveva vinto lui ancora prima che lei dicesse: «Molto bene, anche se penso che potresti rimanere deluso. Dammi la lettera di Meg e le scriverò per dirle che andrò da lei questo pomeriggio per accettare la sua offerta.»

«Bene» disse lui, consegnando la lettera con un sorriso. «Mi sarai di grande aiuto, ne sono certo.»

Lei gli lanciò un'occhiata e lui si accorse della sua ansia. «Te lo ricorderò più tardi, quando ti pentirai di avermi portata con te.»

Si alzò in piedi e andò a versargli altro tè dalla teiera sulla credenza. Quando si voltò, il sorriso di Lucas svanì. Era nuovamente afflitto da pensieri inquietanti che non avevano nulla a che fare con il ballo. Pensieri su quanto lei potesse essere ferita dall'indagine che lui era tenuto a fare.

E quanto sarebbe rimasto ferito lui stesso una volta che l'avesse persa.

~

Quando Meg entrò in salotto, Diana si voltò e fu sorpresa di vedere un ampio sorriso sul volto della sua nuova amica.

«Sono così felice che tu sia venuta!» disse Meg, e la strinse in un abbraccio reso imbarazzante solo dal pancione che si frapponeva tra loro. Diana si ritrovò a posare la mano sul ventre sporgente e a ricordare i suoi stessi mesi di gravidanza.

Meg inclinò la testa. «Stai bene?»

«Sì» disse Diana, scostando la mano. «Scusa, ero solo sovrappensiero. Sei stata molto gentile a invitarmi e a rinnovare la tua offerta di prestarmi dei vestiti per stasera. Ammetto di non avere idea di cosa fare o dire o pensare quando si tratta di un evento del genere. Ho paura di rovinare tutto.»

«Bene, ti aiuteremo noi» disse Meg prendendola per il braccio. «Ora vieni in camera mia e cominciamo. Le altre non vedono l'ora di conoscerti.»

«Le altre?» ripeté Diana mentre lasciava che la duchessa le facesse strada.

«Sì. Emma è indaffarata a preparare il ballo, con l'aiuto di Charlotte, ma Adelaide è qui da me, e anche Helena.»

Diana si fermò nel bel mezzo del corridoio e costrinse Meg a fare altrettanto. «Le altre duchesse?» chiese.

Meg inclinò la testa. «Non c'è bisogno di sembrare così spaventata. Ti ho già morso per caso?»

Diana non riuscì a trattenere una risata a quella gentile battuta. «No, non ancora. È solo che...»

Non riuscì a completare la frase che Meg le mise un braccio intorno. «Mi rendo conto che sei nervosa. Capisco anche il perché. Ma ti assicuro che Adelaide ed Helena sono le donne più dolci e gentili che tu possa sperare di incontrare. Non troverai altro che accoglienza e amicizia da parte loro. Non sono capaci di fare altro.»

Diana annuì lentamente. Meg era così sincera nelle sue lodi che era difficile non avere un po' di fiducia che potesse avere ragione.

Salirono le scale insieme e Meg la condusse a una porta aperta. Si sentivano voci femminili dall'interno, risate sommesse. Diana fece un bel respiro per prepararsi. Entrarono e due donne davanti a un armadio aperto nel camerino si voltarono.

Una era bionda, con morbide ciocche ondulate che incorniciavano un viso molto carino. Anche lei era incinta, anche se il suo pancione non era grande come quello di Meg. L'altra era snella, slanciata, con ciocche ricciolute color rame raccolte in un semplice chignon. Quando Diana e Meg entrarono, i volti di entrambe le gentildonne si illuminarono di sorrisi sinceri e amichevoli che non potevano non mettere Diana a proprio agio.

«Signore, Diana, è arrivata finalmente!» disse Meg, spingendola al centro della stanza. «Diana, ti presento Adelaide, Duchessa di Northfield, e Helena, la nostra nuova duchessa. Si è sposata da poco con il Duca di Sheffield.»

«Sessantasette giorni fa per essere precisi» disse Helena, e Diana fu sorpresa di scoprire che la duchessa aveva un accento molto americano. Helena fece un passo avanti per stringere le mani di Diana in segno di saluto. «Sto ancora contando ogni singolo giorno di felicità. Benvenuta. Siamo molto felici di conoscerti.»

«Confermo» concordò Adelaide. «E spero che Meg ti abbia detto che siamo troppe duchesse per chiamarci per titolo, almeno tra amiche. Chiamaci pure Helena e Adelaide e dacci del tu.»

Diana rise e il suo nervosismo continuò a diminuire. «Ammetto che nessuna di voi due sembra una donna a cui si possa opporre un rifiuto. Quindi, se insistete, non vedo come potrei dire di no.»

Parlarono per un po', di cose frivole. Col passare di ogni minuto, Diana si sentiva sempre più a suo agio. Non aveva mai frequentato membri dell'alta società, e si era immaginata che le donne che vi appartenevano fossero fredde, distaccate, insensibili.

Ma questa convinzione veniva smentita a un ritmo sorprendente. Tutte e tre le signore erano divertenti, ospitali, intelligenti e chiaramente innamorate dei loro rispettivi mariti. Era quasi impossibile non amarle con tutto il cuore e desiderare di far parte della loro piccola cerchia.

Non che potesse succedere, non veramente. Se i loro mariti avevano formato un club di duchi, *questo* era un gruppo di duchesse, ed era una cosa di cui Diana non avrebbe fatto parte, nonostante l'amore che ora poteva ammettere di provare per Lucas, pur tenendoselo per sé.

«Adelaide, tu hai un gusto impeccabile» disse infine Meg. «Vuoi venire a vedere tra le mie cose e aiutarmi a decidere cosa dovrebbe cominciare a provare Diana?»

Adelaide sorrise a Diana e le due gentildonne andarono in camerino a parlare, lasciando Diana sola con Helena.

«Sembri una sposina molto felice» disse.

Il volto di Helena si illuminò. «Infatti, sono molto contenta. Non hai ancora conosciuto Baldwin... ehm, Sheffield, ma è un uomo meraviglioso. Non che non abbiamo avuto i nostri problemi.»

«Sentendoti parlare di lui con tanto calore e vedendo la tua inconfondibile gioia, è difficile immaginarselo.»

«In un certo senso, sono molto simile a te. Non appartengo a questo mondo dalla nascita. Non che io sia qualcosa di così interessante come un guaritore per una spia.» Helena arrossì.

Diana rise, anche se era una reazione nervosa. Lucas le aveva detto che probabilmente tutte le duchesse avrebbero saputo del loro segreto, ma che confidava che non sarebbe mai uscito dalla loro cerchia. Immaginava che desse un'impressione migliore di essere un'amante. «Sei americana. Lo trovo molto interessante.»

Fu il turno di Helena di ridere. «È vero. Sono di Boston, anche se non mi ci trovavo più bene da molto tempo. Ora qui mi sento a casa. Ma quando sono arrivata qui per la prima volta, tutto questo...» Agitò la mano per indicare la bella camera. «... anche per me era al di sopra del mio rango. Non ero altro che la dama di compagnia di mia cugina quando ho incontrato Baldwin.»

Diana sbatté le palpebre. Guardando la bella donna che aveva di fronte, faceva fatica a credere che non avesse sempre fatto parte del caloroso gruppo delle sue amiche. «Una dama di compagnia?» ripeté.

Helena annuì. «A causa di svariate circostanze, per molto tempo le prospettive sembravano piuttosto... drammatiche. Non potevo credere che avremmo potuto trovare la felicità come poi è successo. Ma spero che tu mi consideri la prova che gli ostacoli creati dalla differenza di classe si possono superare. Per noi. E per te e Lucas.»

Diana trattenne il fiato. «Io non... Lucas non mi sta corteggiando.»

Helena inarcò un sopracciglio. «Ah no? Allora forse ho frainteso la situazione.»

Diana abbassò la testa. Helena non sembrava pensare di aver frainteso alcunché. Eppure Diana si rifiutò di sentirsi confortata da quelle parole. La situazione con Lucas era molto più complicata di qualsiasi cosa avesse separato Helena dal suo duca.

Diana doveva ricordarlo per se stessa come per chiunque altro tra i suoi conoscenti.

Non dovette rispondere, comunque, perché Meg e Adelaide tornarono ciascuna con un delizioso abito tra le braccia. Diana rimase senza fiato di fronte alla giada brillante del primo e al blu scuro e seducente dell'altro.

«Per cominciare provali tutti e due» insistette Meg, «E manderò a dire a Willowby che non ti vedrà più fino al ballo. Resterai qui con me e ti aiuterò anche ad acconciarti i capelli. Verrai con me e Simon nella nostra carrozza.»

Diana si agitò. «Oh, ma...»

«Non vale la pena discutere con Meg» consigliò Adelaide con un sospiro teatrale. «Tanto vince lei.»

«Ogni volta» confermò Helena con un cenno del capo.

Meg sembrò contenta delle battute scherzose delle sue amiche e disse: «Vedi?»

«Molto bene.» Diana alzò le mani in segno di resa, perché non sembrava esserci modo di obiettare. Anche se ci fosse stato, non le dava fastidio l'idea di essere coccolata e abbigliata dalle sue nuove amiche. «A quanto pare, sono alla vostra mercé.»

«Non è molto più facile ammetterlo e basta?» disse Meg con una allegra risata. «Bene quale vestito vuoi provare per primo?»

Diana si concentrò a fissare quegli splendidi abiti uno dopo l'altro. «Potrei... potrei provare prima quello verde? È bellissimo.»

«Certo» disse Meg con un sorriso smagliante. «Si intona perfettamente ai tuoi occhi e non vedo l'ora di vedertelo indosso.»

Diana si voltò e lasciò che Helena cominciasse a slacciare l'abito da giorno che aveva. Tutto questo era un sogno, una favola in cui una ragazza comune diventava una principessa grazie alle amiche. E anche se le sarebbe piaciuto godersi questa fantasia per un po', ricordò a se stessa di non farsi coinvolgere troppo.

Sarebbe finita. Più prima che poi.

CAPITOLO VENTI

Lucas era visibilmente agitato. Guardò l'orologio da tasca per quella che doveva essere la decima volta in altrettanti minuti. Il ballo di Abernathe era in pieno svolgimento, ma Diana doveva ancora arrivare con Simon e Meg. Sobbalzò quando Graham Everly, Duca di Northfield, gli mise un braccio sulle spalle e rise.

«Amico, sei troppo ovvio, controlli la porta ogni trenta secondi. Arriverà quando arriverà. E ho sentito dire che varrà la pena aspettare. Quando è arrivata a casa, Adelaide non riusciva a smettere di parlare di quanto fosse bella la misteriosa signorina Oakford nel vestito che loro tre avevano scelto per lei.»

Lucas serrò le labbra e si concentrò sul piccolo gruppo di amici. Era arrivato presto a casa di James per la riunione e ora era circondato da Graham, Ewan, Baldwin, Matthew e Robert. Simon non era ancora arrivato, naturalmente, e James era impegnato con Emma a dare il benvenuto ai loro ospiti man mano che venivano annunciati. Mancavano solo due di loro. Kit era in campagna con il padre malato e la giovane sorella. Hugh era stato invitato, ma poi si era scoperto che non era a Londra, un fatto che aveva turbato i suoi amici, anche se non erano entrati nello specifico. Erano stati troppo occupati a stringersi le mani, a scambiarsi storie e a fargli domande sulla sua vita da spia.

Un bentornato davvero in grande stile che gli aveva scaldato il cuore.

Ora Lucas se ne stava con i suoi amici che si comportavano come se non fosse mai uscito dalla loro cerchia. In un certo senso, gli sembrava di no. Come se fosse tornato a casa dopo un lungo periodo di assenza, ma avesse trovato la sua sedia, il suo letto e la sua vita piacevoli come un tempo.

«Sei ridicolo» disse, sforzandosi di mostrare un'espressione affabile. «Tu conosci la mia... *situazione*... e perché Diana ne fa parte. Fingere altrimenti è...»

Si interruppe perché in quel momento furono annunciati Simon e Meg. Entrarono insieme in sala, e dietro di loro c'era Diana. Indossava un bellissimo abito verde, che si intonava perfettamente ai suoi occhi. Era tagliato appena un po' troppo stretto sul seno, perché non era stato fatto per Diana, ma per Meg, che era più minuta. Questo serviva solo ad accentuare le sue belle curve.

I capelli le erano stati acconciati dalla cameriera di Meg, a quanto pareva, e la donna aveva fatto magie, avvolgendoli e torcendoli e arricciandoli fino a che tutte quelle voluminose ciocche erano state trasformate in una corona adatta alla più bella regina di tutto il paese. Di tutto il mondo.

«Stavi per dirci quanto ti sia indifferente l'attraente signorina Oakford» disse Robert, Duca di Roseford, con un mezzo sorriso. «Se è vero, forse le chiederò io di ballare. È splendida.»

Roseford era il più indisciplinato e scandaloso del gruppo. Lucas lo fulminò con lo sguardo. La sola idea che quel duca bello, sorridente e seducente mettesse le mani su Diana, anche solo per un ballo, gli faceva ribollire il sangue.

«Penso che potrebbe venirgli un colpo apoplettico se continui a prenderlo in giro, Roseford» disse Matthew con una risata. «Sei troppo crudele.»

«Smettetela» riuscì a mormorare Lucas. «Diana è... be', merita più di tutti noi. Scusatemi.»

Sentì gli occhi dei suoi amici sulla schiena mentre lasciava la loro compagnia e iniziava quello che sembrava un cammino eterno attraverso la stanza per raggiungerla. Ora stava parlando con Meg ed Emma. Emma stava chiaramente facendole i complimenti per l'abito e per come le stava bene. Ma Diana continuava a guardarlo con la coda dell'occhio, e quando lui le raggiunse, lasciò uscire il fiato come se lo avesse trattenuto.

«Buona sera, signore» disse, e fece per prendere la mano di Diana. Tremava quando gliela porse, e lui se la portò alle labbra. «Sei bellissima» disse a bassa voce.

«È tutto merito dello splendido abito di Meg, te lo assicuro» disse lei.

Emma sbuffò ridendo. «Non è vero.»

«Mai rifiutare un complimento, mia cara» disse Meg, e il suo sguardo rimase fermo su Lucas. «Specialmente uno così sincero.»

Simon e James si fecero avanti, prendendo le loro mogli per le braccia. James sorrise. «Gli arrivi degli ospiti sono rallentati ora, quindi penso che possiamo dichiarare questo ballo ufficialmente aperto.»

«Un grande ringraziamento a voi, Vostra Grazia, per aver organizzato tutto così rapidamente» disse Lucas, costringendosi a guardare Emma e a distogliere lo sguardo da Diana. Era una donna adorabile e molto gentile. Era ovvio che James fosse devoto a lei e alla loro giovane figlia, cuore, corpo e anima. Una cosa che non avrebbe mai immaginato fosse possibile per il suo amico quando erano più giovani. Vedere James così a suo agio non gli faceva altro che piacere.

«Sono felice di essere d'aiuto» disse Emma, allungando la mano per stringergli il braccio. «Soprattutto se riporta nella nostra cerchia uno dei più vecchi e cari amici di mio marito.»

«Stanno iniziando un valzer» disse James, attirando Emma un

po' più vicino. «Noi balliamo sempre il valzer d'apertura, mia cara. Non negarmelo ora.»

Emma arrossì e alzò lo sguardo verso di lui. «Come se potessi mai negarti alcunché. Divertitevi stasera, voi quattro. Spero che parleremo più tardi.»

Poi i due si allontanarono, e Lucas guardò come James faceva piroettare sua moglie durante la danza, con la mano appena un po' troppo in basso nell'incavo della schiena di lei, con lo sguardo fisso sui suoi occhi.

«Sembrano molto felici» osservò Diana con un tono un po' distante mentre il quartetto li guardava ballare. «E lei è adorabile.»

«Lo è» concordò Meg. «Non avrei potuto scegliere una sposa migliore per mio fratello. Vederlo così felice è... è...»

Riprese fiato e si portò una mano al viso per asciugare una lacrima improvvisa. Simon la tirò più vicino a sé. «Oddio, questo bambino trasforma mia moglie in una fontana un giorno sì e l'altro anche. Lacrime felici, lacrime tristi, lacrime per un orlo strappato...»

Meg gli diede una pacca sul braccio per scherzo e cominciò a ridacchiare tra quelle stesse lacrime. «Siete un mascalzone, milord.»

«Eppure è troppo tardi per sfuggirmi, perché ora sei mia, o così ha dichiarato il prete» disse Simon con una risata. «Vieni, ti farò ballare, e prima dell'ultima nota tutto sarà tornato a posto.»

Se Meg aveva intenzione di discutere, lui non lo permise, perché praticamente la trascinò sulla pista da ballo, dove si unirono a James, Emma e al resto degli invitati.

Lucas sorrise a Diana. «Sei davvero meravigliosa".

Lei arrossì, facendogli tornare in mente tutte le volte che avevano fatto l'amore. Quella vampata di piacere era qualcosa che gli piaceva molto farle apparire in viso, non importava come ci riuscisse.

«E tu sei bellissimo, non che tu non lo sappia» rispose lei. Lui le offrì un braccio e lei lo prese, permettendogli di accompagnarla in sala. «Com'è andata la vostra rimpatriata?»

Lucas abbassò lo sguardo su di lei, perché sentiva la preoccupazione nella sua voce. «Molto meglio di quanto avrei mai potuto sognare» disse, scegliendo di essere onesto. Sapeva che poteva fidarsi di lei. «Tutte le mie preoccupazioni sono svanite in un istante. Anche se hanno un'idea decisamente romantica di cosa significhi essere una spia.»

«Si può essere una spia se *nove* dei propri amici più cari e tutte le loro mogli conoscono la verità?» chiese Diana.

Lui sorrise. «Be', il mio futuro con il dipartimento potrebbe ancora essere in discussione. Sto meglio, sì, ma il mio corpo non è lo stesso. Forse non lo sarà mai. Ma se potessi tornare al lavoro che amo, so per certo che posso fidarmi ciecamente di quegli uomini e delle loro mogli, sia per quanto mi riguarda che per quanto concerne gli uomini con cui lavoro. Ci credo con tutto il cuore.»

Diana si voltò verso di lui con un mezzo sorriso. «Eppure temevi quello che avrebbero pensato del tuo segreto.»

Lucas si ritrovò a sollevare la mano, spinto dal desiderio di toccarle la guancia. Ma era ben consapevole che tutti nella stanza lo stavano guardando, tutti in visibilio per il Duca di Willowby, scomparso da tempo. Essere troppo esplicito con Diana non era una buona idea.

Strinse il pugno al fianco. «È diverso» disse piano.

Lei annuì. «Certo che lo è.» Avrebbe potuto dire di più, ma in quel momento i suoi occhi si spalancarono leggermente mentre guardava un punto sopra la sua spalla. «Quello è Stalwood?»

Lucas si voltò. «Sì. È un conte, naturalmente.»

«Sì» disse lei scuotendo la testa. «Lo so, ma a volte me ne dimentico. Per me sarà sempre e solo un vecchio amico di mio padre.»

Lucas trasalì a quelle parole. Quella sera aveva delle cose da dire a Stalwood riguardo il padre di Diana. Cose che l'avrebbero ferita, l'avrebbero devastata se avesse capito che cosa sospettava.

Si sforzò di sorridere. «Ha molta stima di te.»

Lei arrossì un po'. «E parlerete di quello che abbiamo esaminato nel tuo caso? Vuoi che ci sia anch'io?»

Prima che lui potesse rispondere, sentì un colpetto sulla spalla.

«Hai intenzione di presentarci?» disse Robert quando Lucas si voltò per vedere chi aveva interrotto la loro conversazione e lo aveva salvato, anche se senza volerlo, dalla bugia molto scomoda che stava per dirle.

Sentì Diana agitarsi al suo fianco e le toccò delicatamente il braccio prima di sorridere agli altri e fare le presentazioni ai duchi e alle duchesse che lei non aveva ancora conosciuto. Dopo che le diedero il benvenuto e si mostrarono gentili, la sentì rilassarsi un po' e la osservò fare conversazione con gli altri.

Vederla così rilassata avrebbe dovuto renderlo felice. Era contento che Diana piacesse ai suoi amici. E che lei sembrasse adattarsi al loro piccolo gruppo affiatato. Eppure, l'unica cosa a cui riusciva a pensare era l'argomento di cui stavano discutendo quando erano stati interrotti.

Il suo caso. Il padre di Diana. E il segreto che le stava nascondendo su entrambi.

D iana se ne stava lungo la parete di fondo della sala da ballo, a guardare. Era un esercizio piuttosto interessante, perché la stanza era una cacofonia di suoni, colori e movimenti. Coppie a non finire le turbinavano intorno, sia nella danza civettuola del corteggiamento che in quella più regolata sulla pista da ballo. Poi c'erano i servi, che si muovevano tra la folla sforzandosi di non dare nell'occhio, anche se vedevano tutto. Gli uomini si ritrovavano in gruppi per parlare di politica, a volte a voce troppo alta. E le donne facevano altrettanto, anche se le loro voci acute coprivano una più ampia varietà di argomenti. Spesso i loro occhi cadevano su di lei, tradendo il loro interesse e l'intento di giudicarla.

Indipendentemente dall'attenzione, però, Diana aveva l'impressione di stare guardando tutto attraverso un vetro. Era ancora aliena in questo mondo. Il mondo di Lucas, perché quando lo vide tra la folla, a parlare con James e Graham, era chiaro che lui ne faceva parte. Qualunque cosa provasse relativamente alla vera natura della sua ascendenza, lui era un duca. E questo era il suo universo.

«Stai aggrottando la fronte» disse Helena avvicinandosi a Diana e prendendola a braccetto. «Stai bene?»

Diana sorrise alla sua amica. «Certo.» Rimasero in silenzio per un momento, poi sospirò. «È un mondo molto diverso, vero?»

Helena rise dolcemente. «Oh, sì. In effetti lo è. Ti senti come se non appartenessi a questo mondo?»

Diana annuì mentre continuava a guardare Lucas. «Non è solo una sensazione.»

«Come sai, ci sono passata anch'io. Ma ti giuro che tutti nel nostro circolo ti apprezzano enormemente. Ne stavamo giusto parlando tra noi duchesse. Quindi se tu... *volessi* far parte di questo mondo avresti tutte noi dalla tua parte. Un gruppo formidabile, te lo assicuro.»

Diana si voltò a guardarla in viso. «Emma, Meg, Adelaide e Charlotte sono meravigliose. Ed è chiaro che sono tutte beniamine dell'alta società. Tutte le donne le guardano, e poco fa ho sentito tre signore discutere del taglio dell'abito di Charlotte. Quello che indossa fa moda. Ma...»

«Ma?» la incoraggiò Helena.

«È sufficiente?»

«Perché non dovrebbe esserlo?» chiese Helena, con tono molto gentile.

Diana sospirò. «Be', mi hanno tenuto d'occhio tutta sera. Accigliandosi. Parlando dietro i loro ventagli. Guardandomi male. Il vostro sostegno sarebbe sufficiente?»

Helena annuì lentamente. «Capisco le tue perplessità. Quando io e Baldwin abbiamo annunciato il nostro fidanzamento, ci sono state donne che mi hanno voltato le spalle. Non dirò che non sia stato doloroso o sgradevole. Ma se lo ami, posso anche dirti che è più che sufficiente.»

Diana si bloccò. Ecco di nuovo quelle parole, ma questa volta erano pronunciate dalle labbra di un'altra persona. Sembravano molto più vive. «Suppongo che la questione più importante sia se lui ama... be', me, in teoria.»

«In teoria?» Helena inclinò la testa.

Diana non riusciva a guardarla. «Stiamo parlando per ipotesi, dopo tutto.»

«Molto bene. Per ipotesi, vedo il modo in cui ti guarda. Non c'è solo desiderio nel suo sguardo. È affetto. Preoccupazione. Il suo viso si illumina quando sei vicina. È... vivo. Dal punto di vista di un estraneo, assomiglia molto all'amore. Ma che mi dici di te?»

«Se dovessi provare una cosa simile per Lucas» rispose Diana lentamente, «sarebbe come svegliarsi dopo un lunghissimo sonno. Come trovare una metà che non avevo capito che mi mancava. Ma non una metà che soffoca o prende il sopravvento sul resto. Qualcosa che può permettersi di essere anche separato.»

Helena deglutì a fatica, i suoi occhi ora brillavano di lacrime nonostante il suo sorriso. «È una descrizione molto azzeccata che credo si adatti a tutti quelli della nostra cerchia. Trovare qualcuno che ti completi e allo stesso tempo ti permetta di essere libera, è una cosa rara. Una cosa che, *ipoteticamente*, non dovresti buttare via per paura di non adattarti al suo mondo. L'unica cosa che conta è il posto che hai nella sua vita. Almeno dovresti dirgli cosa provi e dargli la possibilità di rifiutarlo o accettarlo.»

Il cuore di Diana sussultò a quel suggerimento. Svelare a Lucas i suoi sentimenti significava giocare col fuoco. Eppure sapeva che Helena aveva ragione. Se fosse andata via senza farlo, temeva che avrebbe vissuto per sempre con quel rimpianto.

E sapeva quanto fosse doloroso vivere con dei rimpianti.

Guardò di nuovo dall'altra parte della sala. Lucas aveva lasciato il fianco dei suoi amici e ora si stava dirigendo verso Stalwood. I due uomini si strinsero la mano e poi si parlarono molto ravvicinati per un momento. Lucas annuì, si guardò alle spalle e poi i due uomini uscirono insieme dalla sala.

Diana riportò la sua attenzione sul caso a cui stavano lavorando e sorrise a Helena. «Mi hai dato molti spunti di riflessione. Credo che mi prenderò un momento per riflettere.»

Helena si avvicinò e sorprese Diana dandole un rapido bacio sulla guancia. «In verità, potrei essere egoista. Anche tu ed io potremmo aiutarci a vicenda per trovare la nostra strada in questo mondo. Se posso fare qualcosa per aiutarti, ti prego, vieni da me.»

«Senz'altro» la rassicurò Diana prima di scivolare via per seguire i due uomini fuori dalla sala.

Avrebbe dovuto affrontare le verità che Helena le aveva prospettato. Questo era chiaro. Ma per ora doveva concentrarsi sul caso che aveva portato Lucas da lei. Forse una volta risolto quello, il futuro che avrebbero potuto condividere sarebbe stato più chiaro.

Almeno lo sperava. Perché il suo cuore era già profondamente coinvolto, e non aveva intenzione di perderlo completamente se Lucas avesse scelto di andarsene.

CAPITOLO VENTUNO

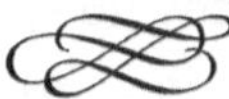

«Sei preoccupato» disse Stalwood indicando a Lucas di entrare in uno dei salottini di James e chiudendo saldamente la porta dietro di loro. «Te lo leggo in faccia. È successo qualcosa?»

Lucas si agitò. Pensava a questo momento da giorni e lo temeva con ogni fibra del suo essere. Quello che stava per dire era impensabile, e voleva dire tradire i segreti che Diana aveva condiviso.

Eppure non c'era modo di evitarlo. Stalwood doveva sapere che cosa ne pensava. Poteva salvare cento uomini. Mille.

«Nutro dei timori, è vero» confermò lentamente mentre si dirigeva verso la credenza e versava a ciascuno un bicchiere del miglior scotch di James. «Dio, non è la parola giusta per definirli. È peggio.»

Stalwood prese il bicchiere che gli veniva porto, ma non bevve, continuando a fissare Lucas con apprensione in viso. «Si tratta di Diana, vero?»

«Diana?» ripeté lui sorpreso.

Stalwood annuì. «Mi hai già detto cose che mi preoccupano. È una bella donna, oltre che intelligente e gentile. Tu hai un carisma innegabile. Forse sono stato uno sciocco a mettervi nello stesso ambiente senza pensare che la natura avrebbe fatto il suo corso.»

Lucas sbatté le palpebre. Stalwood stava accennando a cose

sconvenienti, girando intorno al tema della loro relazione perché era ovvia. Troppo ovvia per chiunque lo conoscesse, che conoscesse lei. Eppure non ne aveva paura. Non la rimpiangeva, anche se avrebbe dovuto. E non era l'argomento di cui voleva parlare al momento.

«No, non è Diana che mi preoccupa» disse, poi scosse la testa. «Non è del tutto vero. Lascia che mi spieghi.»

Stalwood si mise a sedere e lo guardò male. «Fai pure.»

Lucas sprofondò nella poltrona di fronte al suo superiore e disse: «Ho esaminato ogni foglio, confrontato ogni nota e preso in considerazione tutte le cose che so, tutte le cose che ho imparato da Diana, e sono giunto a una sola conclusione.»

«E cioè?»

«George Oakford potrebbe essere stato coinvolto in atti di alto tradimento» disse Lucas, anche se la voce gli usciva lenta e sembrava lontana mentre si sforzava di dire quelle orribili, tremende parole. Risuonarono nell'aria intorno a lui, e Stalwood saltò in piedi.

«George Oakford» ripeté, e il suo viso segnato dalle rughe si contorse in preda allo stesso orrore che bruciava nel petto di Lucas. «No. Non può essere. Che prove hai?»

«Era lì quel giorno» cominciò Lucas. «Inaspettatamente, non invitato. Diede una breve spiegazione in quel momento e io tenevo così tanto a quell'uomo che temo di non aver scavato abbastanza a fondo. Ma come faceva a conoscere la mia posizione? Era un segreto custodito gelosamente, considerando la natura della mia indagine. Suppongo che sia possibile che avesse sentito i miei piani da qualcun altro. O forse...»

Stalwood scosse la testa. «Questo non basta a convincermi.»

«Non basta a convincere nemmeno me» lo rassicurò Lucas. «Quindi c'è il resto. Diana mi ha detto che Oakford portò un'altra spia in casa loro due anni fa. Che credeva che quest'uomo stesse lavorando con suo padre a un caso. Ma tu mi hai detto che a

Oakford non venivano dati casi. So che questa informazione ti ha turbato.»

Stalwood camminò avanti e indietro per un momento e poi annuì lentamente. «Sì. Ammetto che il fatto che Oakford lavorasse alle mie spalle mi ha insospettito. Eravamo vecchi amici e io ero il suo superiore. Se ci fosse stata una spiegazione innocente, allora avrebbe potuto parlare con me e credo che lo avrebbe fatto.»

«Sono d'accordo» disse Lucas con voce soffocata. Le parole gli venivano più difficili ora. «Diana ha anche menzionato un nodo speciale che suo padre usava per chiudere le bende sulle ferite. Qualcosa di complicato e non facile da imparare. Eppure era quello il nodo della benda che mi avvolgeva la gamba quando mi svegliai dopo essere rimasto ferito.»

Stalwood corrugò la fronte. «Ma tu pensasti che Oakford fosse morto quando lo vedesti steso a terra. Non può averti legato la ferita.»

«Direi di no. Ma forse fu il suo complice, l'uomo che mi sparò, a farlo. Anche se non capisco perché abbia cercato di salvarmi dopo avermi sparato due volte e avermi fatto cadere da un'altezza di quattro metri. A meno che...»

«Che cosa?»

A quel punto Lucas si alzò in piedi. Quello che stava per dire era terribile. «E se... Oakford stesse fingendo?» suggerì. «Non era affatto ferito, ma voleva farmi credere di esserlo nel caso in cui fossi sopravvissuto. E se fosse venuto in mio aiuto? Eravamo... pensavo fossimo molto amici. Diana ha detto che mi considerava come un figlio. Anche se fosse stato un traditore, non necessariamente avrebbe voluto davvero che morissi. Potrebbe anche aver pensato che essendo io rimasto ferito, il caso sarebbe stato chiuso.»

«Ma Oakford è morto. Avevamo un corpo.»

«Mutilato, cosa che non mi hai detto» sbottò Lucas.

Stalwood buttò fuori il fiato facendo un lungo sospiro. «Mi dispiace che tu l'abbia saputo. Non volevo che ti portassi dietro ancora più sensi di colpa. Il suo corpo era danneggiato, sì, ma lo abbiamo identificato dai suoi vestiti e dagli effetti personali. Lo abbiamo sepolto.»

«Ho ragione di credere che Oakford possa essere arrivato a disprezzare il suo complice.» Si schiarì la gola. «Una ragione personale. Se quell'uomo mi ha attaccato, ha cercato di uccidermi, e George è intervenuto, potrebbero aver litigato...»

«Tu pensi che sia stato allora che ha *davvero* sparato a Oakford, insieme a tutti gli altri domestici, nella colluttazione» terminò Stalwood. «Ma perché avrebbe dovuto odiare il suo complice?»

«Diana» disse Lucas con un filo di voce.

Stalwood sbatté le palpebre alcune volte con un'espressione carica di sgomento. «Diana» ripeté lentamente e con un tono denso di comprensione.

Lucas trasalì, perché odiava rivelare anche solo un frammento dei segreti che lei gli aveva sussurrato in confidenza. Ma questo era un traditore. Un assassino. Un uomo che si era messo contro la sua nazione e aveva causato la morte del padre di Diana. Questo giustificava quello che stava facendo... in qualche modo.

«Non voglio entrare nei dettagli» disse, sperando che Stalwood rispettasse la sua presa di posizione. «Dirò solo che Oakford credeva che il suo complice avesse... fatto del male a Diana. Una cosa che lo avrebbe distrutto e mandato su tutte le furie. C'erano dentro fino al collo entrambi, ma se Oakford lo odiava...»

Stalwood annuì per mostrare che aveva capito dove voleva arrivare Lucas. La sua espressione era molto seria. «Molto bene, ammettiamo che sia vero. Questo ci lascia ancora con un uomo non meglio identificato tra le nostre fila.»

«No invece» ribatté lui. «Diana mi ha detto come si chiamava. E il nome corrisponde a molte delle nostre prove. Boyd Caldwell.»

Stalwood barcollò leggermente quando Lucas fece quel nome. «Hai detto che gli uomini che sorvegliavano la tenuta quel giorno dissero parte del nome del loro datore di lavoro. Cal...»

«Indagasti su Caldwell come su tutti gli altri, lo so. Lo avevi eliminato?» chiese Lucas.

Stalwood scosse lentamente la testa. «Era uno degli uomini che non potevamo escludere perché sprovvisto di un alibi per il momento della tua aggressione. Ma non riuscimmo nemmeno a trovare nulla di particolarmente sospetto su di lui. Ma se è collegato a Oakford... e Oakford era lì il giorno in cui ti hanno sparato...»

«È una buona pista, per quanto non mi piaccia affatto» concluse Lucas, e si passò una mano sul viso. «Non so dirti quanto lo detesto. Pensare che George Oakford possa essere un traditore, in combutta con un assassino... mi fa rivoltare lo stomaco.»

Stalwood era pallido come un cencio. «Vorrei scartare questa informazione con tutte le mie forze. La cancellerei dalla mente, se potessi. Ma so che hai ragione. Le prove portano a certe conclusioni. E finché non dimostriamo se sono giuste o sbagliate, non possiamo scartarle. Anche se mi spezza il cuore.»

«Anche a me» gracchiò Lucas. «Peggio ancora, spezzerebbe...»

«Il cuore di Diana» disse Stalwood con tono addolorato. «Lei sa dei tuoi sospetti?»

Lucas trasalì. «No. Quello che mi ha confidato non me lo ha detto nell'ambito delle indagini. Non le ho rivelato quello che ho pensato quando ha detto quel nome... Caldwell. E non lo farò. Non glielo dirò.»

«È meglio così» concordò Stalwood. «Finché non ne saremo certi, tieni aperta la comunicazione. Potremmo aver bisogno di altri dettagli che lei sarebbe riluttante a condividere se pensasse che distruggerebbero la memoria di suo padre.»

Lucas corrugò la fronte. Non era *questo* il motivo per cui stava tenendo i suoi pensieri segreti a Diana. Dopo tutto quello che aveva perso, non aveva intenzione di rubarle l'amore per suo padre, la sua convinzione e la sua fede nella sua bontà. Non finché non avessero saputo tutto. Forse nemmeno allora.

Se poteva proteggerla, lo avrebbe fatto.

«Willowby?» lo richiamò secco Stalwood.

Lui sobbalzò. «Certo. Certo che non glielo dirò.»

«Bene.» Stalwood si lisciò il panciotto. «Maledizione, detesto questa situazione. Tornerò in ufficio e farò un po' di lavoro per conto mio. Ti contatterò appena possibile per portare avanti l'indagine.»

I due uomini si guardarono negli occhi, poi Lucas indicò la porta per invitare il suo superiore a uscire per primo. Lo seguì, con le mani che gli tremavano mentre cercava di recuperare la calma prima di tornare nella sala da ballo dove avrebbe dovuto affrontare il resto del mondo, i suoi amici e Diana.

Diana si nascose nell'oscurità di un'alcova del corridoio da dove osservò Stalwood e Lucas dirigersi verso la sala da ballo. Si appoggiò di peso al muro, perché le gambe non la reggevano.

Non aveva avuto intenzione di origliare la conversazione dei due uomini. Aveva avuto in mente solo di unirsi alla loro discussione e di aggiungere le informazioni a sua disposizione a quelle di Lucas. Perché era stata tanto sciocca da credersi sua partner in questa indagine. Da credergli quando lui diceva che era sua partner. Da credere in lui.

Ma quando aveva cominciato ad aprire la porta, aveva sentito il suo nome. Il nome di suo padre e la parola traditore. Ne era rimasta tanto scioccata che era rimasta lì, ammutolita e stupefatta, mentre i due uomini parlavano delle prove che Lucas vedeva contro suo padre. Di come aveva ottenuto quelle informazioni da lei.

Aveva ascoltato come lui aveva girato intorno ai suoi segreti in modo che Stalwood non potesse fraintenderli. Le si riempirono gli occhi di lacrime. Strinse la mano a pugno contro il muro mentre si sforzava di non lasciarle cadere.

Si era fidata di lui. Con il suo corpo. Con il suo passato. Con il suo cuore. E lui l'aveva usata per infangare il nome di suo padre. Le scoppiava il cuore e voleva urlare.

Voleva scappare da tutto questo e da lui e non tornare mai più. Eppure non era possibile.

«Diana, sei tu?» Si voltò e scoprì che Emma era arrivata nel corridoio mentre lei era persa nei suoi pensieri. La bella duchessa la raggiunse e la sua espressione si addolcì. «Oh, cara, cosa c'è?» Emma le prese le mani e la attirò a sé. La sua gentilezza era mossa da buone intenzioni, eppure Diana voleva solo scappare.

Si costrinse a rimanere calma e disse: «Ero un po' accaldata e mi sono persa mentre andavo nel privé.»

Emma la cinse con un braccio e la guidò lungo il corridoio. «Sai, vivo in questa casa da oltre un anno e mezzo e ancora mi perdo di tanto in tanto. Lascia che ti ci porti, perché anch'io avrei bisogno di riposarmi un momento.»

Diana annuì e si lasciò accompagnare nella stanza dove le signore riprendevano fiato e si ricomponevano. Solo che lei sapeva che non si sarebbe ricomposta. Non quella sera. Forse mai.

Lucas si sforzò di sorridere quando Diana ed Emma rientrarono insieme nella sala da ballo. Ancora una volta, vederla con le mogli dei suoi amici lo faceva sentire in qualche modo a suo agio. Non voleva pensarci troppo. Così come non voleva pensare a Stalwood, che era già partito per mettersi al lavoro sulle sue teorie.

Avrebbe dovuto affrontare quel problema quando sarebbe arrivato il momento. Avrebbe dovuto decidere cosa fare e cosa dire a Diana se le sue brutte congetture si fossero rivelate corrette. Ma per ora, intendeva godersi il tempo che avevano a disposizione per stare insieme.

Lasciò il tavolo del rinfresco e si avviò verso Emma e Diana, che alzò lo sguardo e lo osservò mentre si avvicinava. Ad ogni passo gli si stringeva di più lo stomaco, perché c'era qualcosa di... diverso nel suo sguardo. Era vuoto. Sofferente.

Quando le raggiunse si inchinò leggermente. «Signore» salutò con tono disinvolto. «Dove eravate scappate?»

«Nel privé» disse Emma con un'occhiata preoccupata a Diana. «Eravamo entrambe un po' sopraffatte dal caldo nella sala da ballo.»

Diana le lanciò un breve sguardo riconoscente, e Lucas trattenne un'imprecazione. Ovviamente le era successo qualcosa mentre lui era stato distratto dal suo lavoro. Forse qualcuno era stato poco gentile con lei o le era stato ricordato qualcosa di doloroso. In ogni caso, voleva aiutarla.

«Forse potreste concedermi questo ballo, signorina Oakford» disse, tendendole una mano. «Un po' di movimento potrebbe in parte alleviare il vostro disagio.»

Lei lo fissò per un istante. Un altro. La sua espressione rimase fredda e composta. «Certamente, Vostra Grazia. Non vedo come potrei rifiutare una tale offerta» disse alla fine.

Lui aggrottò le sopracciglia davanti a quelle parole accuratamente selezionate, ma sorrise a Emma e condusse Diana al centro della pista. La musica iniziò e cominciarono a ballare. Lui forse era un po' più lento di quelli intorno a loro. Dopo tutto, il braccio e la gamba gli facevano ancora male, specialmente dopo averli fatti riposare così poco. Ma era contento che gli fosse rimasto almeno un briciolo di grazia.

«Cosa c'è che non va?» chiese infine, quando ebbero sincronizzato i movimenti.

Diana distolse lo sguardo e serrò le labbra. «Assolutamente niente.»

Lui scosse la testa. «Credo di conoscerti bene, Diana. Vedo che è successo qualcosa. Qualcuno ti ha detto qualcosa che ha ferito i tuoi sentimenti? O è qualcos'altro? Capisco che potrebbe esserti venuto in mente tuo padre o tua... tua figlia...»

Lei non rispose, anche se i suoi occhi verdi, ora scuri di emozione, lo guardarono di sfuggita. Ma era come se lo vedesse per la prima volta. Come se non lo conoscesse, nonostante tutto quello che avevano condiviso.

Quell'espressione distaccata lo colpì allo stomaco come una lama di coltello e gli fece venire voglia di stringerla a sé e sistemare qualsiasi cosa avesse cambiato la sua espressione.

«Voglio andare a casa» disse lei con un filo di voce.

Lucas strinse le labbra. Non era una risposta alla sua domanda. Né spiegava perché Diana sembrava ritenerlo responsabile. Ma era una richiesta che poteva accontentare. «Ammetto che nemmeno io sono particolarmente a mio agio, e il mio fisico mi sta punendo per tutta questa attività. Potremmo partire prima. Sono certo che ad Abernathe non dispiacerà, visto che ho portato a termine la missione che ero venuto a compiere.»

Diana inarcò il sopracciglio e disse: «Ne sono certa.»

Fecero ancora un paio di giravolte, ma a ogni istante in Lucas cresceva la preoccupazione. Alla fine la canzone finì e lui eseguì un inchino. Lei fece una riverenza mostrando il minimo di cortesia dovuto e poi girò sui tacchi come se volesse abbandonarlo da solo sulla pista da ballo.

«Diana» riuscì a sussurrare tra i denti mentre le afferrava il braccio e la conduceva fuori dalla pista. «Cosa c'è che non va?»

«Niente» disse lei, forse un po' troppo forte, perché alcuni invitati si voltarono a guardarli. Lei arrossì appena se ne rese conto, e liberò il braccio con uno strattone. «Solo un po' di mal di testa, Vostra Grazia. Niente di cui vi dobbiate preoccupare o che vi riguardi.»

Lucas scosse lentamente la testa. Aveva ragione, naturalmente. Se non voleva condividere con lui i suoi problemi, non gli erano dovute spiegazioni. Non faceva parte della sua famiglia, non era suo marito. Eppure, dopo che lo ebbe detto, si rese conto di quanto fosse falso. Il benessere di Diana lo riguardava. Le sue felicità e i suoi dolori, le sue risate e le sue lacrime, nelle settimane che avevano passato insieme, erano diventati tutti importantissimi per lui.

In quel momento che lei lo guardava appena e si era allontanata da lui anima e corpo, lui si rese conto del motivo. Fu un'epifania improvvisa, potente e profonda. La amava. Amava Diana Oakford con una forza che lo fece quasi barcollare e fece svanire tutto il resto.

«Va tutto bene qui?» chiese Simon mentre lui e Meg si avvicinavano.

Diana arrossì per l'imbarazzo. «Sì. Sono solo... stanca.»

«Ho finito il mio lavoro» disse Lucas, riuscendo in qualche modo a trovare le parole mentre la sua mente era ancora stravolta dalla presa di coscienza dei suoi sentimenti. «Accompagno Diana a casa.»

Lei sussultò, come se non fosse quello che voleva, ma non si oppose.

Simon aggrottò la fronte. «Vado a farvi preparare la carrozza, così potrete salutare gli altri» disse piano, lanciando a Meg uno sguardo significativo.

Meg ricambiò lo sguardo, ma la sua espressione era luminosa e gentile quando prese Diana a braccetto e disse: «So che tutti saranno molto tristi quando ti vedranno partire. Ma mi aspetto che tu ti unisca a noi per il tè tra qualche giorno.»

Diana si schiarì la gola e disse: «Certo. Sarà l'occasione per restituirti l'abito.»

Meg storse le labbra, ma guidò Diana verso il gruppo di amici che se ne stavano ai margini della pista da ballo. Lucas riuscì a dare la buonanotte ignorando le domande negli occhi dei suoi amici. Non aveva risposte, quindi era impossibile affrontare ciò che non capiva.

Era più concentrato su Diana, che era tranquilla e rigida mentre salutava e abbracciava a turno ogni duchessa. Meg fu l'ultima, e Lucas la sentì sussurrare: «Posso fare qualcosa?»

Diana la guardò impassibile. «No. Sei stata adorabile. Grazie di tutto.» Poi si voltò e trafisse Lucas con una lunga occhiata. «Vostra Grazia.»

Lui trasalì. Diana era passata più volte dal chiamarlo per nome al rivolgersi a lui in modo più formale. In effetti, era l'unica persona di sua conoscenza che poteva chiamarlo "Vostra Grazia" senza fargli rivoltare lo stomaco.

Ma quando lo disse in quel momento, non era una battuta scherzosa o un riconoscimento formale. Era un modo per prendere le distanze. Finché non fosse riuscito a parlare con lei, finché non fosse rimasto solo con lei e avesse capito davvero cos'era successo per cambiare i suoi sentimenti verso di lui, non sarebbe stato in grado di superare quella distanza.

La prese per il braccio e la condusse fuori dalla sala da ballo per raggiungere l'atrio. Simon era sulla porta, e Lucas vide che la sua carrozza li stava già aspettando fuori.

«Buona notte» disse Diana all'amico, poi si staccò dal tocco di Lucas e si diresse verso la carrozza per farsi aiutare dal suo valletto.

Simon lo fissò. «Cos'è successo?»

«Non ne ho idea» disse Lucas sottovoce. «Ma ho intenzione di scoprirlo.»

Fece per raggiungerla, ma Simon gli prese il braccio e lo tenne fermo. Lucas guardò il suo amico negli occhi. Normalmente Simon era spiritoso, allegro, gentile, ma ora aveva un'espressione intensa e concentrata.

«Ho quasi perso Meg» disse piano, «perché non ero disposto a manifestare i miei sentimenti. Ho temuto così tanto le conseguenze che ne ho quasi create di ben più terribili. Cerco di farmi perdonare ogni giorno, ma non potrò mai cancellare veramente quei mesi e quegli anni in cui non sono stato coraggioso. Non fare lo stesso errore. Se ami questa donna, non perdere la possibilità di essere felice per paura delle conseguenze.»

Lucas deglutì a fatica. Non era stato presente al corteggiamento difficile e disperato di Simon e Meg. Un corteggiamento che aveva portato alla rottura del precedente fidanzamento di lei con Graham e che aveva temporaneamente distrutto l'amicizia tra gli uomini del loro gruppo. Ne aveva sentito parlare, naturalmente, nelle lettere di alcuni degli altri. Ora vedeva la verità nello sguardo di Simon. Il suo dolore. E la disperazione che Simon provava nel metterlo in guardia dal non commettere gli stessi sbagli.

«È complicato» mormorò Lucas.

Simon scosse la testa. «Se non pensi che lo sia sempre, allora dovresti parlare con i tuoi amici che si sono sposati di recente. Ne vale la pena. Non sei un codardo, quindi combatti.»

Simon lo lasciò andare e si allontanò. Lucas annuì lentamente. «Ci penserò su.»

«Fallo, mi raccomando. Verrò a trovarti tra qualche giorno. Fammi sapere se ti serve qualcosa nel frattempo.»

Lucas si voltò e si avviò alla sua carrozza, dove poteva vedere Diana già seduta che lo aspettava, anche se non pensava lo attendesse con gioia. Le parole di Simon gli risuonavano nelle orecchie. Il suo invito a combattere per lei. Per un futuro che non aveva osato immaginare per oltre un decennio.

Non aveva idea se ci fosse qualcosa per cui lottare, a giudicare dal mutato comportamento di Diana. Ma se c'era, doveva decidere se poteva combattere per preservarlo. Se poteva combattere per lei.

CAPITOLO VENTIDUE

Diana si aspettava che Lucas salisse sulla sua carrozza e cominciasse subito a sottoporla a un vero e proprio interrogatorio. Si era preparata, perché le sembrava impossibile nascondergli i propri sentimenti. Erano troppo potenti. Le ribollivano dentro come una pozione magica nel calderone delle streghe e la bruciavano dall'interno.

Eppure lui non le aveva chiesto niente per tutto il viaggio dalla casa londinese degli Abernathe alla sua. No, si era limitato ad osservarla. Silenzioso ma concentrato, il suo sguardo scuro aveva seguito ogni suo movimento, pianificando come agire al momento giusto.

Era stata così sciocca da innamorarsi di una spia. Sapeva che il calcolo e la manipolazione che ne sarebbero seguiti facevano parte della natura di quell'uomo. Lo aveva saputo fin dall'inizio, eppure aveva creduto in lui. Si era cullata nella beata fiducia che potesse essere diverso. Quella serata le aveva sbattuto in faccia la verità.

Tutto tra loro era stato parte di un suo obiettivo più recondito. Lei era un pezzo della sua complicata scacchiera. Forse era tutto ciò che era sempre stata.

Eppure lei lo amava ancora.

La carrozza rallentò quando entrò nel viale d'ingresso della villa di Lucas e si fermò. Lui non disse ancora nulla mentre il suo valletto la aiutava a scendere. Non cercò nemmeno di prenderle il braccio mentre salivano la scalinata ed entravano nell'atrio, dove Jones prese i loro spolverini.

«Vado di sopra» disse lei, rifiutandosi di incrociare il suo sguardo, e il dolore che ne sarebbe seguito. Ora ne era cosciente.

Lui annuì. «Vengo con te.»

«Perché?» gli chiese prima di potersi fermare. Se ne pentì subito, perché lui si protese in avanti e le passò la punta delle dita sullo zigomo. Quel tocco gentile le fece battere il cuore, il suo corpo reagì, e la sua rabbia si dissipò per un breve momento.

«Pensi davvero che ti lascerò fingere che le cose non siano cambiate?» chiese lui. «Non abbiamo finito, Diana. Voglio parlare con te.»

Lei buttò fuori il fiato di scatto e si voltò verso le scale. Sentì che lui la guardava mentre la seguiva. Ma cosa poteva fare? Era troppo vicina a lasciare trasparire le sue emozioni e a perdere il controllo. Questo non era un uomo con cui perdere il controllo.

Lucas aveva sempre il controllo.

Aprì la porta e si voltò verso di lui. «Non possiamo lasciar perdere?» chiese. Le tremò la voce.

«Combatti» disse lui sottovoce.

Lei inclinò la testa, perché la parola che aveva sussurrato non era una risposta. «Come hai detto?»

«Niente» disse lui. «Non posso lasciar perdere.»

Lei strinse la mascella per la frustrazione ed entrò nella sua camera. Si sedette alla sua toletta e cominciò a togliersi le forcine dai capelli. Era stata così felice dell'acconciatura che le avevano fatto: si era sentita una principessa quando si era guardata nello specchio di Meg qualche ora prima. Ora la riconosceva per quello che era. Una maschera. Un travestimento.

Costruito e falso come ogni momento tra lei e Lucas, ora avvelenato dalla sua conversazione con Stalwood.

Lui chiuse la porta e vi si appoggiò, ma non fece niente per andare al suo fianco o toccarla. Almeno le concedeva un po' di spazio. «Dimmi.»

«Sono il vostro soldato semplice ora, Vostra Grazia?» chiese lei, lanciando una forcina sul tavolo e guardandola rimbalzare sul ripiano per poi schiantarsi sul pavimento sottostante.

Lui trasalì. «Cosa?»

Diana si voltò sulla sedia e lo guardò. «Era un ordine, no? Di fare rapporto?»

«Diana» disse lui, allontanandosi dalla porta. Il suo viso era contorto dal dolore, dalla confusione, dalla disperazione. Sembrava tutto così reale. Come se la sua rabbia e la sua sofferenza lo commuovessero davvero. Dovette sforzarsi di ricordare che quello che aveva udito prima dimostrava che la sua impressione era sbagliata.

«Pensavo che mi avresti detto quando avresti incontrato Stalwood» sbottò.

Lucas spalancò gli occhi. «È questo il motivo di questo scatto d'ira? Che non ti ho detto che io e Stalwood ci saremmo incontrati? Diana, mi sei stata di grande aiuto, te ne sono grato più di quanto tu possa mai capire, ma voglio essere chiaro: questo è il mio caso. Decido *io* cosa devo condividere con te e cosa no.»

Lei lo fulminò con lo sguardo. «Sì, questo è palese. Così come il fatto che io sono un'*idiota* ad aver pensato che abbiamo condiviso qualcosa di più di qualche notte in un letto.»

Lui sbatté le palpebre. «Non puoi essere così arrabbiata per un incontro, Diana. Pensare che nient'altro abbia importanza perché sono andato a parlare in un salotto senza di te è una follia.»

«George Oakford è il traditore» disse lei con un filo di voce. «È quello che hai detto al conte, vero?»

Lui si bloccò, la sua espressione divenne impassibile perché aveva passato anni a imparare come fare. Come spegnere e accendere le proprie emozioni. Come mentire senza battere ciglio.

«Dimmi in faccia che non è così» continuò lei, alzandosi in piedi e andandogli incontro. «Mentimi, Lucas, come hai fatto per settimane.»

Lui alzò il mento. «Hai origliato.»

Lei incrociò le braccia. «Non rigirare la frittata. Ti ho seguito perché sono stata così stupida da credere di far *parte* della tua indagine. Una partner, avevi detto. Stavo entrando nella stanza e non mi sarei mai nascosta, se non avessi sentito il mio nome. E poi il suo. E tutte quelle orribili parole che hai detto su di lui.»

Lucas chiuse gli occhi per un attimo e buttò fuori tutta l'aria dai polmoni espirando a lungo. Per un brevissimo istante, sembrò esausto. Sopraffatto. Devastato a un punto che lei non si sarebbe mai aspettata.

Poi aprì quegli stessi occhi scuri e non glieli staccò di dosso. «Non avrei voluto che tu sentissi quelle cose» sussurrò.

Diana se ne uscì in una risata amara. «Suppongo di no, Vostra Grazia. Dopo tutto, mi hanno dipinto come una sciocca a credere in te, in noi. Sono certa che non avresti voluto che sapessi che mi hai sedotto per carpire tutti i miei segreti, cose che non avrei mai detto a nessun altro, per poi passarli generosamente a Stalwood. Saranno inclusi anche nel rapporto ufficiale? Condivisi con gli altri agenti?»

Lucas fu su di lei in tre lunghi passi e le prese le braccia, attirandola contro il suo petto. Lei rimase senza fiato per la prossimità, per la passione che gli lampeggiava negli occhi.

«Non è così!» quasi gridò lui. «Ho penato a rivelare a Stalwood anche solo le informazioni scheletriche che gli ho dato.»

«Non sembravi in pena» sussurrò lei mentre si liberava con cautela dalle sue braccia e indietreggiava ancora una volta. «Sembrava che gli stessi servendo la mia vita su un piatto d'argento, come se non fosse altro che un altro pezzo di un puzzle. Come se i miei sentimenti non contassero.»

«Certo che contano» disse lui dolcemente. «Diana, quando ho cominciato a sospettare di tuo padre, non te l'ho detto perché sapevo che ti avrebbe spezzato il cuore.»

«Sapevi che non ci avrei creduto» corresse lei, mentre la rabbia le ribolliva in petto e le faceva stringere i pugni ai fianchi. «E non ci credo.»

«Non devi» si affrettò a ribattere Lucas. «È tuo padre, e se riesci a ritenerlo innocente, a conservare solo i ricordi positivi, non te lo negherei mai.»

Diana lo fissò. «Ma tu continuerai a indagare su di lui.»

Lucas esitò, e lei ebbe la sua risposta ancor prima che lui annuisse lentamente. «Sì.»

Lei si allontanò. «Ho sentito quello che hai detto a Stalwood.» Pensò a ogni elemento di prova che Lucas aveva esposto. E scacciò con violenza l'ombra di dubbio che la sfiorò quando le considerò tutte insieme.

«Mi dispiace» disse lui. «Non avrei voluto che lo scoprissi in quel modo.»

«No.» commentò Diana continuando a non guardarlo. «Non avresti voluto che lo scoprissi affatto. Quando ti ho sentito accusare mio padre, è stato scioccante. Quando ti ho sentito rivelare a qualcun altro i momenti più dolorosi del mio passato, nonostante ti fossero stati raccontati in confidenza, è stato agghiacciante. Ma quando hai detto a Stalwood che mi avresti mentito, tenendomi all'oscuro per poter continuare ad usarmi... *quello* è stato devastante.»

Alla fine si girò e se lo ritrovò davanti, con la testa china e le spalle curve. «Farebbe qualche differenza se ti dicessi che ho parlato in quel modo perché Stalwood non sospettasse dei miei sentimenti più profondi?» chiese Lucas. «Che avevo intenzione di tenerti nascosta la verità, per ora, perché non volevo farti soffrire come soffri ora?»

Diana strinse i denti. Quanto avrebbe voluto crederci e pensare che avesse detto quelle bugie per proteggerla. Ma non era possibile. Non le era rimasta più alcuna fiducia. Era stata sminuzzata, un frammento alla volta, da Caldwell e dalla sua vuota seduzione, dalla perdita di sua figlia, dalla morte di suo padre e ora... da tutto questo.

Questo strazio finale che le toglieva il respiro e le faceva venire voglia di scappare. Le faceva sentire il bisogno di scappare. Era l'unico modo per sopravvivere ora.

Gli passò accanto, attenta a non toccarlo, e si diresse al suo armadio. Lo aprì e cominciò a prendere fuori i vestiti.

«Cosa stai facendo?» chiese Lucas.

Lei gli lanciò un'occhiata. «Ora che conosco il vero scopo della tua indagine, non posso più prendervi parte. Mio padre è morto e non voglio aiutarti a infangare il suo nome. Per quanto riguarda le tue ferite, sappiamo entrambi che sei più che capace di guarire da solo. Probabilmente lo sei da giorni. Rimanere è stato... un errore. Ed è un errore che non posso più permettermi di continuare a commettere.»

Lucas aprì e chiuse la bocca e lei aspettò che protestasse. Che le ordinasse di restare. Che rifiutasse di lasciarla andare. Ma alla fine lui si limitò ad annuire lentamente. «Capisco, Diana. Capisco perché non puoi più sopportare di starmi accanto. Non ti fermerò. Sarebbe ingiusto farlo. Ma non puoi aspettare fino a domani per andartene?»

Lei lo fissò. Se avesse aspettato fino a domani, avrebbe potuto aspettare un altro giorno, e un altro ancora. Avrebbe potuto lasciarsi blandire da quell'uomo e da tutte le cose che aveva segretamente sperato. Se aveva imparato qualcosa dalla visione pragmatica che suo padre aveva del dolore e della perdita, era di allontanarsi da entrambi il più rapidamente possibile.

«No, non sarebbe saggio.»

Lucas sembrò barcollare e afferrò lo schienale della sedia più vicina per restare in piedi. Poi annuì. «Molto bene. Ti farò accompagnare a casa da uno dei miei valletti. Ti aiuterà ad accendere i camini e si assicurerà che tu sia al sicuro.»

«Non c'è bisogno che tu...»

Lucas fece un passo avanti. «Ti prego, lasciamelo fare, Diana. Ti prego.»

Lei rimase senza fiato di fronte alla disperazione nel suo tono.

Afflitto e così reale. Sembrava reale. Voleva fidarsi di lui. Non poteva.

«Bene.» Gli voltò le spalle. «Lasciami raccogliere le mie cose per favore.»

«Certo» disse lui piano. «Mi occuperò degli altri preparativi.»

Si accorse che Lucas esitò restando troppo a lungo davanti alla sua porta prima di lasciarla sola. Quando lo fece, Diana crollò in ginocchio, si coprì il viso e pianse. Per quello in cui aveva creduto e sperato. Per quello che aveva perso. E per quello che non aveva mai avuto.

A Lucas tremavano le mani mentre osservava i suoi servitori sistemare le pochissime cose di Diana nella carrozza che l'avrebbe portata a casa. Lontano da lui. Il "valletto" che stava mandando ad aiutarla era in realtà una delle guardie di Stalwood. Gli aveva dato precise istruzioni di restare a sorvegliare la casa, di vegliare su di lei.

Era l'unico modo per darle ciò di cui aveva bisogno. L'unico modo per lasciarla andare perché non poteva più sopportare di guardarlo. Non era colpa di nessuno se non sua, eppure si sentiva come se tutto il suo essere fosse sotto attacco.

Quando si voltò, la trovò in piedi dietro di lui. Si era tolta il suo bel vestito e si era rimessa i suoi abiti più semplici, eppure gli sembrava più bella che mai.

«È tutto?» chiese lei, con un filo di voce.

Lucas pensò che lo stesse chiedendo a lui, ma fu Jones a rispondere entrando nell'atrio da dietro le sue spalle. «Sì, signorina Oakford» disse freddamente. «È tutto. Posso fare qualcos'altro per voi?»

«Lasciateci» sussurrò Lucas, perché non osava usare un tono duro o avrebbe urlato.

Il maggiordomo si acigliò e fece come gli era stato detto. Lentamente, Lucas chiuse la porta e si girò verso Diana. Questo era il loro ultimo momento da soli. Forse il loro ultimo momento in assoluto, e lui non riusciva a pensare a niente da poter dire. Non quando lei lo fissava come se non lo conoscesse affatto.

«Non ho mai voluto farti del male» disse, e le parole gli suonarono false. Come se fossero una scusa, quando non ne aveva nessuna.

Lei annuì lentamente e fece un piccolo sospiro. «Suppongo di no. Tu sei quello che sei, Lucas. E il tuo dovere è importante per te. Lo so.»

Voleva dirle che l'amava. Voleva gridarlo a squarciagola finché lei non gli avesse creduto. Eppure si rese conto di quanto sarebbe stato egoistico. Era un modo per manipolarla. Per cercare di cancellare il danno che aveva fatto con le sue bugie.

E lei meritava di meglio.

Diana si fece avanti, e lui si irrigidì quando lei lo raggiunse. Ma non lo schiaffeggiò, anche se forse se lo meritava. Non chiese di essere liberata, di tornare a una vita di cui non poteva far parte.

Allungò la mano e gliela mise sulla guancia. Lo fissò in viso, e per un istante tutto il male che le aveva fatto sembrò scomparire. Era di nuovo Diana. La sua salvatrice, la sua luce, la sua vita.

«Lucas, non… non lasciare che tutto questo ti allontani dal tuo futuro» sussurrò lei.

Lui corrugò la fronte. «Sei ancora decisa a salvarmi?»

«Suppongo di essere una sciocca, ma sì.» Gli tracciò delicatamente la guancia con i polpastrelli. «Sei fuggito dalla tua vita per molto tempo, a causa di errori che non erano tuoi. Ma sei stato riportato qui, dai tuoi amici, nella tua casa e con un futuro che un tempo ti sei lasciato rubare. Vorrei sperare che forse tutto questo ti impedirà di fuggire di nuovo.»

Lucas buttò fuori il fiato. «Se vuoi che provi a fare questa vita, allora non posso rifiutarti questa richiesta, Diana. Te lo devo. Ti devo molto di più.»

Lei allora si alzò sulla punta dei piedi e avvicinò le labbra alle sue. Avrebbe voluto attirarla vicino con ogni fibra che aveva in corpo, reclamarla con il bacio che gli concedeva, costringerla a sentire ciò che le aveva rubato dal cuore. Ma non lo fece. In qualche modo lasciò che lei accostasse le labbra alle sue, leggere come piume, come le ali di una farfalla. E poi si staccò.

«Addio» gli disse, passandogli accanto per andare alla porta.

«Addio» sussurrò lui a sua volta, quell'unica parola come una spada che gli trafiggeva il cuore. La guardò lasciare la sua casa. La guardò lasciare la sua vita.

E sapeva che niente sarebbe stato più come prima.

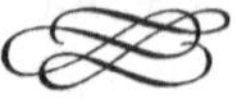

CAPITOLO VENTITRE

Erano passati due giorni da quando Diana era partita. Be', trentasette ore e ventitré minuti. Probabilmente avrebbe potuto essere preciso al secondo, ma sembrava un esercizio futile. Lei non c'era più e lui soffriva anima e corpo.

Ora era in corridoio a fissare la porta del suo salotto, e faticava a trovare la forza di aprirla. Non per colpa delle sue ferite. Il tempo trascorso con Diana le aveva alleviate così tanto che era tornato abile in tutto. No, esitava perché affrontare quello che vi avrebbe trovato dentro senza di lei gli sembrava... impossibile.

Aprì la porta lentamente e fece un lungo respiro quando sua madre si voltò verso di lui dando le spalle al ritratto di suo padre appeso sopra il camino. Il suo sguardo scuro catturò quello di Lucas e poi si allontanò mentre le sue labbra si increspavano.

«Mi hai convocato» disse incrociando le braccia. «E io sono venuta. Cosa vuoi?»

Lui trasalì davanti alla sua freddezza, ma entrò comunque nella stanza. Diana gli aveva fatto promettere di non scappare dalla sua vita. Per farlo, doveva affrontare il passato.

«Buon pomeriggio, madre. Posso offrirvi del tè?»

Lei scosse la testa. «No.»

Lucas sospirò. «Non possiamo essere civili?»

Le narici della duchessa si allargarono e poi scrollò le spalle prima di sistemarsi su una poltrona davanti al camino. «Suppongo che potremmo provare. Anche se vedo pochi benefici nel farlo.»

«Abbiamo fatto ben pochi tentativi in passato, vero?» Lucas prese posto di fronte a lei. «C'è così tanto tra noi.»

Lei trasalì leggermente, visibilmente sorpresa. «Non puoi avermi fatto venire per parlare di *quello*.»

Lui si chinò in avanti, appoggiando i gomiti sulle ginocchia. «Sì invece.»

La duchessa sussultò e afferrò i braccioli della poltrona fino a fare diventare le nocche bianche. «Non intendo affrontare quel discorso.»

«Capisco perché» disse lui lentamente. «È un argomento difficile per voi. Ma dovete sapere che è difficile anche per me. Lo abbiamo evitato per anni. Ci siamo evitati a vicenda. Al punto che non vi ho nemmeno fatto chiamare quando mi hanno sparato, quasi ucciso.»

La duchessa schiuse le labbra. «Sparato?»

«Sì.» e fece un respiro profondo. «Per proteggere il mio paese, il mio re, mi hanno sparato sei mesi fa. Non mi avete chiesto perché zoppicavo quando mi avete visto l'ultima volta, ma è così che mi sono ferito. Sono quasi morto e non vi ho chiamato. Avreste voluto che lo facessi?»

Sua madre rimase in silenzio a lungo, ma la sua espressione era diventata meno aggressiva, meno fredda. «Non lo so» ammise. «Come dici tu, la nostra relazione non è mai stata felice. Forse sarebbe stato ipocrita venire solo perché eri... davvero stavi per morire?»

Lucas annuì lentamente. «Sì. E qualcuno che mi ha aiutato a guarire mi ha fatto notare che stavo scappando dalla mia vita. Sappiamo entrambi perché. Forse è ora che mi fermi.»

Lei si irrigidì. Quando Willowby era morto, aveva voluto che Lucas prendesse il suo posto, che accettasse il ruolo che non si era guadagnato. Avevano avuto una terribile discussione sulla sua decisione di abbandonare quel posto. Anche adesso Lucas vedeva che sua madre era ancora propensa a fargli fare il suo dovere. Per salvare la faccia, forse. Per rimediare a qualcosa. Qualunque fosse la ragione, la fece protendere in avanti per l'interesse.

«Vuoi prendere il posto di tuo padre?» gli chiese.

Lucas trasalì. «Il posto di Willowby, sì. Ma se voglio smettere di fuggire, ho bisogno del tuo aiuto.»

La duchessa deglutì a fatica. «Come?»

«Fu un'avventura?» chiese lui.

Lei distolse il viso, le sue guance si fecero rosa. «Non puoi chiedermi cose così impertinenti.»

Era tornato quel suo tono duro e lui trasalì. Gli ricordava le troppe volte che lo aveva sentito. Le troppe volte che lo aveva ferito come una lama. Perfino adesso, bruciava ancora.

«Ti comporti come se avessi avuto parte nelle tue decisioni» disse. «Ne ho solo sofferto. Sei davvero così fredda da dire che non merito di capire perché hai fatto quello che hai fatto quando ha cambiato tutta la mia vita?»

Lei lo fulminò con lo sguardo e mise le braccia conserte. Lucas fece un bel respiro. Una parte di lui voleva continuare a pressarla, ma era la parte emotiva. Forse era il momento di trattare questa conversazione come un interrogatorio con un sospetto recalcitrante. E il modo migliore per farlo era spesso quello di non fare... niente.

Si appoggiò allo schienale della poltrona, sostenendo impassibile lo sguardo di sua madre e non disse nulla. Il tempo passò e lui la vide sempre più a disagio. La vide cambiare. La vide arrossire.

Alla fine, sbottò tutto d'un colpo. «Fu un atto di guerra!»

«Ecco perché hai scelto il domestico di mio padre» disse lui.

Le spalle della duchessa si afflosciarono e Lucas capì che si era arresa. «Non mi ha mai voluto. Tuo padre, me lo disse chiaramente. Voleva il denaro di mio padre, voleva... la mia correttezza in pubblico. Ma me? Riusciva a malapena a guardarmi. Arrivai ad odiarlo per questo. Come un veleno che si insinuava in ogni angolo della nostra vita insieme.»

Lucas la fissò. Per tutti quegli anni le aveva portato molto rancore per quello che aveva fatto. Per la genitura che gli aveva rubato, per il modo in cui lo aveva allontanato. Eppure ora vedeva il suo dolore. Lo nascondeva bene. Forse aveva ereditato da lei la sua capacità di fare altrettanto. Ma sotto quella glaciale maschera che indossava, quella freddezza da signora del maniero che manteneva un muro tra lei e tutti gli altri, c'era dolore. Rimpianto. Perdita.

«Ho commesso un errore. Una volta.» Scosse la testa. «E poi c'eri tu e non si poteva negare. Soprattutto quando quella carogna di valletto decise di ricattarmi per questo.»

Lucas sussultò. «Davvero?»

«Sì.» La sua voce era carica di disgusto. «Minacciò di distruggere il mio mondo.»

«Dovevate essere terrorizzata.»

«Infatti. Cercai anche di...» Arrossì ancora di più. «Be', cercai di ammorbidire tuo padre. Per far sì che non fosse così ovvio che tu non eri suo. Non funzionò.»

Lucas chiuse gli occhi, addolorato all'idea di sua madre, così sola mentre cercava di sedurre un uomo che non la voleva per coprire il fatto di essere stata sedotta da un altro che l'aveva usata. Il rifiuto del duca aveva siglato il destino di sua madre e il suo.

«Quando sei arrivato, è finito tutto» disse lei, sollevando il mento. «E sì, sono arrivata a provare rancore nei tuoi confronti per questo. A disprezzarti. Per il tuo mento, che era come quello di quell'altro uomo. Per la tua risata che era come la sua.»

«Anche Willowby l'ha fatto. Anche prima che mi venisse detta la verità, sapevo come ci si sentiva» disse Lucas a bassa voce. «Non era vita per un bambino, sentire quell'odio e non capirlo.»

Lei annuì lentamente. «Lo so. Lo sapevo già allora, ma ero incapace di fare altro. In un certo senso, è stato un sollievo quando te lo ha detto. Quando te ne sei andato. Quando è morto.»

«Immagino di sì. Non controllava più la vostra borsa. Il vostro futuro non dipendeva più da lui. E io non vi ricordavo più ciò che avevate desiderato e perso.» Lucas incontrò il suo sguardo. «E ora, guardandomi, con gli anni che ci hanno separato, mi disprezzate ancora?»

Lei esaminò attentamente il suo viso. «Quando hai detto che sei quasi morto, ammetto che ho sentito qualcosa nello stomaco che... si agitava. Un grande desiderio di non perdere ciò che non ho mai voluto o amato.»

Le sue parole erano sincere e facevano comunque male. Ma lui le aveva chiesto di essere onesta ed era stato accontentato. Trovò, in questo momento di calma, che tutto questo era stato reso possibile da Diana, dalla sua insistenza che cercasse di capire sua madre. E di vedere la speranza che quelle parole avrebbero generato.

«Non ero suo figlio» disse Lucas. «Ma voi siete mia madre.»

«Quindi vuoi... cosa? Una specie di legame stretto?» Pronunciò quelle parole come se fossero estranee. Con una leggera sfumatura di disgusto.

«No, non credo sia possibile. Non siamo fatti per questo, dopo tutto quello che c'è stato tra noi.» Sospirò. «Ma questo non significa che dobbiamo essere completamente estranei. Può esserci qualcosa a metà strada, no?»

Si agitò mentre pronunciava quelle parole. Mentre le sentiva in cuore. Non importa cos'altro fosse successo, *c'era* un posto per sua madre nella sua vita. Piccolo, forse. Distante. Ma non distrutto. Non del tutto.

Diana gli aveva dato la forza di vederlo. Di essere in grado di fare lo sforzo di dirlo a sua madre. Era il regalo di Diana. Il suo ultimo regalo, forse, e questo gli rivoltò lo stomaco molto più dell'attesa della risposta di sua madre.

«Non voglio che viviamo da estranei.» Le parole della duchessa furono dette con intenzione. «Ma come procediamo?»

«Con cautela» suggerì lui. «Lentamente e con un po' di comprensione reciproca. Una cosa che credo nessuno dei due abbia mai dato all'altro.»

Lei annuì. «Molto bene. Penso di poterci riuscire.»

Lui allungò il braccio e le prese la mano. Lei lo lasciò fare, e lui si rese conto che era la prima volta che la toccava da anni, forse decenni. Dopo qualche secondo, lei lo lasciò e si alzò in piedi. Lui la seguì. Il disagio tra loro era ancora tangibile, ma sembrava meno orrendo. Meno permanente.

Era un inizio.

Bussarono alla porta del salotto ed entrambi si voltarono quando Jones entrò nella stanza.

«Avete un messaggio urgente, Vostra Grazia» disse il maggiordomo porgendo un foglio di carta ripiegato. «Normalmente non mi sarei intromesso, ma il latore del biglietto ha detto che era molto importante e non poteva aspettare.»

La duchessa sorrise. «Probabilmente è meglio così. Ti lascio ai tuoi affari urgenti. Potresti venire a trovarmi per il tè tra qualche settimana. Cominceremo con quello.»

Lucas annuì e la guardò uscire dalla stanza, con Jones alle calcagna. Girò il biglietto e impallidì. Era il sigillo di Stalwood. Ne aveva uno diverso a seconda del tipo di messaggio. Questo indicava che la spia doveva venire subito per un incontro. Quando Lucas aprì la pagina, non fu sorpreso di trovarla bianca. Il messaggio era il sigillo, niente di più.

Uscì a grandi falcate dal salotto ed entrò nell'atrio, giusto in tempo per vedere Jones che chiudeva la porta e la carrozza di sua madre che si allontanava. Il maggiordomo sembrò sorpreso di vederlo così presto e disse: «Vi serve qualcosa, milord?»

«Il mio cavallo» disse Lucas con circospezione, perché non cavalcava da quando era stato attaccato. «E alla svelta.»

Jones uscì per chiamare i valletti e riferire gli ordini, e Lucas scosse la testa. Questo incontro con Stalwood doveva riguardare Oakford e Caldwell. E poteva solo sperare che lo aiutasse a schiarirsi le idee per lavorare a quel caso.

Perché in questo momento la distrazione gli serviva.

· · ·

Diana era al tavolo della sua cucina a tritare erbe essiccate prima di inserirle in fiale contrassegnate per future medicine e tinture. Normalmente il lavoro era piacevole, perché la aiutava a liberare la mente.

Quel giorno... be', quel giorno era diverso. In verità, temeva che ogni giorno sarebbe stato diverso per il resto della sua vita, a causa di Lucas. Erano passati quasi due giorni da quando era scappata dalla sua casa, dalla sua vita ed era tornata alla sua. Solo che il cottage di Londra ora era infestato da pensieri e ricordi di lui. Lì l'aveva toccata, là si erano baciati, lì l'aveva abbracciata, confortata.

Rabbrividì e alcune delle erbe essiccate si sparsero sul tavolo. Imprecò e le spazzò via dal tavolo facendole cadere dal bordo nel palmo della mano per cercare di riempire di nuovo la fiala.

Aveva tutte le intenzioni di tornare in campagna, ma non aveva ancora preso accordi. «Non che migliorerà gran che, temo» disse, trasalendo al suono della sua stessa voce. La casa sembrava così silenziosa ora senza Lucas.

«Parli ancora da sola, vero?»

Si girò sentendo la voce venire dalla soglia. Era una voce che aveva riconosciuto, così come il gentiluomo cui apparteneva. Quello che stava lì, a fissarla.

Boyd Caldwell.

D'istinto, si allontanò da lui di qualche passo fino ad appiattirsi contro il muro opposto. Non vedeva quell'uomo da quasi due anni. Non da quando l'aveva sedotta e abbandonata. Aveva lo stesso aspetto. Alto, con le spalle larghe, capelli scuri e occhi verdi. Era più vecchio di Lucas. Più vecchio e molto meno attraente.

Pensò per un momento alle accuse che erano state mosse sul fatto che fosse lui il traditore. Era stata così concentrata su suo padre che non aveva considerato l'altro uomo.

Ora non riusciva a smettere di pensarci.

«Sembra che tu abbia visto un fantasma» disse Boyd, entrando in cucina e chiudendosi la porta alle spalle, anche se non era stato invitato a fare nessuna delle due cose.

Lei si pulì le mani tremanti sul davanti del grembiule e cercò di ricuperare un minimo di compostezza. «In parte lo sei. Non ti vedo da due anni, Boyd. Che cosa ci fai qui?»

Lui sorrise. Una volta, quella che sembrava una vita fa, ricordava di essere stata ammaliata da quel sorriso. Ora si sentiva a disagio nel vederlo rivolto verso di lei.

«Non posso venire a trovare una vecchia amica?» chiese lui.

Lei deglutì, a dispetto del nodo in gola. «Non siamo mai stati amici, Boyd.»

Quel sorriso si allargò, divenne lascivo quando la scrutò da capo a piedi. «No. Suppongo che non lo fossimo. Eravamo molto, molto di più.»

«Se è per quello che sei venuto, rimarrai molto deluso» scattò lei incrociando le braccia sul petto a mo' di scudo. «Ora so la verità su di te, Boyd.»

Lui inarcò un sopracciglio. «Davvero?»

Diana si rese conto in quel momento che quell'affermazione aveva un duplice significato. Lei l'aveva intesa come un monito del fatto che ora sapeva che Caldwell aveva una famiglia, una moglie, che le sue avance erano egoistiche e non avevano futuro.

Ma sapeva anche dei sospetti che lo circondavano. Se era vero, sapeva che era un traditore. Un assassino. Una persona che le aveva rubato il padre e quasi ucciso l'uomo che amava.

Alzò il mento. «So della tua famiglia. Hai altri segreti?«

«Come se tu non ne avessi.» Il sorriso di Boyd si trasformò in una smorfia, e si guardò intorno. «Sei proprio come tuo padre, con tutte le tue erbacce e pozioni.»

Diana si irrigidì. «Sì, tu conoscevi bene mio padre» ribatté, testando attentamente le acque. «Se qualcuno ti era amico in questa casa, era lui.»

«Una volta» tagliò secco lui con tono brusco.

Lei inclinò la testa. «È più difficile essere amici di un morto di cui hai sedotto la figlia, suppongo.»

«È questa la storiella che ti racconti?» chiese Boyd voltandosi di nuovo verso di lei. «Che eri la dolce fanciulla innocente ingannata da un uomo oscuro e malvagio? Eri tu a sbattermi le ciglia in faccia, mia cara. Non negare i messaggi che mandavi.»

«Perché sei qui?» gli chiese a denti stretti. «Non credo che abbiamo niente da dirci.»

Lui non si mosse, rimase al centro della cucina, posizionato sia tra lei e la porta che dava all'esterno che tra lei e quella che conduceva agli altri ambienti della casa. Posizionato tra lei e le vie di fuga, si rese conto Diana con un inquietante senso di disagio e terrore.

«Ho sentito dire che ti sei messa con il Duca di Willowby» continuò lui con voce strascicata. «Sei diventata la sua sgualdrina, ma una sgualdrina che porta alle feste in società, quindi è già qualcosa.»

Diana si bloccò e gli studiò attentamente gli occhi. Avevano qualcosa di ferale. Di molto pericoloso, e in quel terribile istante capì che tutti i sospetti di Lucas su quell'uomo erano corretti. Che era la persona che lo aveva quasi ucciso. Che era stato un vile traditore di tutti quelli che si erano fidati di lui.

E capì anche in un lampo che anche suo padre era probabilmente colpevole, per quanto l'idea la facesse soffrire. Non c'erano dubbi sul loro legame, soprattutto perché Boyd era lì. Minaccioso, freddo e pericoloso.

«Era ferito» disse lei, scegliendo le parole con cautela. «Mi è stato chiesto di aiutarlo e l'ho fatto.»

«C'è un po' più di questo» disse lui, con quel sorriso malvagio che gli tornava sulle labbra. «E chi può biasimarlo? Conosco le attrattive che possiedi. Sono stato il primo a provarle. Pensi che dovrei raccontarglielo quando verrà a salvarti? O hai già confessato tutto quando ti sei concessa a lui?»

Diana restò senza fiato. Le sue parole erano volgari e crude, ma erano anche terrificanti. Salvarla. Questo significava che era in pericolo. E anche Lucas lo era.

Scosse la testa. «Puoi dirgli tutto quello che vuoi, suppongo» rispose piano, cercando disperatamente di misurare il tono. «Io non significo niente per lui. Come hai detto, ero solo la sua sgualdrina.»

«Quindi pensi che non verrebbe in tuo soccorso se tu fossi in pericolo?» chiese lui con una risata. Si mise una mano in tasca e lentamente estrasse una piccola pistola. La puntò dritta verso di lei. «Come adesso.»

Diana si ritrovò a boccheggiare, ma non riusciva ad aspirare abbastanza aria mentre fissava l'arma puntata su di lei. Quest'uomo aveva già ucciso in passato, a sangue freddo, e non c'era motivo di credere che non avrebbe fatto altrettanto con lei. Un solo movimento del dito e lei non avrebbe più annusato i fiori del suo giardino o camminato sulle colliné intorno a casa sua. Non avrebbe più visto Lucas, non avrebbe più sentito il suo tocco, non avrebbe più potuto dirgli che lo amava.

Fu travolta dal dolore per tutto quello che avrebbe perso insieme alla sua vita.

«Calma, adesso» disse Caldwell. «Non c'è bisogno di perdere la testa, mia cara. Tu sei un mezzo per un fine. Un bel pezzo di formaggio per un topo o due.»

Lei scosse la testa. Per lo meno poteva cercare di salvare Lucas. «Ti dico che non verrà a salvarmi. Non significo abbastanza per lui.»

«È per questo che ha messo una guardia a sorvegliare casa tua? Perché sei insignificante?»

Diana sbatté le palpebre. «Una guardia?» ripeté.

«Non lo sapevi?» chiese lui. «Be', non importa. Mi sono occupato io stesso del ragazzo. Cosa sarà mai una spia morta in più, adesso?»

Le si rivoltò lo stomaco, ma si costrinse a mantenere la calma. «Stai solo cercando di spaventarmi» sussurrò.

«Spero che funzioni, perché *dovresti* avere paura. Per te stessa. E per lui. Perché credo che ti sbagli sui suoi sentimenti» disse lui con una risatina. «I miei uomini mi dicono che ci tiene a te. E anche se non fosse così, quell'uomo non lascerebbe morire un'amante. Si lascia guidare dal cuore più che dal cervello. Inoltre, se lui non viene, lo farà l'altro. E per questo gatto sarebbe un bel boccone, alla stessa stregua di Willowby.»

«L'altro?» ripeté Diana confusa. «Quale altro? Stai parlando di Stalwood?»

Il sorriso di Caldwell si allargò, crudele e spietato oltre misura. «No. Sto parlando di tuo padre, Diana.»

Lei rimase a bocca aperta. Quest'uomo era pazzo. «Mio padre è morto» disse d'un fiato.

Lui scosse lentamente la testa. «No, no, mia cara. È quello che voleva farti credere. Ti assicuro che George Oakford è vivo e vegeto. Almeno lo sarà finché non lo attirerò da me usandoti come esca e poi gli pianterò una pallottola in fronte a quel bugiardo.»

Diana lo fissò, incapace di pensare, parlare o respirare. Il mondo cominciò a girarle intorno. Suo padre, vivo? Dopo tutti questi mesi di lutto e dolore, era possibile? Fu sopraffatta dall'emozione, le venne il respiro corto e poi fece qualcosa che non aveva mai fatto prima in tutta la sua vita.

Svenne.

CAPITOLO VENTIQUATTRO

Lucas smontò di sella con cautela, ignorando il forte dolore che gli attraversò la gamba e la spalla. Passò le redini a uno degli uomini di Stalwood e guardò l'elegante casa di città davanti a sé. Dentro avrebbe dovuto affrontare il suo superiore e scoprire la verità su un uomo che aveva considerato un padre.

Non era impaziente di sapere cosa avrebbe sentito. Il suo istinto sapeva già cosa sarebbe stato.

Salì le lunghe scale e fu accolto dal maggiordomo di Stalwood. Dall'espressione seria sul volto del domestico e dal modo in cui portò Lucas immediatamente in fondo al corridoio, era chiaro che era atteso.

Il maggiordomo aprì la porta. «Il Duca di Willowby, milord» annunciò, poi si fece da parte per far entrare Lucas. Stalwood era in piedi a sinistra della finestra, e guardava fuori, con un'espressione pensierosa.

«Ho ricevuto il tuo messaggio» disse Lucas, «e sono venuto subito. Rabbrividisco al pensiero di quello che hai scoperto.»

Stalwood si voltò e lanciò un'occhiata a Lucas, poi guardò dietro di lui verso il lato destro della stanza con un'espressione intensa. Lucas seguì il suo sguardo e gli balzò il cuore in gola.

Vicino alla credenza c'era un fantasma, con un bicchiere di liquore in mano. Doveva essere un fantasma, non c'era altra spiegazione, perché era George Oakford. Il dottore stava osservando Lucas, con uno sguardo velato e poco chiaro.

«Che diavolo succede?» ansimò Lucas.

Stalwood fece un cenno al suo servitore. «È tutto, Jessup. Non voglio essere interrotto, nessuna eccezione.»

La porta si chiuse alle spalle di Lucas, ma lui continuò a guardare Oakford a bocca aperta. «Voglio una spiegazione» sibilò, e con la mente andò a Diana. La morte di suo padre le aveva spezzato il cuore. E ora eccolo lì, in carne ed ossa, come se gli ultimi sei mesi non fossero accaduti.

«Si è presentato qui un'ora fa» gracchiò Stalwood. Dalla sua voce incerta non c'era dubbio che fosse scioccato da questo sviluppo quanto chiunque altro. «È per questo che ti ho convocato.»

Oakford posò il bicchiere sulla credenza e fece un passo avanti. «Willowby.»

Lucas non pensò, non pianificò, gli si scagliò addosso. Il suo pugno colpì Oakford alla guancia, il dottore barcollò all'indietro e per non cadere si tenne al bordo della credenza.

«Come hai potuto?» sibilò Lucas mentre Stalwood si precipitava in avanti per afferrarlo per il braccio e fermare il suo attacco. Sentiva pulsargli la spalla per il male, ma non ci fece caso. «Sai cos'ha passato Diana da quando sei "morto"?»

Oakford si raddrizzò e portò la mano alla guancia che si stava già gonfiando. «Quella è stata la parte peggiore di tutto questo, te lo assicuro» disse.

«Tu vuoi una spiegazione» gli ringhiò Stalwood nell'orecchio. «Per te stesso, per lei. Be', lui dice di averne una, e io non l'ho ancora sentita. Lascialo parlare.»

«Vorrai sentirla» disse Oakford piano. «Ma dovrai lasciarmi parlare fino in fondo, perché ho bisogno del tuo aiuto. *Diana* ha bisogno del tuo aiuto.»

A quel punto, Lucas si fermò, tutta la sua rabbia si trasformò in paura. «Diana? Perché?»

Oakford fece un sospiro. «Lascia che cominci dall'inizio. Sono sempre stato un uomo pragmatico, poco incline alle manifestazioni emotive.»

«Perché Diana è in pericolo?» urlò Lucas.

«Perché ho portato un demone in casa nostra» sbottò infine Oakford. «L'ho esposta a Boyd Caldwell, non pensando che lui avrebbe...»

«So cosa le ha fatto» sibilò Lucas disgustato. «E so quali conseguenze ha dovuto affrontare dopo, da sola.»

Oakford girò la testa, e un lampo di emozione gli attraversò il viso. «Ho fallito con lei» ammise. «Tante volte. Ma l'ho fatto per lei.»

«Sei diventato un traditore della corona per Diana?» chiese Stalwood, il suo tono freddo come il ghiaccio. «Oh, faccio fatica a crederlo, *vecchio mio*.»

«È vero. Quando mia moglie morì, mi resi conto di quanto poco sapessi per aiutarla. Lei aveva un futuro, ma io non potevo provvedere ad altro che alla sua istruzione. Cosa le avrei lasciato alla mia morte? Un piccolo cottage qui, un altro in campagna? Un giardino pieno di erbe senza valore? Che razza di vita era per lei? Le mie preoccupazioni divennero più profonde man mano che cresceva, che diventava una donna.»

«È stato allora che Caldwell ti ha avvicinato?» chiese Lucas, cercando di concentrarsi sui dettagli, anche se i timori per Diana lo tormentavano.

Oakford annuì. «Era stato ferito durante una missione, fu così che le nostre strade si incrociarono.»

Lucas rabbrividì. Questo spiegava lo schema che aveva notato negli attacchi. Ogni uomo che era stato sostituito nel suo caso era stato ferito. Oakford era l'elemento comune.

«Caldwell era... furioso per quello che era successo, ed era convinto che il Dipartimento della Guerra lo avesse considerato

sacrificabile. Non avevo mai visto tanta rabbia in una persona.»
Oakford rabbrividì. «Ma quando mi disse che avremmo potuto fare
soldi insieme, lo ascoltai. Per lei.»

«Smettila di dire *per lei*» ringhiò Lucas. «Tua figlia non avrebbe
mai voluto che scambiassi il tuo paese e i tuoi amici per i suoi agi.
Fingere di averlo fatto in suo nome significa infangare tutto ciò
che è.»

Oakford chinò la testa, e per un momento sembrò che venisse
prosciugato di tutta la sua energia. «Hai ragione. So che la colpa è
mia e di nessun altro. Caldwell mi aveva assicurato che potevamo
scambiarci segreti di poco conto, che nessuno si sarebbe fatto del
male. Quando hanno cominciato a morire delle persone, quando ha
fatto del male a mia figlia, ho cercato di uscirne, ma lui non me lo ha
permesso.»

«Non te lo ha permesso» ripeté Stalwood disgustato.»

«È vero!» Il tono di Oakford era aspro e carico di disperazione.
«Venne a trovarmi in campagna, minaccioso ed esigente. Disse che
se non lo avessi aiutato, mi avrebbe denunciato. Avrei perso tutto e
Diana ne sarebbe stata travolta. Mi disse che ci sarebbe stato solo un
ultimo atto di tradimento. Sapeva che venivano spostati degli arma-
menti, aveva anche contatti che li potevano vendere alla Francia per
l'esercito di Napoleone. Mi disse che nessuno sarebbe morto.»

«Tranne tutti gli uomini che sarebbero stati uccisi grazie a quelle
armi!» gridò Stalwood. «Mio Dio, George. Per cosa? I soldi? Se ti
fossi preoccupato veramente per Diana, sai che avrei provveduto al
suo benessere e al suo futuro. Lo hai fatto per il tuo egoismo.»

Oakford trasalì. «Ma poi comparisti tu, Willowby» disse dopo
un momento in cui sembrò riprendersi. «Ti videro, e Caldwell era
infuriato. Ti disprezzava già e ti voleva morto. Uscii di soppiatto,
sperando di intercettarti. Quando ti arrampicasti sul muro, ti... ti
sparai.»

Lucas fece un passo indietro e sentì la reazione proprio nella
gamba a cui quell'uomo aveva sparato. «Mi sparasti tu?» sussurrò
incredulo.

Oakford annuì. «Speravo che se ti avessi ferito, sarebbe stato sufficiente per Caldwell. Sparai il primo colpo per poter fingere di essere stato ferito, e poi ti colpii. Pensavo che una volta che fossi caduto e mi avessi visto a terra, ti saresti distratto. Pensavo di rimettermi in piedi dimostrando il mio coraggio, correre in tuo aiuto e tirarti fuori, e Caldwell avrebbe guadagnato tempo e denaro finendo il lavoro».

«Mi hai quasi ucciso» disse Lucas.

«No, Caldwell ti ha quasi ucciso» corresse Oakford. «Comprese che c'era qualcosa che non andava e venne giù dopo di me. Ti sparò alla spalla. Sapevo che era una ferita molto più grave. Lo convinsi che ti avrei finito io e che sarebbe dovuto tornare ai suoi affari. Ma a quel punto aveva paura, era paranoico, certo che chiunque potesse essere contro di lui.»

«Così sparò agli altri domestici» sussurrò Lucas.

«Sì» disse Oakford, e deglutì. «Li uccise tutti. Quando lo sentii iniziare a sparare, cercai di farti alzare, di farti muovere. Ma ti avevo colpito male e tu eri svenuto dopo la caduta. La tua gamba sanguinava copiosamente. Fasciai la ferita e stavo per andarmene quando Caldwell tornò. Ti voleva morto, Willowby, così lottai per impedirglielo.»

Lucas incrociò le braccia. «Scusami se non ti ringrazio.»

«Non devi» disse Oakford. «Caldwell scappò, e io raccolsi tutte le informazioni sui suoi contatti e... e il denaro che aveva nascosto per lo scambio delle armi.»

Lucas trasalì. «Quindi ancora pensavi a quei maledetti soldi.»

Oakford scrollò le spalle. «Facile per te dirlo, visto che li hai sempre avuti. Ne avevo bisogno. E sapevo che se Caldwell non li avesse avuti, avrebbe potuto fare molti meno danni.»

«Che coraggio» commentò Stalwood con un tono grondante sarcasmo.

Le narici di Oakford si allargarono leggermente, ma continuò: «Caldwell scappò quando vide arrivare dei soldati a cavallo. Solo che non ero certo che non sarebbe tornato indietro, che non si sarebbe rivoltato contro di me. Fu una decisione presa in una frazione di secondo, mentre il resto degli agenti si riversava sul posto. Presi uno dei servi, scambiai i vestiti e gli oggetti personali in modo che il cadavere sembrasse il mio.»

«Mutilasti il cadavere di quell'uomo» disse Stalwood inorridito. «E strisciasti via come una serpe.»

«Vigliacco!» scattò Lucas. «Avresti potuto fermare tutto questo quel giorno, se solo ti fossi costituito e avessi detto a tutti la verità.»

Oakford serrò la mascella. «Suppongo di essere un codardo. Non volevo essere travolto da tutto questo. Non volevo essere esiliato nelle colonie o impiccato. Non volevo che Diana soffrisse per quello che avevo fatto».

«E invece devastarla è stato meglio?» Stalwood scosse la testa, e la sua espressione era carica di rabbia e incredulità. «Bastardo.»

«Perché sei tornato adesso?» chiese Lucas. «Devi sapere che non sarai liberato solo per esserti consegnato o per esserti messo contro Caldwell.»

«Sono tornato per Diana» rispose Oakford, facendo un passo avanti. «Caldwell sapeva che ero vivo, ha cercato di trovarmi per mesi. Vuole le informazioni e i soldi che ho rubato. Ne ha un disperato bisogno. Mi sono tenuto nascosto, ma ho osservato ogni sua mossa. Solo pochi giorni fa, il suo sguardo si è rivolto altrove. Verso di te, Willowby.»

Lucas si bloccò. Era esattamente il motivo per cui era tornato in società, per attirare l'attenzione dell'uomo che lo aveva quasi ucciso. «Ha saputo che ero tornato nelle vesti di duca» disse. «Pensava che potessi identificarlo?»

«Sapeva che eri abbastanza intelligente da mettere tutto insieme» disse Oakford. «E visto che Diana era con te, potrebbe anche aver creduto che ti stessi aiutando.»

Lucas si lanciò in avanti. «Tu pensi che lui creda che Diana sia coinvolta nel tuo piano. Che *lei* sia la chiave per trovarti.»

Oakford annuì. «Sì. Forse non pensa che Diana sappia che sono vivo, ma deve supporre che potrebbe essere la chiave per farmi uscire allo scoperto. E se è vero che voi due siete... intimi... può servirgli per prendere due piccioni con una fava.» Oakford si avvicinò a Lucas e gli prese il braccio con entrambe le mani. «Ti prego, dimmi che mia figlia è al sicuro a casa tua. Sorvegliata dagli uomini di Stalwood quando non sei con lei.»

Lucas guardò Stalwood. «N... no» balbettò mentre la paura lo attanagliava. «Lei era... ci ha sentiti parlare dei nostri sospetti su di te alla festa di Abernathe, qualche giorno fa. Se n'è andata. È tornata a casa tua, qui a Londra.»

Stalwood inspirò tra i denti. «Non hai pensato che potesse essere pericoloso?»

«Ho mandato una guardia a sorvegliarla, ma non avevo idea che fosse così grave. Non avevo idea che suo padre fosse vivo. Se il bastardo voleva arrivare a me, poteva venire a prendermi in qualsiasi momento. Ero io l'esca, non lei. Cristo, dobbiamo raggiungerla, trasferirla in un posto più sicuro. Ora!»

Tutti e tre gli uomini si diressero insieme verso la porta, e mentre irrompevano nell'atrio, il maggiordomo di Stalwood si mise sulla loro strada. «Vostra Grazia, avete ricevuto un messaggio da casa vostra un quarto d'ora fa.»

Tese il foglio, e Lucas lo afferrò in preda alla frustrazione. Ora era focalizzato su Diana e sulla sua sicurezza. Non riusciva a pensare ad altro.

«Ci servono i cavalli, Jessup, subito» tuonò Stalwood.

L'umore del maggiordomo cambiò in un istante. Assunse una postura militare e si precipitò a ordinare di approntare i cavalli. Mentre lo faceva, Stalwood si rivolse a Lucas. «Cosa dice la lettera?»

Lucas sussultò e fissò il foglio ancora piegato. «Non lo so.» Fece un respiro prima di capovolgere la lettera e sussultò.

«Quel sigillo» disse, toccando la cera rossa. Era stato timbrato con l'immagine di un mietitore. Il marchio della morte.

«Caldwell» ansimò Oakford. «Usava quel sigillo per la corrispondenza sui nostri piani.»

A Lucas si rivoltò lo stomaco mentre apriva la lettera e la leggeva ad alta voce. *"Ti sei messo sulla mia strada e mi sono stancato. Vieni dove tutto è iniziato, dove tutto è finito per il caro George Oakford. Se non lo fai, anche sua figlia potrebbe fare la stessa fine."* Fece una pausa quando una ciocca di capelli cadde dalla pagina.

Oakford la prese. «I capelli di Diana» sussurrò.

Lucas annuì. *"Vieni da solo"* concluse.

Stalwood scosse la testa. «Ovviamente questo non succederà» disse.

Lucas alzò lo sguardo di scatto. «No, ma deve sembrare che io sia solo.»

«Deve sembrare che tu sia con me» disse Oakford spalancando gli occhi. «È me e te che vuole, non lei. Forse se può averci entrambi, in cambio la rimetterà in libertà e poi...»

«Pensi che ti permetterei di coinvolgerti in tutto questo quando hai già dimostrato di essere un traditore?» gridò Stalwood, afferrando Oakford per il colletto e scuotendolo. «Come faccio a sapere che non hai orchestrato tutta questa storia per arrivare a Willowby?»

Lucas fissò Oakford, cercando di capire le sue intenzioni. Cercando di decifrare se questa fosse davvero una trappola e un trucco. «Odiavi Caldwell dopo quello che ha fatto a Diana» disse piano. «Volevi uscirne.»

Lui annuì. «Ti ho detto di sì.»

«E cercasti di salvarmi quel giorno, fasciandomi la gamba.» Oakford chinò la testa in silenzio. Lucas guardò Stalwood. «Sono disposto a correre il rischio.»

«Sei pazzo? Sei uno dei miei migliori agenti, non esiste che io...»

«Diana è una vittima innocente in questa storia» lo interruppe Lucas. «Non lascerò che la donna che amo venga uccisa mentre discutiamo. Oakford viene con me, fine della discussione. Tu mi seguirai con tutti gli agenti che riuscirai a raccogliere in segreto.»

«Comincerò subito a radunarli. Sono cinque ore di viaggio fino a quella tenuta. Possiamo partire entro due ore. Scusatemi» disse Stalwood, e uscì di corsa dall'atrio.

Lucas lo guardò andare via, poi afferrò Oakford per il braccio e lo trascinò fuori dalla casa.

«Dove stiamo andando?» chiese Oakford mentre Lucas lo spingeva verso uno dei cavalli che Stalwood aveva fatto preparare prima.

Lui salì sul suo cavallo e lo fece girare verso la strada. «Al cottage. Non aspetterò due ore prima di andare a cercare Diana. Quando Stalwood si accorgerà che siamo andati via, affretterà i suoi preparativi e potrà seguirci a ruota.»

Oakford sorrise mentre i due uomini spronavano i loro cavalli al galoppo e si immettevano insieme in strada. «Voglio chiederti una cosa» disse mentre correvano attraverso i vicoli affollati verso il confine orientale della città.

Lucas strinse le labbra. Non voleva avere una lunga conversazione con quest'uomo, questo traditore. Non voleva pensare ad altro che a Diana e a come poteva salvarla. Da Caldwell, ma anche dal dolore che avrebbe provato quando avesse visto che il suo amato padre era vivo e aveva cospirato contro di lei e contro tutti quelli per cui aveva detto di provare affetto.

«Hai detto che ami mia figlia» disse Oakford quando Lucas rimase in silenzio. «È vero?»

Lucas guardò con la coda dell'occhio l'uomo che un tempo aveva chiamato amico. «L'ho detto ad alta voce?» chiese. «Sì, è vero. Sono innamorato di Diana.»

Oakford annuì e poi sospirò. «Bene. Perché le probabilità che io ne esca senza finire appeso sono praticamente pari a zero. Sarei felice di sapere che è amata e accudita da un uomo che ho considerato a lungo un figlio.»

Lucas si voltò di scatto verso Oakford. Non molto tempo prima, quelle parole avrebbero significato molto. Ora... «Se mi consideravi tuo figlio, come hai potuto fare questo? A me, ma anche a lei? Come hai potuto farlo a lei?»

Oakford sospirò. «Ero debole, Willowby. Ero immerso fino al

collo in vari problemi e terrorizzato per il suo futuro, così sono stato debole. Spero che tu sia più forte. Diana se lo merita.»

«Merita di più» concordò Lucas, e poi cavalcarono in silenzio, entrambi persi nei pensieri della donna che avevano amato.

La donna che avevano messo in pericolo.

CAPITOLO VENTICINQUE

Diana se ne stava seduta in un bel salotto su una comoda sedia. Alla credenza, Caldwell le stava preparando una tazza di tè. Sarebbe stato tutto molto civile se non avesse avuto le mani legate. Se gli altri mobili di questa casa non fossero stati coperti di lenzuola, perché il posto in cui avevano fatto irruzione non era abitato.

Se non fosse stata terrorizzata non solo per la sua vita, ma per Lucas. E se non stesse ancora elaborando quello che Caldwell le aveva detto ore prima a Londra: che suo padre era vivo. Una bugia, naturalmente. Doveva essere una bugia. Perché Caldwell avrebbe detto una tale menzogna, a parte il desiderio di farla soffrire, era tutta un'altra questione.

«Lo prendi con due zollette di zucchero, vero?» chiese lui.

Lei lo fulminò con lo sguardo. «Perché fingere che t'interessi? Non sono tua ospite.»

Lui sorrise da sopra la spalla. «Una delle cose che mi ha attratto di te, tanti anni fa, è stata la tua focosità» disse. «Dev'essere quello che piace anche a Willowby.»

«Non paragonarti a lui» sibilò lei, voltando il viso quando lui le portò la tazza e gliela avvicinò alle labbra. «Non sei la metà dell'uomo che è lui.»

Il sorriso compiaciuto di Caldwell vacillò leggermente. «Sì, così ho sentito dire più di una volta. Pensi davvero che valga di più per il suo titolo? Per i suoi soldi?»

«No» rispose lei piano, e pensò a Lucas. Pensare a lui era l'unica cosa che la teneva concentrata e con la testa sulle spalle in questa terrificante esperienza. L'unica cosa che le impediva di soccombere all'ondata d'ansia che continuava a salirle in petto. «Lui vale di più per la sua bontà, la sua onestà. Il suo coraggio e il suo cuore. È questo che lo rende cinquanta volte l'uomo che sei tu, codardo vigliacco e assetato di sangue.»

Caldwell mise da parte la tazza da tè, e poi le prese il viso con una mano, schiacciandole forte le guance al punto di farle male.

«Adesso basta» disse lui, tranquillo perfino mentre la faceva soffrire. Controllato. «Ho passato fin troppo tempo a sentir parlare delle virtù del Duca in Incognito dai miei superiori, da tuo padre e da tutti gli altri. Se solo fosse morto quando avrebbe dovuto, ma quella è stata colpa di Oakford. È lui che ha fasciato la gamba di Willowby per non farlo morire dissanguato sul prato proprio fuori da questa finestra.»

Diana si bloccò, pensando a quello che Lucas le aveva detto sul nodo della fasciatura che aveva trovato intorno alla sua gamba quando si era svegliato dopo l'attacco. Quel nodo che aveva riconosciuto e che aveva cercato di spiegare con tanta fatica. Eppure ecco la spiegazione migliore.

Questo dimostrava che quel bastardo non le stava davvero mentendo. Che suo padre era vivo.

Diana girò il viso e liberò le guance dalla presa del suo rapitore. «Come si fa a diventare un uomo come te?»

Lui sorrise. «Con una vita intera a lottare per ogni piccola cosa che ho guadagnato. A vedere uomini come Willowby ricevere ciò che non meritavano. A essere ferito sul campo e rendermi conto che stavo rischiando la vita per niente.»

«E la tua famiglia?» chiese lei. «Che mi dici di tua moglie e dei tuoi figli? Non vale la pena di essere onesti per loro?»

Lui girò la testa. «Mia moglie e i miei figli non contano niente per me. Mi sono sposato perché era previsto e il nome di suo padre mi aiutò nel mio lavoro. Lei non è che un peso, come loro.»

C'era qualcosa nel suo tono quando disse "loro" che smentiva quelle fredde parole. Diana pensava che non gli importasse di sua moglie, questo era vero. Ma i figli... era tutta un'altra storia.

Caldwell si allontanò e tornò alla credenza. Mentre lo faceva, lei guardò fuori dalla grande finestra e vide una nuvola di polvere provenire dalla strada. Il cuore le balzò in petto. Soccorsi. Lucas. Solo che non voleva che Caldwell lo notasse.

Doveva distrarlo e dare a chiunque fosse venuto a salvarla la possibilità di farcela. Conosceva un solo modo per farlo.

«Sapevi di nostra figlia?» chiese, ogni parola una pugnalata al suo cuore infranto.

Lui si girò, il volto esangue e scioccato. «Cosa?»

«Rimasi incinta dopo la nostra malsana tresca » sussurrò lei. «Non lo sapevi?»

«Bugiarda» sbraitò lui.

Diana chinò la testa e le lacrime arrivarono facilmente. «Mi piacerebbe esserlo. Ma è vero.»

Lui rimase in silenzio a lungo, quella che sembrò un'eternità. Poi disse: «Oakford non me l'ha mai detto. Anche quando ha cercato di rompere la nostra collaborazione, non ha mai detto niente.»

Lei trasalì, perché quell'affermazione dimostrava, ancora una volta, che suo padre era stato un traditore. Mise da parte il dolore e si concentrò su Caldwell.

«La chiamai Mirabelle» sussurrò. «Non fece un solo respiro.»

La guancia di lui si contrasse e strinse le mani ai fianchi. Poi cancellò l'emozione, usando quelle stesse abilità da spia che aveva visto impiegare tante volte da suo padre e da Lucas. Scacciare il dolore, cancellare la rabbia, non lasciarsi dietro niente.

«Probabilmente è meglio così» gracchiò lui.

Diana strattonò le corde che le legavano i polsi. «Meglio così?» urlò lei. «Bastardo senza cuore!»

Lui fece un passo verso di lei, ma prima che potesse rispondere, diede un'occhiata alla finestra. «Uomini a cavallo» grugnì. «Vicini, anche.»

Lei non poté fare a meno di sorridere, e lui le rivolse un'occhiataccia. «Lo sapevi, vero? Li avevi visti arrivare?»

Diana scrollò le spalle. Lui ridivenne furioso e le diede un manrovescio che le ruppe il labbro contro i denti facendole assaporare il proprio sangue. Un po' ne gocciolò fuori dal taglio.

«Bene» disse lui. «Un po' di sangue verrà comodo. Ora, prepariamoci a ricevere i nostri visitatori, d'accordo?»

Lui lasciò la stanza, estraendo una pistola dalla cintura, e lei strattonò i legacci. «Boyd!» chiamò.

Caldwell la ignorò, naturalmente. Lei trasse alcuni lunghi respiri. Non poteva concentrarsi su quello che stava succedendo a Lucas in quel momento. Doveva liberarsi. Sentì una fitta di dolore ai polsi mentre si torceva le mani, cercando di capire il nodo che aveva usato per legare le corde. Poteva sentirne le spirali contro la carne, così chiuse gli occhi e cercò di raffigurarseli.

Quando ne ebbe l'immagine in mente, fece scorrere le dita, cercando di trovare la fine del nodo. Eccolo, contro il palmo sinistro. Cominciò a tirare, torcendo la corda, cercando di tracciarne il percorso a ritroso. Lo sentì allentarsi piano piano, avvicinandola alla libertà.

Sentì delle voci maschili fuori, grida. Troppo lontano per identificarli. Doveva sbrigarsi. Spinse di più, tirò di più, sempre più vicina ma non del tutto libera.

La porta del salotto si aprì, e lei smise di armeggiare con la corda alzando lo sguardo. Lucas entrò per primo, il suo viso segnato dalla rabbia e dall'emozione. Quando la vide, la sua espressione si illuminò di sollievo.

«Diana» sospirò.

Sentì le lacrime bruciarle gli occhi, così sbatté le palpebre per non mostrare debolezza. «Sto bene» sussurrò lei. «Sto bene... oh, non saresti dovuto venire.»

«Figuriamoci se non sarei venuto a salvarti» disse lui.

Diana guardò verso la porta, aspettandosi che Boyd fosse il prossimo a entrare, ma invece vide qualcun altro. E mentre lo fissava, sentì il cuore esploderle in petto. Sulla soglia c'era suo padre, in carne e ossa. Un po' più magro, forse. Le guance coperte da una barba trasandata. Ma vivo.

E tutto quello che Caldwell aveva detto era vero.

«No» gemette lei chiudendo le palpebre mentre il mondo cominciava a nuotarle davanti agli occhi. «No, no, no!»

In tutti gli anni che aveva trascorso su questa terra, Lucas aveva sentito molti suoni terribili. La morte era comune nel suo lavoro e aveva ascoltato molte confessioni sul letto di morte, molti gemiti di dolore.

Ma non aveva mai sentito niente di più tremendo del suono che uscì dalla bocca di Diana mentre fissava suo padre e il suo mondo le crollava intorno. E ancora peggio, non poteva fare nulla in quel momento per confortarla. Non poteva nemmeno toccarla.

Anche se avesse potuto, cosa avrebbe potuto dire o fare? Suo padre era vivo e lei doveva accettare che tutto quello che aveva sempre creduto sul suo eroismo e sulla sua bontà era una bugia. Lui lo capiva, perché aveva sopportato la stessa serie di emozioni quando aveva visto quell'uomo.

Per lei dovevano essere centuplicate.

Caldwell entrò nella stanza, con la pistola puntata alla schiena di Oakford, e un ampio sorriso sul volto. «Guardate la nostra piccola riunione di famiglia» disse, con una crudele cadenza nella voce che fece rabbrividire perfino Lucas. «Saluta il tuo paparino, Diana.»

Non aveva smesso di guardare suo padre da quando era entrato nella stanza, e Oakford non aveva distolto lo sguardo da lei. Diana scosse la testa. «Perché?» sussurrò. «Perché lo hai fatto?»

«Mi dispiace» disse lui piano. «La situazione è sfuggita di mano e avrei dovuto proteggerti meglio. Ma ora lo farò.»

Con questo, si voltò verso Lucas ed estrasse una pistola dallo stivale. Lucas barcollò all'indietro e Diana urlò quando entrambi capirono cosa stava succedendo.

«Bastardo» ringhiò Lucas. «Lurido bastardo.»

Oakford piegò leggermente la testa. «Devo fare ciò che è meglio per Diana, e questo è l'unico modo.»

Diana fissò suo padre mentre indietreggiava e guardò Caldwell. Il suo complice sembrava scioccato quanto lui da questa svolta degli eventi. «Avevi una pistola?» mormorò Caldwell.

«Sì. Possiamo parlarne, Caldwell» disse Oakford.

Caldwell fece mezzo giro verso di lui. «Parlare di cosa? Mi hai tradito e hai rubato i miei soldi e le mie informazioni. Sai quanti problemi mi hai causato fingendoti morto? Ho avuto una taglia sulla testa per un bel po', Oakford, ed è colpa tua.»

«Ho quello che vuoi» disse Oakford, con quello stesso tono che Diana gli aveva sentito usare con i feriti dozzine di volte, centinaia. «E ho qui Willowby, per giunta. Possiamo ricucire il nostro rapporto, no? Tornare a essere partner.»

«Padre!» strillò Diana, strattonando i legacci. «Ti prego, non farlo. Ti prego!»

Suo padre la ignorò, ma lei vide Lucas che la guardava. La sua espressione era contorta dal dolore, mentre le lacrime le scorrevano sul viso. «Mi dispiace» sussurrò e avrebbe voluto dirgli molto di più. «Mi dispiace tanto.»

«Lo so» mormorò lui.

«Come posso fidarmi di te dopo quello che hai fatto?» sibilò

Caldwell, apparentemente ignaro della comunicazione silente che scorreva tra i suoi due prigionieri. «Dopo il caos che hai causato negli ultimi sei mesi? Per quanto ne so, stai lavorando al fianco di Stalwood che ha una dozzina di uomini in arrivo pronti a distruggerci tutti.»

«Stalwood non sa niente» lo tranquillizzò Oakford.

Lucas strinse la mascella, la sua indignazione evidente in ogni fibra del suo essere. «Allora è per questo che ti sei presentato a casa mia oggi, raccontandomi la storia che Diana era in pericolo. Eravate in combutta, la stavate usando per arrivare a me.»

Caldwell si agitò. «Sapevi che l'avevo io?»

«Sapevo che mi stavi cercando» disse suo padre scuotendo la testa. «Devi sapere che ho fatto altrettanto per te. Ho capito che l'avevi presa e perché. Ti dovevo un favore perché tu pensassi di concedermene uno in cambio. La tua lettera per attirare Willowby da te è arrivata al momento giusto, lo ha convinto della mia sincerità. Siamo sempre stati una bella squadra, Caldwell, anche se questa volta non era previsto.»

«Mi hai convinto a venire con te da solo» ansimò Lucas.

Suo padre annuì. «Ho pensato che sapere minacciata la sicurezza di Diana avrebbe potuto portarti a infrangere le regole.» Sostenne lo sguardo di Lucas per un lungo istante e poi si voltò verso Caldwell. «Così eccolo qui. Se lasci andare Diana, possiamo liberarci di lui insieme.»

Diana si dimenò di nuovo sulla sedia. Aveva le mani quasi libere. «No, no, ti prego. Non fargli del male, padre. Tu gli vuoi bene come a un figlio, me lo dicevi sempre.»

«Voglio più bene a te» rispose lui, lanciandole un'occhiata. «A dispetto di quello che pensi.»

«Allora non portarmelo via.» supplicò Diana smettendo di lottare. «Ti prego, ti prego, non portarmelo via. Io lo amo. Ho bisogno di lui.»

Lucas rimase impietrito a quelle parole. Rivolse lo sguardo su di lei e Diana lo sostenne per quella che sembrò un'eternità prima che lui sussurrasse: «Diana, lasciaglielo fare. La tua vita mi è molto più preziosa della mia. Guardami.»

Lei girò il viso e incrociò i suoi occhi. «Lucas...»

«Ti amo» le disse, ed era così bello e chiaro, così vero. Lei ci credette nonostante il momento di panico. «Ti assicuro che è meglio così.»

«Be', tutto questo è molto romantico» scattò Caldwell, riportandola al presente e ai pericoli che stava affrontando. «Ma non si può lasciar andare Diana e uccidere lui come via d'uscita. Stalwood sa già tutto, deve sapere, se Willowby ha sospettato di te.»

«Stalwood non sa niente» disse Oakford a bassa voce. «Quando ha consegnato il fascicolo del caso alla mia vecchia casa qui a Londra, dove Willowby ha soggiornato al suo ritorno, mi sono intrufolato in casa e ho rubato le prove che ci incriminavano. Se Willowby aveva dei sospetti, non aveva prove a sostegno delle sue affermazioni. Stalwood impiegherà mesi per sistemare questo nuovo pasticcio. Abbastanza tempo per completare qualsiasi piano tu abbia e andare ovunque tu voglia. Tutto quello che devi fare è lasciare andare Diana.»

Caldwell si agitò, ed era chiaro che la sua mente si stava arrovellando sopra tutte queste possibilità. «No. Non la lascerò andare. È vicina a Stalwood. Ha pianto sulla sua spalla al tuo finto funerale. Se ama Willowby, glielo andrebbe a dire.» Alzò la mano e puntò la pistola verso Lucas. «Questo qui è meglio ucciderlo adesso. Poi, se mi restituisci quello che hai rubato, io e te possiamo negoziare su Diana. È la soluzione migliore.»

Caldwell cominciò a premere il grilletto, e Diana guardò Lucas che si preparava a ricevere il colpo. In quel momento, riuscì finalmente a liberarsi le mani e si lanciò verso di lui, per bloccare il proiettile, per salvargli la vita.

∼

L a pistola emise un suono terribile e Lucas vide inorridito Diana alzarsi dalla sedia, improvvisamente libera dai lacci che l'avevano trattenuta, e gettarsi davanti a lui.

Lucas gridò, e in quello stesso istante Oakford si parò davanti a Caldwell. Il proiettile colpì lui invece di Lucas o Diana, facendolo barcollare all'indietro mentre un cerchio rosso si allargava sulla manica della sua camicia bianca. Lasciò cadere la pistola mentre crollava a terra, e l'arma schizzò verso Lucas.

Lui spinse Diana da parte, la raccolse e sparò mentre Caldwell cercava disperatamente di ricaricare la pistola. Il suo colpo andò a segno, colpì Caldwell in mezzo agli occhi. Lui rimase in piedi per un istante, con un'espressione vuota sul volto, e poi cadde a terra accanto a Oakford.

Diana urlò e Lucas si voltò verso di lei. Si aspettava che si precipitasse dal padre ferito, ma invece si gettò tra le sue braccia, accarezzandolo mentre sussurrava dolci parole a non finire sulla sua salute e la sua sicurezza.

Lucas la attirò a sé e le diede un bacio, breve ma intenso. Poi la fece girare verso suo padre. «Ha mentito, Diana. Ha mentito per proteggerti. Stalwood stava arrivando fin dall'inizio, lui lo sapeva e anche io.»

Lei sussultò e si voltò verso suo padre, che era sdraiato sul pavimento e li guardava mentre si premeva una mano nel buco che il colpo gli aveva prodotto nella spalla. Vide l'espressione di sua figlia ammorbidirsi, un po' della fiducia nel suo genitore le era tornata insieme alla verità che le avevano tenuto nascosto per salvarle la vita.

«Ha bisogno del tuo aiuto.»

Diana annuì, si mise in ginocchio accanto a lui e strappò un pezzo di tessuto dalla camicia per iniziare a fasciare la ferita, mentre Lucas si assicurava che Caldwell fosse davvero morto e non fosse più in grado di fare del male a nessuno.

Era finita. Un traditore era morto. L'altro era sotto la custodia del Dipartimento della Guerra, perché Lucas non aveva intenzione di lasciar andare Oakford dopo che le sue azioni avevano fatto così tanti danni.

Ora c'erano solo le conseguenze da gestire, e lo strazio che avrebbe devastato Diana facendola soffrire ancora una volta.

CAPITOLO VENTISEI

Tre giorni dopo

Diana stava facendo avanti e indietro nel salotto di Lucas, certa che avrebbe fatto un buco nel tappeto prima che questa terribile giornata fosse finita. Guardò l'orologio sulla mensola del camino e sospirò. Era stato via troppo a lungo. Non avrebbe potuto portare buone notizie al suo ritorno.

La porta si aprì in quel momento. Si girò e vide Lucas entrare. Teneva gli occhi fissi sui suoi e aveva un'espressione molto seria in viso. Preoccupata. Ma rassicurante. La stessa espressione che aveva avuto nei tre giorni da quando tutto il suo mondo le era crollato intorno, da quando tutto quello in cui credeva era andato distrutto nel momento in cui suo padre era riapparso, vivo e vegeto.

«Qual è stata la decisione?» chiese lei, con voce tremante.

Lucas le si avvicinò e le prese le mani tra le sue mentre le scrutava il viso come se potesse trovarvi pace. Lei non aveva idea di come fosse possibile, considerando che non ne sentiva nessuna dentro di sé.

«È stata una lunga discussione» disse lui. «Io e Stalwood

abbiamo preso le difese di tuo padre e abbiamo presentato le prove che alla fine si era davvero messo contro Caldwell. Che si era preso quella pallottola per proteggermi. Ti abbiamo lasciato fuori, naturalmente, come avevamo concordato.»

Lei serrò le labbra. «Sì, come *voi* avevate concordato, tu, Stalwood e mio padre. Penso ancora che avrei dovuto essere lì.» Si voltò e si diresse verso la finestra.

«Avresti dovuto esserci» disse lui dolcemente. «Questa decisione non colpirà nessuno più di te. Ma è l'unico modo per proteggerti in qualche modo dalla verità su ciò che tuo padre ha fatto e sul perché.»

Le mani di Diana tremavano quando si voltò verso di lui. «Qual è stata la decisione della commissione alla fine?»

«Hanno considerato la sua ferita e le sue azioni nel loro insieme.» Lucas fece un lungo sospiro. «E hanno stabilito che non verrà impiccato per tradimento.»

A Diana per poco non cedettero le gambe. Si appoggiò di peso al davanzale della finestra mentre lo fissava incredula. «Davvero? Non lo metteranno a morte?»

«No» disse lui. «Non lo faranno. Ma... sarà esiliato nelle colonie, Diana. Non appena la ferita gli permetterà di viaggiare, una settimana o due al massimo, sarà mandato via. La commissione ha ritenuto che sarebbe stato almeno in grado di fare del bene tra i carcerati.»

Lei lo fissò inebetita. Esiliato. Anche se era meglio della morte, il risultato finale sarebbe stato lo stesso. Non avrebbe più rivisto suo padre. Forse gli avrebbero concesso di scriverle di tanto in tanto, ma la distanza tra loro sarebbe stata insormontabile.

«Capisco» disse alla fine, l'unica cosa che le venne in mente di dire. «È giusto, lo so.»

«Giusto nei suoi confronti» corresse Lucas. «Niente di tutto questo è giusto verso di te, Diana. Potrai vederlo quanto vuoi nel tempo che ti rimane. Io e Stalwood abbiamo insistito che ti venisse permesso. Stalwood lo terrà sotto sorveglianza a casa sua fino al momento della partenza.»

Lei annuì lentamente. «Stalwood è stato un amico, per la sua parte dell'accordo. Hanno comminato pene accessorie?»

Lucas si agitò. «Le sue terre sono state sequestrate. Le sue proprietà e i suoi fondi ora appartengono alla corona.»

Diana chinò la testa. «Quindi non ho niente.»

«Esatto.» confermò lui, poi si schiarì la gola. «Non ho detto loro della tomba di tua figlia, ma ho perorato la tua causa dicendo che avresti dovuto poter vivere al cottage, se vuoi. Hanno accettato di affittarmi la proprietà, anche se continuerà ad appartenere alla corona. Non perderai la possibilità di visitare Mirabelle finché sarò vivo.»

Il cuore di Diana vacillò mentre lo guardava. «Hai fatto questo per me?»

Lucas annuì. «Farei qualsiasi cosa per alleviare il dolore di tutto questo. Qualsiasi cosa in mio potere.»

«Grazie» sussurrò lei, sentendo ribollirle dentro l'amore che nutriva per lui. Ma non lo disse. Lo aveva fatto al culmine del terrore qualche giorno prima, lui aveva fatto altrettanto. Da allora, lei era rimasta a casa sua, e l'argomento non era più venuto fuori.

Doveva supporre che le avesse detto quelle parole solo per la paura del momento. Di fronte alla morte, gli erano sembrate meno importanti. Ora le aveva dimenticate.

E lei poteva farsene una ragione. C'erano tante altre cose che avrebbe dovuto affrontare ora. Perdere Lucas era solo la parte peggiore.

«Possiamo andarci ogni volta che vuoi» continuò lui. «Basta che tu lo dica.»

«Mi porteresti a casa?» chiese lei. «No, sarebbe troppo. Non dovrei nemmeno più stare con te. Credo che la mia famiglia abbia approfittato fin troppo della tua gentilezza.»

Lui corrugò la fronte. «Portarti a casa? *Questa* è la tua casa, Diana.»

Lei lo fissò sorpresa. «Lucas.»

«È stato un delirio dal giorno in cui ti hanno preso. E anche da prima» continuò lui, e si passò una mano tra i capelli. «Avrei dovuto essere più chiaro, ma non volevo sovraccaricarti quando avevi già così tante cose a cui pensare.»

Diana deglutì, ma non le venne in mente altro che il suo nome. «Lucas...»

Lui scosse la testa. «Ti amo, Diana.»

Quelle parole la colpirono più forte di un carro in fuga, e voleva aggrapparcisi e restare tra le sue braccia per sempre.

Una parte più razionale cercò di tenere a bada la gioia. «Lo hai detto in un momento di grande pericolo» cominciò lei. «Non sono così crudele da obbligarti a tenere fede a quelle parole.»

«Dicevo sul serio, con o senza pericolo, Diana. Lo sapevo prima di dirlo quel giorno. E sapevo cosa volevo.» Fece un passo avanti e lei non trovò la forza di allontanarsi. Lui le mise la mano sulla guancia e lei rabbrividì, perché sentire la pelle di Lucas sulla sua era il paradiso. «Ti amo e voglio sposarti.»

Se non fosse stata già appoggiata alla finestra, sarebbe caduta. «Cosa?»

«Sei tutto quello che ho sempre voluto, tutto quello che vorrò mai.» La guardò fisso negli occhi. «Non ho mai provato per nessun'altra neanche l'ombra di quello che provo quando ti tocco o ti vedo o anche solo sento il tuo nome. Non potrei vivere senza di te.»

«Questo farebbe di me una duchessa» disse lei, stupefatta.

Lui annuì. «Sì, è così. E una duchessa con dei doveri, perché ho capito, grazie a te, che non posso più sottrarmi a questa vita. Ho rinunciato al mio posto al Dipartimento della Guerra, con effetto immediato. Anche se Stalwood mi ha chiesto di rendermi disponibile a visionare dei fascicoli di tanto in tanto. Cosa che farei solo se tu fossi d'accordo.»

«Basta» lo interruppe Diana con un filo di voce e la testa che le girava mentre si appoggiava allo schienale della sedia più vicina.

«Corri troppo con tutti questi piani. Il fatto è che il mio posto non è qui. Non in questo mondo, nella tua vita.»

Lucas sorrise, una specie di piccola smorfia ironica e gentile. «Oh, mia cara, per nessuno di noi due questo è il nostro posto, no? Ma apparteniamo l'uno all'altra. Ho bisogno di te. Ho bisogno di te al mio fianco. E anche io voglio essere al tuo fianco.»

Le stava offrendo tutto quello che aveva sempre voluto o desiderato. Tutto ciò che non aveva mai osato sperare. Ma provava ancora paura. Paura e incertezza.

«Non sarà facile» sussurrò Diana.

«A volte no» concesse lui inclinando la testa. «Ma credo che entrambi abbiamo imparato per amara esperienza che è vero per la vita in generale. Io portavo un grande peso sulle spalle, finché tu non me ne hai tolto una parte. Spero di aver fatto altrettanto per te.»

«Sì. Non ho mai saputo quanto i miei segreti mi dilaniassero finché non sono stata in grado di parlarne.»

«Allora diventa mia moglie» sussurrò ancora lui. «Passa con me una vita in cui condivideremo non solo le nostre gioie, ma anche i nostri dolori. Una vita in cui nessuno di noi sopporterà tutto il peso dell'uno o dell'altra. Lo faremo insieme. Sii la mia compagna nel senso più vero del termine. Sii il mio cuore e il mio amore finché non ci saranno più albe per noi. Ti prego. Ti prego, non allontanarti dalla felicità che potremmo avere. Amami e sposami.»

Il viso di Lucas era vicino al suo, sentiva il suo respiro sulle labbra. Lui fece scivolare le braccia intorno a lei, e d'improvviso fu a casa. La casa più perfetta che avesse mai conosciuto o che avrebbe mai conosciuto. Era tutto, e in quel momento sapeva di non poterci rinunciare. C'erano state troppe perdite nelle loro vite per accettarne un'altra.

«Ti amo, Lucas» disse mentre si alzava in punta di piedi per accostare le labbra alle sue. «Ti amo e ti sposerò.»

Lui non disse nulla, la tirò solo più vicino e intensificò il bacio.

Ma Diana non aveva bisogno di parole. Sentiva la sua gioia e il suo sollievo nel modo in cui muoveva la bocca contro la sua. Sentiva il futuro che si prospettava davanti a loro, molto più felice del passato.

Perché sarebbero stati insieme, e questo sarebbe sempre stato abbastanza.

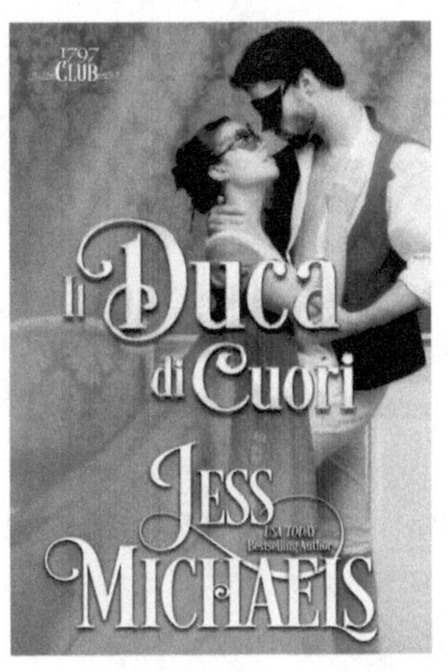

Primavera 1812

Si sarebbe potuta chiamare una festa del Club del 1797, visto il numero di amici che Matthew Cornwallis, Duca di Tyndale, aveva tra gli ospiti presenti al ricevimento. I duchi apparentemente abbondavano in ogni angolo. Una volta si sarebbe goduto questo momento in cui erano tutti insieme. Era diventato così raro nel corso degli anni, mentre i suoi amici ereditavano i loro titoli, si sposavano, e assumevano crescenti responsabilità. Ma al momento, non c'era gioia nel cuore di Matthew mentre li osservava da lontano.

Era qualcosa di molto più oscuro, molto più brutto. Qualcosa a cui non voleva dare un nome. Più della metà dei suoi amici era qui con le loro mogli. Volteggiavano sulla pista da ballo in coppia, con gli occhi fissi in quelli delle loro mogli, le mani sconvenientemente in basso sulle loro schiene, tra risate che riecheggiavano e guance che arrossivano dopo parole sussurrate all'orecchio.

Erano tutti felici. Lui avrebbe dovuto essere felice per loro. Lo era. E non lo era. Perché ora si trovava a guardare dall'esterno un mondo di cui avrebbe dovuto far parte anni prima. Solo che Angelica era morta.

Tutto ciò che gli era rimasto erano i rimpianti.

All'improvviso Robert Smithton, Duca di Roseford, gli arrivò accanto senza far rumore. Porse a Matthew uno scotch senza dire una parola e poi sollevò il proprio bicchiere per farlo tintinnare contro quello di Matthew.

«Agli scapoli» disse, fissando la pista da ballo e i loro amici. «Almeno quelli di noi rimasti.»

Matthew chiuse gli occhi. C'erano giorni in cui sentiva la ferita ancora aperta, non importava quanti anni fossero passati dalla morte della sua fidanzata. Quello era uno di quei giorni, e le parole di Robert erano come un coltello che gli trapassava il cuore.

«Scusa» disse Robert sottovoce.

Matthew riaprì gli occhi e fissò il suo amico. Robert era quasi il suo esatto opposto, un uomo guidato dal piacere e nient'altro. Non si concedeva emozioni più profonde, quindi non aveva mai provato il dolore che ne derivava.

Ma era anche una mente brillante, un amico leale a cui Matthew teneva profondamente, a prescindere da cosa pensava delle decisioni di Robert.

«Devo avere un aspetto orribile se ti scusi con me» disse Matthew prima di bere un sorso del suo liquore.

La tensione sul viso di Robert svanì e sorrise, tornando in pieno la canaglia di sempre. «Mi sto scusando perché sono un idiota» disse. «Ma tu già lo sai. Mi dici sempre più o meno la stessa cosa.»

Matthew trasse un respiro profondo mentre il dolore si attenuava un po'. Solo Robert ci riusciva. Lo apprezzava davvero.

«Be', non più del solito» concesse. «Quindi ti perdono per questa volta.»

Robert inclinò la testa. «Obbligatissimo, Vostra Grazia.»

Matthew sospirò mentre riportava l'attenzione sugli altri. La musica si era ormai affievolita e si riunivano in piccoli gruppi, le donne confrontavano gli abiti e sorridevano ai loro mariti. Ogni tanto Ewan, Duca di Donburrow, passava la mano sul ventre di sua moglie Charlotte, incinta, e l'ombra di un sorriso attraversava il suo volto normalmente serio.

«È la fine di un'epoca» commentò Robert.

Matthew sobbalzò, distratto dai suoi pensieri, e annuì. «Suppongo di sì. Hanno tutti trovato le loro compagne di vita, lasciando solo una manciata di noi senza tale felicità. Ma era destino che accadesse, no? Abbiamo l'età per fare queste cose. Qualcuno sarà il prossimo.»

Robert sbuffò e fece una risata sarcastica. «Non sarò certo io quel prossimo, dannazione» disse, e mandò giù tutto il liquore in un solo sorso.

Matthew rise con lui. «No, presumo che sarai l'ultimo: ti piace troppo la tua vita per rinunciarci di tua spontanea volontà.»

Per un breve istante, un'ombra attraversò il volto di Robert. Matthew inclinò la testa quando la vide, perché era un'espressione che non aveva mai visto prima nel suo vecchio amico. Prima che potesse fare domande, Hugh Margolis, Duca di Brighthollow, un altro dei loro amici scapoli, si avvicinò.

Il focus della preoccupazione di Matthew si spostò. Negli ultimi sei mesi, aveva visto un cambiamento in Hugh. Aveva lasciato crescere i capelli, spesso non si faceva la barba. Oltre a questo, c'era un profondo turbamento nel suo sguardo scuro. Ogni volta che gli si chiedeva di parlarne, lui evitava la domanda.

Ma quella sera parte di quell'angoscia sembrò scomparire. Hugh sorrise ai suoi amici, tornando il compagno allegro e vivace che era sempre stato. Abbracciò persino Robert. «Di cosa state parlando con aria tanto seria voi due, eh?»

Robert sgranò gli occhi. «Di quanto sono diventati romantici i nostri amici. E stavamo discutendo su chi sarebbe cascato in trappola la prossima volta.» Fece l'occhiolino a Matthew. «E stavamo discutendo di quanto sia depresso Tyndale.»

Il sorriso di Hugh svanì e la sua espressione si addolcì. «Sei molto infelice, Tyndale?»

Matthew scosse la testa. Era una cosa strana. Dopo aver perso qualcuno, era come se ci si trasformasse in vetro. Tutti gli altri si muovevano in punta di piedi, cercando di non rompere nulla. Si stava stancando di questo atteggiamento, a dire il vero.

«Sono passati tre anni» disse piano. «Suppongo che Robert abbia ragione, a questo punto dovrei aver superato la perdita e non vagare come lo sdolcinato eroe di un romanzo d'amore.»

Robert scrollò le spalle. «In base alla mia esperienza, le donne vanno pazze per gli eroi sdolcinati. Devi iniziare a usarlo a tuo vantaggio.»

Matthew non riusciva a immaginarsi a fare nulla del genere, ma stette al gioco per amore di Robert. «E come mi suggerisci di farlo?»

Sembrava che gli avesse offerto mille sterline da quanto al suo amico Roseford si illuminarono gli occhi. Praticamente saltellava di gioia quando disse: «Usciamo da questa festa soffocante e andiamo a divertirci.»

Hugh scosse la testa. «Rabbrividisco al pensiero di cosa tu intenda per divertimento, amico mio. Dove esattamente?»

Robert fece un sorriso smagliante. «Al Donville Masquerade.»

Matthew lo fissò a bocca leggermente aperta. «La casa di piacere» disse scuotendo la testa. Santiddio, tutti sapevano del Donville Masquerade.

Robert si incupì. «Quanto sei limitato, mio caro vecchio amico. Non è solo una casa di piacere. C'è da bere, da giocare e da ballare, e sì, credo che una serata con una bella signora farebbe bene a ciascuno di noi.»

«Cristo» disse Hugh con una leggera risata. «Tu e i tuoi appetiti.»

Robert corrugò la fronte. «E da quando indulgere al piacere è un appetito così terribile? Non può essere passato tanto tempo da quando hai fatto altrettanto.»

Hugh si agitò. «Be'... nove mesi» ammise.

Robert spalancò gli occhi all'inverosimile e fece una smorfia inorridito. «No. Questo... non può essere vero. È possibile? Matthew, digli che diventerà un monaco se non cambia abitudini.»

I due uomini si voltarono verso Matthew e fu lui ad arrossire. «Dubito di poter essere io a dirglielo, considerando quanto tempo è passato per me.»

Robert rimase di stucco. «Più di nove mesi?»

Matthew si schiarì la gola. «Non sono sicuro che questo sia un argomento appropriato...»

«Dieci mesi?» incalzò Robert. «Un anno?»

«Onestamente, Roseford, sei...»

«Più di un anno?» Robert quasi barcollò all'indietro.

Matthew fece un lungo sospiro. Conosceva il suo amico, non avrebbe mollato l'osso. Non avrebbe lasciato perdere finché non avesse scoperto da quanto. «Bene. Tre anni e mezzo.»

Robert lo fissò ammutolito. Anche Hugh si girò di scatto verso Matthew come se avesse dichiarato di aver deciso di conquistare la Spagna. Matthew serrò le labbra e si costrinse a rimanere impassibile davanti alle loro espressioni inorridite.

«Come fate a non essere entrambi... morti?» disse Robert. «Siete morti, perché sembra la vita che si può fare in una tomba.»

«Roseford» ruggì Hugh, ammonendolo con la sua voce profonda.

Robert lo liquidò sventolando la mano. «È deciso, stasera

andremo al Donville Masquerade. Sono socio del club e voi due verrete come miei ospiti. Non accetterò alcun rifiuto.»

Con questo, girò sui tacchi e uscì a grandi passi dalla sala da ballo, probabilmente per andare a chiamare la sua carrozza.

Matthew fissò Hugh e lo trovò che lo guardava a sua volta. Brighthollow alzò le spalle. «Non ha tutti i torti, sai.»

«Certo che no» disse Matthew. «Non ha mai torto. Non del tutto.»

«Probabilmente entrambi abbiamo bisogno di una pausa. Dopotutto, nessuno ci ordina di passare la serata con una donna di facili costumi.»

Matthew si agitò. Raramente pensava ancora a cose peccaminose. Quei pensieri gli erano sembrati sbagliati dopo la morte di Angelica. Alla fine li aveva semplicemente epurati dalla mente ed era diventato il monaco che Robert aveva inizialmente accusato Hugh di essere.

«Hai ragione» disse con un sospiro. «E ci andrò, se non altro per evitare che gli venga un colpo apoplettico nel bel mezzo della sala da ballo di James ed Emma.»

Fecero per andare a salutare i loro amici, ma Hugh gli prese il braccio prima che potessero raggiungerli. Costrinse Matthew a guardarlo e gli parlò con espressione seria.

«Non la stai tradendo» disse sottovoce.

Matthew schiuse le labbra e annuì. «Lo so.»

Solo che non era vero. Quello che Robert voleva che facesse gli sembrava proprio come tradire la donna che un tempo aveva amato, quella che aveva perso. Ed era per questo che non aveva alcuna intenzione di farlo. Nemmeno quando fosse stato circondato da "tentazioni" al notorio Donville Masquerade.

ALTRI LIBRI DI JESS MICHAELS

The 1979 Club - Il club del 1797

The Daring Duke (Book 1 - edizione italiana *Il carisma del duca*)

Her Favorite Duke (Book 2 - edizione italiana *Un duca da scegliere*)

The Broken Duke (Book 3 - edizione italiana *Il duca tradito*)

The Silent Duke (Book 4 - edizione italiana *Il duca silenzioso*)

The Duke of Nothing (Book 5 edizione italiana *Duca di niente*)

The Undercover Duke (Book 6 edizione italiana *Un duca in incognito*)

The Duke of Hearts (Book 7 edizione italiana *Il duca di cuori*, disponibile a breve)

The Duke Who Lied (Book 8 edizione italiana *Il duca bugiardo*, disponibile a breve)

The Duke of Desire (Book 9 edizione italiana *Il duca del desiderio*, disponibile a breve)

The Last Duke (Book 10 edizione italiana *L'ultimo duca*, disponibile a breve)

The Notorious Flynns – I FAMIGERATI FLYNN

The Other Duke (Book 1)– edizione italiana *L'Altro Duca* (Vol. 1)

The Scoundrel's Lover (Book 2) – edizione italiana *Una Canaglia per Amante* (Vol. 2)

The Widow Wager (Book 3) – edizione italiana *Azzardo d'Amore* (Vol. 3)

No Gentleman for Georgina (Book 4)

A Marquis for Mary (Book 5)

Trovate la lista completa dei libri di Jess Michaels in lingua originale sul sito http://www.authorjessmichaels.com/books

Jess Michaels è un'autrice bestseller di USA Today a cui piacciono robe da secchioni come Guerre Stellari, giocare ai videogiochi (ha una MEGA cotta per Cullen di *Dragon Age*), guardare la serie tv *Bob's Burgers* e collezionare Funko POP! Beve anche MOLTA Diet Coke. Probabilmente una quantità esagerata e poco salutare, ma è il suo unico vizio. Mangia (quasi) tutti i piatti a base di cocco, qualsiasi piatto al formaggio e nessun piatto piccante (sì, in questo è uno stereotipo ambulante). Le piacciono i gatti, il suo cane Elton e le persone che hanno a cuore il benessere dei loro simili.

Sebbene abbia iniziato come autrice tradizionale pubblicata da Avon/HarperCollins, Pocket, Hachette e Samhain Publishing, e anche da Mondadori in Italia, nel 2015 è passata al self publishing e non si è mai guardata indietro! Ha la fortuna di essere sposata con la persona che ammira di più al mondo e di vivere nel cuore di Dallas.

Quando non controlla ossessivamente quanti passi ha fatto su Fitbit, o quando non prova tutti i nuovi gusti di yogurt greco, scrive romanzi d'amore storici con eroi super sexy ed eroine irriverenti che fanno di tutto per ottenere quello che vogliono senza stare ad aspettare.

Jess è sempre molto felice di avere notizie dai suoi fan. Potete contattarla sul suo sito, tramite mail, e sui suoi social (o con piccione viaggiatore):

www.AuthorJessMichaels.com

OGNI mese Jess Michaels mette in palio un buono acquisto

Amazon GRATUITO riservato agli iscritti della newsletter. Registratevi al sito: http://www.authorjessmichaels.com/

Se vi è piaciuta questa storia, lasciate una recensione per favore. Aiuterete altri lettori a conoscerla.

facebook.com/jessmichaelsbks
twitter.com/jessmichaelsbks
instagram.com/jessmichaelsbks
bookbub.com/authors/jess-michaels